Jean-Louis Fetjaine

Jean-Louis Fetjaine est né en 1956. Diplômé de philosophie et d'histoire médiévale, journaliste puis éditeur depuis 1985, il est aussi l'auteur de nombreux ouvrages d'humour cosignés avec Pierre Antilogus, dont plusieurs ont été des best-sellers, notamment *Le guide du jeune père* (1988), traduit en dix langues et adapté en BD et au théâtre, *Le guide de survie à l'usage des parents* (1991), *L'homme expliqué aux femmes* (1995), *Le guide de survie au bureau* (1996) et *L'école expliquée aux parents* (1997). Tous sont parus aux éditions Hors Collection.
L'immense succès de la *Trilogie des elfes* (éditions Belfond puis éditions Pocket) marque un tournant dans la carrière d'écrivain de Jean-Louis Fetjaine : il est désormais un nom incontournable pour les lecteurs de fantasy mais plus généralement pour tous les amoureux des littératures de l'imaginaire. *Le Pas de Merlin* confirme sa popularité et a obtenu le prix Imaginales 2003. *Brocéliande* est la suite de cette nouvelle épopée.

BROCÉLIANDE

DU MÊME AUTEUR
CHEZ POCKET

LE CRÉPUSCULE DES ELFES

LA NUIT DES ELFES

L'HEURE DES ELFES

LE PAS DE MERLIN

SCIENCE-FICTION

Collection dirigée par Bénédicte Lombardo

JEAN-LOUIS FETJAINE

BROCÉLIANDE

BELFOND

Merci à Johann Goldberg, illustre non-professeur non-agrégé, pour les traductions latines.

ISBN 2-266-14925-3

Sevego qui scripti anc historiam aut verius fabulam quibusdam fidem in hac historia aut fabula non accommodo. Quaedam similia vera, quaedam non, quaedam ad delectationem stultorum.

Tain Bo Cualnge

Pour Éloïse, la petite elfe

CHRONOLOGIE

383 – Constatant la décadence de l'Empire romain, le général Maximus, commandant des légions stationnées sur l'île de Bretagne, se fait proclamer empereur et franchit la Manche à la tête de ses troupes. Il est vaincu quelques années plus tard par l'empereur légitime Théodose, et ses contingents ne reviennent pas en Bretagne.

400 – Des Saxons tentent de s'installer sur l'île, privée de ses défenseurs romains. Ils sont repoussés par Constantin (Kystennin en gallois), que la légende présente comme le père de Constant, Uter et Ambrosius (Emrys).

410 – Constantin se taille lui aussi un empire en Gaule, s'oppose à l'empereur Honorius et meurt en Arles. Restés seuls face aux envahisseurs pictes et gaëls, certains Bretons s'affranchissent des lambeaux de la domination romaine, s'arment et fondent des royaumes tandis que d'autres, en vertu d'un édit tardif de l'empereur Honorius les autorisant à défendre

eux-mêmes l'île de Bretagne, se considèrent comme les « derniers des Romains ». Cette séparation entre esprit d'indépendance et vocation d'un retour à un pouvoir central marquera les siècles à venir.

425 ou 446 – Début du règne de Vortigern, nom signifiant « grand-roi ». Il s'oppose à deux rivaux bretons, Vitalinus et Ambrosius.

428 ou 449 – Vortigern fait appel à des mercenaires saxons (*foederati*) pour lutter contre les Gaëls (Irlandais) et les Pictes, mais aussi contre ses rivaux.

437 ou 458 – « Révolte » des Saxons menés par Hengist et Horsa, et bataille de Guoloph (Guollopum), où combat Ambrosius.

445 – Naissance d'Ambrosius Aurelianus. La nature de sa filiation avec l'Ambrosius qui précède est inconnue. Il peut être son fils, son neveu ou un simple successeur. Première épidémie de peste en Grande-Bretagne.

460 – Fin de la révolte saxonne. Vortigern meurt (tué par Ambrosius Aurelianus dans une forteresse de Gwynedd, pays de Galles) ou part en exil (en Bretagne armoricaine, où il deviendrait saint Gurthiern).

470 – Date possible de la naissance d'Arthur. Né d'Uter Pendragon, le frère légendaire (et non historique) d'Ambrosius Aurelianus, il serait donc le neveu de ce dernier.

475 – Début du règne d'Ambrosius Aurelianus. Série de victoires contre les Saxons. En Bretagne armoricaine, à la même époque, un chef nommé Riothime (Riothamus) – sans doute est-ce un surnom au même titre que Vortigern ou Vercingétorix – remporte des victoires contre les Francs. Peut-être

s'agit-il d'Uter Pendragon, ou d'Ambrosius Aurelianus lui-même.

477 – Arrivée du roi Aelle en Sussex (Saxons du Sud).

Vers 500 – Bataille du mont Badon, qui marque l'arrêt provisoire de l'expansion saxonne. Selon la légende, cette bataille est gagnée par Arthur. Cet Arthur est-il chef de guerre (*Dux bellorum*) d'Ambrosius Aurelianus ou, encore une fois, Ambrosius lui-même ? Cette période de succès, la dernière avant une série de désastres, au long des années 550/600, est le meilleur argument en faveur d'Ambrosius en tant qu'Arthur historique. Le souvenir de ses victoires, ainsi que de sa capacité à réunir les royaumes bretons sous une même bannière, le rendra légendaire.

Vers 530 – Mort d'Ambrosius Aurelianus, peut-être empoisonné à Guyntonia (Winchester).

534 – Établissement du royaume de Wessex (Saxons de l'Ouest) par Cynric.

537 ou 542 – Mort supposée d'Arthur à la bataille de Camlann (Camboglana, près du mur d'Hadrien).

558 – Le roi picte, Brude mac Maelchon, bat Gabran, roi des Scots du Dal Riada. Gabran meurt l'année suivante, et le royaume de Dal Riada sur lequel règne désormais son cousin Conall passe sous contrôle des Pictes.

563 – Arrivée de saint Colomba sur l'île d'Iona.

Vers 570 – Début de l'expansion du comte Waroc dans le Vannetais.

573 ou 575 – Bataille d'Arderyd entre le roi Gwenddoleu de Cumbrie et ses cousins Gwrgi (prononcer *Gourgi*) et Peredur de Gwynedd. Merlin,

barde de Gwenddoleu, y gagne un torque d'or en raison de sa bravoure. Des Gaëls d'Hibernie (Irlande) auraient participé à cette bataille.

574 – Début du règne d'Aedan mac Gabran, roi des Scots du Dal Riada, en Écosse. Ennemi acharné des Pictes, il aura à cœur de venger la défaite subie par son père Gabran en 558. L'un de ses fils se nomme Arthur et ses exploits de guerrier chrétien ont contribué à la légende du maître de la Table ronde. Arthur mac Aedan meurt lors d'une bataille contre la tribu picto-bretonne des Miathi, vers 596.

577 – Bataille de Derham, qui donne aux Saxons les villes de Gloucester, Cirencester et Bath, et coupe les Bretons du pays de Galles de leurs frères de Cornouaille.

578 – Le chef breton Waroc (ou Gwereg) prend Vannes et se taille contre les Francs un royaume en Armorique, qu'il nomme Bro-Waroc, puis Broërec.

586 – Aedan mac Gabran remporte la victoire de Circenn contre les Pictes. Le roi Brude y est tué. Il est remplacé sur le trône du royaume picte par Garnait, probablement le fils d'Aedan et d'une princesse picte, Domelach.

Vers 590/600 – Offensive avortée du roi Rhydderch de Strathclyde et d'Uryen de Rheged contre les Angles du roi Ida de Bernicie.

— Le roi scot du Dal Riada, Aedan mac Gabran, mène une guerre contre les Angles de Bernicie. Il est vaincu par Aethelfrith, successeur d'Ida, lors de la bataille de Degsastan en 603.

— Désastre de Cathraeth (Catterick), évoqué dans le poème du barde Aneurin *Y Goddodin*, qui voit la défaite du roi Mynyddawg de Goddodin contre une coalition anglo-picte menée par les rois Aelle et Aethelfrith, lequel devient le plus grand potentat de la région.

Ces trois offensives dirigées contre les Angles et les Pictes durant la période 590/600 semblent indiquer une forme d'alliance objective entre les Scots du Dal Riada et les royaumes bretons, ou du moins une communauté d'intérêts, à laquelle l'évangélisation progressive de l'Écosse et du pays de Galles n'est probablement pas étrangère. Période noire au demeurant, puisque chacune de ces offensives s'achève tragiquement pour les Bretons et les Scots.

Vers 612 – Mort de Rhydderch.

613 – Aethelfrith bat une armée galloise venue de Powys et du Gwynedd.

616 – Défaite de Chester, au cours de laquelle le roi Aethelfrith fait massacrer les moines de Bangor venus prier pour la victoire des Bretons. Cette défaite sépare les Bretons du Nord (l'actuelle basse Écosse) des royaumes du pays de Galles.

Dès lors, les Bretons vaincus ne cessent d'attendre et d'espérer la venue d'Arthur, le légendaire libérateur de la Bretagne.

Vers 830 – Le Gallois Nynniaw, plus connu sous le nom de Nennius, compose son *Historia Brittonum*, dans laquelle sont évoquées les batailles d'Arthur, environ trois cents ans après les faits.

LES PERSONNAGES

Par ordre alphabétique

Pour faciliter la lecture, j'ai simplifié l'orthographe des noms gallois, souvent imprononçables pour des lecteurs continentaux. La graphie originelle est donnée entre parenthèses.

AEDAN MAC GABRAN : roi des Scots du Dal Riada, successeur de Conall mac Comgaill. Surnommé « le Rusé » ou « le Traître ».

ALDAN : reine du Dyfed, veuve d'Ambrosius.

AMBROISE AURÉLIEN (Ambrosius Aurelianus – Emrys Gwledig) : riothime (roi suprême) des Bretons vers 469, vainqueur des Saxons au mont Badon.

ARTHUR MAC AEDAN (Artur) : fils de Guendoloena et de Merlin.

BLAISE : confesseur de la reine Aldan.

BRUDE (Bridei mac Maelchon) : roi des Pictes.

BUDIC MUR : roi de la Cornouaille armoricaine.

CETOMERINUS (Cétomorin) : aumônier de Paulus Aurelianus sur l'île de Battha (Batz).

CHILPÉRIC : roi des Francs à Paris.

COLOMBA : abbé de l'île d'Iona, surnommé Columb Cille (« la colombe de l'Église »).

CYLID : serviteur breton de la reine Guendoloena.

DAWI : abbé de Caerfyrddin, supérieur de Blaise.

DYGINELEOUN : barde du prince Owen de Rheged.

FÉLIX : évêque de Nantes.

GUENDOLOENA (Gwenddolyn) : sœur de Ryderc, épouse d'Aedan mac Gabran, reine des Scots du Dal Riada, mère d'Arthur mac Aedan.

GUENDOLEU (Gwenddoleu) : roi de Cumbrie.

GWYDION : aîné des elfes de Brocéliande.

GWENDYD : sœur de Merlin.

JUDUAL (Iud Hoel) : roi de la Domnonée armoricaine.

KENTIGERN : abbé de Ryderc, évangélisateur du Strathclyde et de la Cumbrie.

LANGUORETH : reine de Cadzow, épouse de Ryderc.

MÉEN : disciple de l'évêque Samson, abbé fondateur du monastère de Trefoss.

MYNYDOG (Mynyddawg) : roi des deux royaumes de Manau Goddodin.

MYRDDIN - MERLIN : fils d'Aldan du Dyfed, barde du roi Guendoleu.

OWEN : fils d'Urien de Rheged.

PAUL (Pol) AURÉLIEN (Paulus Aurelianus) : évêque du Léon.

RYDERC (Rhydderch) : roi du Strathclyde.

SAMSON : évêque de Dol.

TALIESIN : barde du roi Urien de Rheged.

URIEN (Uryen) : roi du Rheged, père d'Owen.

VICTURIUS : évêque de Rennes.

WAROC (Gwereg) : comte de Vannes puis roi du Broërec (Bro-Waroc).

WITHUR : comte du Léon.

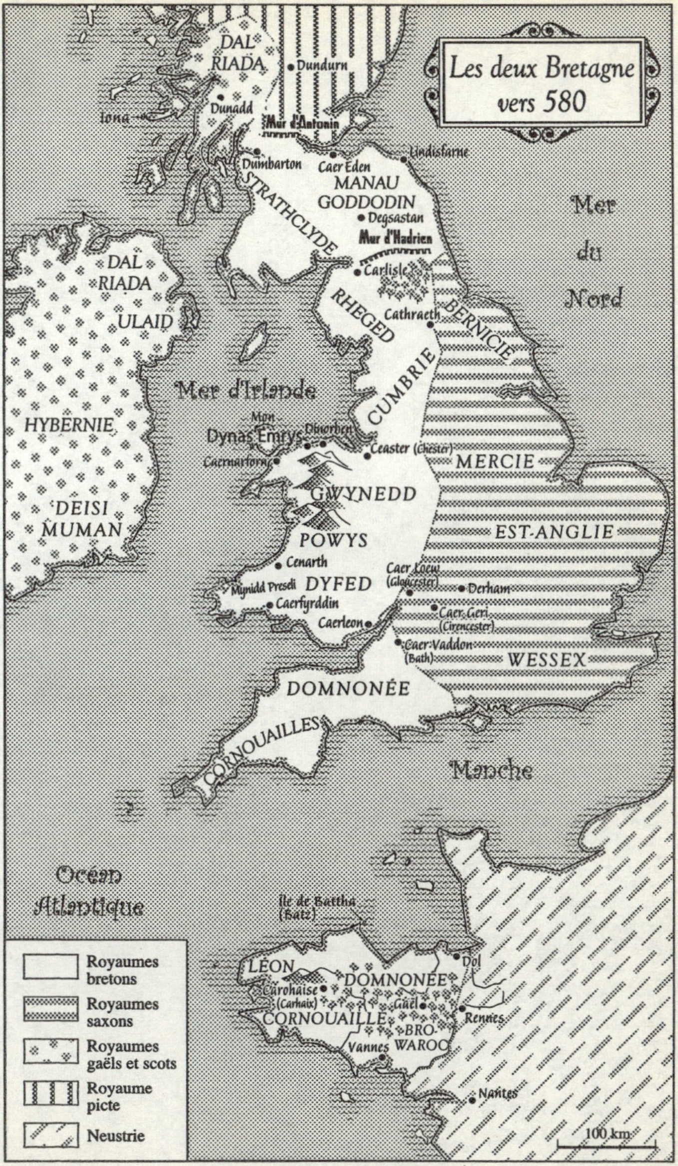

Les deux Bretagne
vers 580
DAL RIADA
Dundurn
Dunadd
Iona
Mur d'Antonin
Dumbarton
Caer Eden
Lindisfarne
MANAU
GODDODIN
STRATHCLYDE
Degsastan
Mur d'Hadrien
Mer
du
Nord
DAL
RIADA
ULAID
Carlisle
RHEGED
Cathraeth
BERNICIE
CUMBRIE
Mer d'Irlande
HYBERNIE
Mon
Dynas Emrys
Dinorben
Ceaster (Chester)
Caernarfon
MERCIE
GWYNEDD
DEISI
MUMAN
EST-ANGLIE
POWYS
Cenarth
Caer Loew
(Gloucester)
DYFED
Mynidd Presdi
Derham
Caerfyrddin
Caer Geri
(Cirencester)
Caerleon
Caer Vaddon
(Bath)
WESSEX
DOMNONÉE
CORNOUAILLES
Manche
Océan
Atlantique
Île de Battha
(Batz)
LÉON
DOMNONÉE
Dol
Carohaise
(Carhaix)
Gaël
CORNOUAILLE
BRO-
WAROC
Rennes
Vannes
Nantes
100 km
Royaumes
bretons
Royaumes
saxons
Royaumes
gaëls et scots
Royaume
picte
Neustrie

I

La traversée

LES DOULEURS la réveillèrent peu avant l'aube, si vives qu'elles la laissèrent haletante, incapable même de crier, les mains crispées sur ses draps de lin, les jambes recroquevillées sur son ventre distendu, avec l'impression exacte qu'on lui enfonçait un flambeau dans le corps. Puis la souffrance s'atténua et Guendoloena, sans oser bouger de peur de raviver le mal, fit des yeux le tour de sa chambre pour chercher de l'aide. Un peu de jour filtrait des rideaux de cuir masquant d'étroites fenêtres et une myriade de particules minuscules flottaient dans la lumière, brassées par l'air vif du petit matin. De l'autre côté du lit, la sage-femme que le roi avait assignée à sa garde dormait comme une souche, affalée dans un fauteuil, avec un ronflement sourd. Elle voulut l'appeler, mais alors tout commencerait, et l'instant était si calme encore... Un chien aboyait, au loin. Elle perçut quelques éclats de voix venant de la rivière, sans doute des pêcheurs qui partaient relever les filets de la nuit. La ville s'éveillerait bientôt, et avec elle la forteresse royale, dans l'agitation qui y régnait en permanence.

La jeune femme ferma les yeux et inspira longuement, alors que la douleur se dissipait. La pièce était imprégnée d'une bonne odeur d'herbe fraîchement coupée et de fleurs de callune roses dont on avait jonché le sol, à sa demande. À Dun Breatann, la capitale des Bretons du Nord dans laquelle elle avait grandi, c'était une coutume bien établie, et toute son enfance avait été marquée du doux parfum des jonchées embaumant chaque recoin du château.

Comme tout cela semblait loin…

Dunadd, la forteresse des Scots du Dal Riada dont elle était devenue la reine, ressemblait davantage à une auberge qu'à une demeure royale. Tout ici n'était que bois et fourrures, terre et vent, sans le moindre bâtiment de pierre, hormis l'église bâtie par les moines d'Iona. Dès le point du jour, les rues se couvraient d'étals et s'emplissaient d'une populace bruyante, si bruyante à vrai dire qu'elle en était arrivée à croire que les Scots ne pouvaient faire commerce qu'en hurlant à tue-tête, en s'empoignant ou en riant aux éclats. Les bâtiments qui abritaient le roi et la cour de ses clients étaient situés sur les hauteurs et balayés en permanence par la brise de mer, mais rien ne paraissait pouvoir les protéger du vacarme de la ville basse. En outre, quand il ne guerroyait pas contre les Pictes, au-delà des hautes terres du clan des Loairn, le roi Aedan, son mari, recevait à longueur de journée tout ce que le Dal Riada comptait de plaideurs ou de quémandeurs, bénissait les mariages, adoubait les jeunes guerriers, tout cela dans un hourvari de clameurs et de rires qui ne cessait qu'au coucher du soleil.

Ce serait une longue journée, assurément, et Guendoloena remercia le ciel de cet instant de calme fragile. Son ventre ne la tourmentait plus. Tout juste ressentait-elle une lourdeur sourde dans le dos et les reins. La jeune reine allongea prudemment ses jambes et retint un cri de surprise. Ses draps et la chemise étaient trempés d'un liquide tiède et poisseux, depuis son bassin jusqu'à ses cuisses. Elle jeta un coup d'œil vers la sage-femme et, la voyant toujours endormie, glissa doucement une main sous les draps, entre ses jambes.

— Seigneur Dieu !

Toute la literie était souillée d'un fluide sanguinolent qui ne pouvait laisser de doutes. Elle venait de perdre les eaux. Le travail commençait…

Guendoloena essuya sa main puis se redressa contre son châlit en s'efforçant de respirer lentement, pour dominer le mélange de peur et d'exaltation qui lui faisait battre le cœur. L'enfant allait naître. *Son* enfant allait naître…

Insidieusement, alors qu'une nouvelle contraction sourdait de ses entrailles, une peur d'une autre nature s'empara d'elle. Guendoloena avait épousé Aedan à peine six mois auparavant et même si personne à la cour n'aurait eu le front ou l'inconscience d'en faire la remarque, chacun savait que le roi des Scots et sa promise s'étaient rencontrés pour la première fois quelques jours seulement avant leurs accordailles.

L'enfant à naître était un bâtard.

Malgré elle, la jeune reine sentit son cœur s'emballer, tandis que l'oppression qui pesait sur ses reins irradiait à présent comme un feu qu'on attise. Des larmes lui vinrent aux yeux, ses mains se crispèrent de nouveau sur les draps et elle se mordit les lèvres pour ne pas crier. Pas maintenant. Pas déjà. Le jour se levait à peine, la maisonnée était endormie. Pour quelques secondes encore, rien n'était changé.

Puis une nouvelle contraction la saisit, plus vive que la précédente, et Guendoloena laissa échapper le gémissement qui lui brûlait les lèvres.

Le temps s'était couvert et la mer était mauvaise, hachée d'une houle irrégulière qui prenait le coracle par le travers. L'embarcation, dépourvue de quille et gréée de deux voiles carrées, pesait à la lame et dérivait sans cesse, en dépit des efforts du timonier pour maintenir le cap. À chaque creux, une giflée d'embruns recouvrait le pont encombré de bagages et de bêtes. Tout ce qui n'y était pas solidement arrimé roulait d'un bordé à l'autre, heurtant chaque fois les grappes de passagers agrippés à la lisse, le visage gris, toute volonté anéantie par le mal de mer. Et la traversée ne faisait que commencer…

Malgré les mises en garde de la plupart des capitaines, l'escadre n'avait appareillé qu'en début d'après-midi, après un embarquement interminable, confus et écœurant, dans le tumulte habituel des adieux, des insultes ou des lamentations de ceux qui restaient en arrière. Il faudrait naviguer de nuit, sans aucun amer pour s'orienter, mais c'était cela ou rester à quai, et aucun de ces âpres marins que l'exode des Bretons enrichissait au-delà de toute espérance n'aurait songé perdre ainsi une journée entière de profit.

Depuis que la guerre ravageait le royaume moribond du Dyfed, des centaines, des milliers de réfugiés se pressaient sur les berges de la côte Sud pour tenter de s'embarquer avec armes et bagages, fuir l'île et gagner Letavia [1], un pays vierge où l'on pouvait encore trouver une terre et vivre en paix, disait-on.

Ce matin-là, comme chaque jour, toute une foule avait suinté des ruelles de Caerfyrddin et s'était pressée sur les rives de la Tiwi dès l'apparition de la flottille aux voiles gonflées d'un vent de suet venant du large. Seuls ceux qui pouvaient payer l'or de la traversée parvenaient à accéder aux pontons gardés par la troupe, mais il arrivait parfois qu'un seigneur assez fortuné pour avoir loué un lestr [2] à cinq ou dix rangs de rameurs, l'un de ces immenses navires capables de traverser la mer par tous les temps, accepte à son bord ceux qui s'offraient à son service. Quelques années de semi-servitude, contre une nouvelle vie, en Petite-Bretagne… Contre la vie sauve, au moins. C'était une chance que nul n'aurait hésité à saisir.

Depuis des heures, leur coracle tirait des bords vent arrière pour remonter le chenal, et s'était fait rapidement distancer par le reste de l'escadre. Quand l'embarcation mit enfin cap au sud, vers le large et les côtes de Letavia, on n'apercevait plus d'elle que la lumière scintillante de ses fanaux.

1. Nom que les Celtes de l'île de Bretagne donnaient à l'Armorique. Les autochtones étaient nommés Letivi.

2. Du latin *Longa navis*, grand navire à voile et à rames, à la mode romaine.

Bientôt, on ne vit plus rien.

Instinctivement, les passagers s'étaient regroupés autour du mât, accroupis pour la plupart les uns contre les autres comme un troupeau apeuré. Ils étaient là une dizaine, hommes, femmes et enfants, serrant contre eux leurs bagages détrempés et guettant sur le visage des marins le moindre signe de réconfort. Seuls trois hommes se tenaient à l'écart de ce groupe misérable. Le premier était un hobereau à la barbe et aux cheveux noir corbeau, vêtu d'une épaisse broigne de cuir matelassé et portant au côté une longue épée dont il semblait savoir se servir. Debout, les jambes écartées pour garder son équilibre, il s'était placé entre son cheval et ses mules et ne cessait de leur parler à voix basse pour les rassurer. Le deuxième était un clerc de petite taille vêtu d'une bure noire, tonsuré et barbu, et qui s'était posté depuis leur départ à la proue du coracle, indifférent aux vagues, riant même aux éclats quand une lame venait l'asperger, l'air si heureux à vrai dire qu'il en oubliait de réconforter ses ouailles. Le troisième, enfin, l'observait parfois en souriant, puis s'abîmait des heures durant dans une rêverie maussade, qui figeait alors son visage encore juvénile dans une expression douloureuse. Comme la plupart des passagers, il n'était que rarement monté dans un bateau, mais son corps épousait le tangage du coracle aussi naturellement que le plus amariné des matelots. Les bras croisés, son visage d'enfant battu par de longs cheveux blancs malmenés par le vent, il s'était enroulé dans son manteau de laine bleue et leur tournait le dos, le regard perdu au loin, vers l'île de Bretagne qui s'effaçait à leur poupe. Lui n'avait aucun bagage, hormis son arc, un carquois rempli de flèches et une besace contenant quelques galettes de pain dur. Pour autant, il n'avait rien laissé en arrière, ni famille ni possessions, rien que des souvenirs amers, l'abandon de la seule femme qu'il eût connue et le sentiment d'avoir failli à son roi défunt.

La nuit tomba sans qu'il bouge. C'est à peine si les autres le distinguaient encore, tant sa sombre silhouette se confondait aux ténèbres. Seuls ses cheveux blancs et son visage aussi pâle que la lune formaient une tache spectrale, effrayante par son immobilité, si bien que les marins eux-mêmes, à présent, évitaient de tourner les yeux dans sa direction, et qu'ils finirent par l'oublier, lorsque l'obscurité fut totale.

La mer s'était calmée avec la nuit. Un vent régulier les poussait de l'avant sans à-coups, séchant le pont inondé. Tous les autres s'étaient peu à peu endormis, même le moine et le guerrier, mais pas l'enfant aux cheveux blancs. Des heures durant, il les observa, tour à tour, dans leur sommeil, passagers et marins, jusqu'à ce qu'il sache tout de chacun d'eux.

C'était ainsi. Il lui suffisait de dévisager un être avec attention pour deviner sa vie, connaître ses pensées enfouies et s'enrichir tout à la fois de son savoir, de ses bassesses et de ses craintes. En dépit de son jeune âge, il avait acquis de cette façon l'expérience de plusieurs vies, de dizaines de vies, mais y avait perdu son innocence et gagné une sensation d'oppression qui l'enserrait à tout instant, ajoutant encore à la lourdeur de son âme.

Au son lancinant du grincement des cordages, l'enfant passa ainsi la nuit, jusqu'à ce que les vagues s'irisent timidement d'un friselis argenté. Le ciel rosissait lentement, assez pour qu'il croie distinguer la ligne lointaine du rivage. Ce spectacle lui réchauffa le cœur et l'arracha à sa léthargie. Il eut un mouvement pour aller réveiller son compagnon, le petit moine en robe de bure noire, mais une appréhension le saisit. Une vibration nouvelle s'était répandue sur le pont, aussi sombre et dense qu'un nuage d'orage, et dans laquelle il percevait de la haine, de la peur et de la cupidité. Toujours immobile, il se tourna vers l'arrière du coracle et les vit, trois hommes d'équipage, silencieux comme des loups, encerclant le groupe des dormeurs. L'aube naissante faisait luire la lame de leurs couteaux.

Aucun d'eux ne se dirigeait vers lui. Peut-être l'avaient-ils vraiment oublié. Ou peut-être jugeaient-ils que l'enfant aux cheveux blancs ne pouvait constituer une menace. Dans les deux cas, ils avaient tort.

Seul le timonier était resté à sa place, le corps tendu dans l'expectative de la tuerie, retenant son souffle, et le regard brillant d'une lueur mauvaise. Les trois autres étaient prêts, à présent. D'une seconde à l'autre, ils allaient frapper.

L'enfant se détacha de la lisse et s'avança d'un pas.

— Ne faites pas ça, dit-il.

Il avait parlé à voix basse, comme pour ne pas réveiller les dormeurs, mais les matelots sursautèrent et tournèrent aussitôt leurs lames dans sa direction. Le plus proche hésita, chercha du regard le soutien de ses compagnons, et sur un signe dédaigneux du timonier s'approcha de l'enfant en brandissant son coutelas. Lorsque l'homme fut assez près et à l'instant même où il levait son bras, il s'arrêta, sembla vaciller, puis poussa un gémissement étranglé et s'effondra en tremblant, sans que l'enfant ait seulement levé la main. Les deux autres s'étaient redressés brusquement et allaient se ruer sur lui lorsqu'une femme s'éveilla et poussa un hurlement en voyant leurs couteaux.

En l'espace de quelques secondes, le pont ne fut que confusion et bousculade. L'un des marins eut le temps de frapper, au hasard, et un cri perçant indiqua que son coup avait porté. Le reste ne fut qu'une empoignade indistincte, balayant le pont bord à bord, dans un tumulte fait de cris de terreur, de chocs sourds et d'injures gutturales. Le timonier ayant quitté la barre pour se jeter dans la mêlée, le coracle se mit par le travers, précipitant tout le monde à terre. Puis une vague le ramena vent debout et aussitôt les passagers refluèrent vers la proue, laissant entre les marins et leurs proies un vide où gisaient la forme recroquevillée de celui qui s'était approché de l'enfant ainsi que deux corps inanimés, poissant de leur sang noir le pont du bateau.

De nouveau, ils furent trois, face aux trois marins survivants. L'enfant tenait son arc à la main, mais il n'avait pas encoché. Le moine, pour toute arme, s'était saisi d'une gaffe et paraissait encore embrumé de sommeil, la barbe en bataille, les yeux papillotant d'un air imbécile, comme s'il ne comprenait rien à la situation. Le guerrier enfin brandissait sa longue épée, cramponné de l'autre main à la lisse pour garder son équilibre. Dans le clair-obscur de l'aube, l'homme n'était qu'une silhouette indistincte, mais son épée semblait agitée de tremblements.

Le coracle abandonné à lui-même était ballotté par les flots, et ses grandes voiles fouettaient le pont au gré du vent, menaçant de les jeter de nouveau au sol. Les marins avaient jaugé la situation. Lentement, ils se mirent en mouvement, écartant le hobereau des deux autres. Une fois tué celui-là, le reste ne serait qu'un jeu.

— Demeurez où vous êtes, dit l'enfant de la même voix calme. Lâchez vos couteaux…

Les trois hommes se tournèrent dans sa direction et frémirent d'horreur. Autour de lui se répandait dans le petit jour un halo livide, une brume lente qui semblait suinter des cadavres allongés sur le pont pour le rejoindre. C'était une vision d'épouvante, à vous glacer le cœur, et pourtant l'enfant ne faisait pas un geste pour s'y soustraire.

— Sainte Vierge, murmura le moine. Épargne-les, Merlin…

Le visage émacié et couvert de sueur, l'enfant ferma les paupières, alors que l'atroce halo le masquait presque entièrement à leurs yeux.

— Qu'as-tu dit ? fit le guerrier d'une voix blanche.

Le moine ne répondit pas, mais il abaissa sa gaffe et leur tourna le dos, comme si le sort des trois marins était déjà joué.

— C'est lui, Merlin ? C'est le prince Myrddin ?

Des larmes coulaient à présent sur les joues du religieux, qui s'affaissa sur le pont et se prit la tête entre les mains.

— Merlin est mort ! cria l'un des marins, à l'autre bout du bord. Les Gaëls l'ont tué et lui ont tranché la tête !

— Tu te trompes, dit l'enfant.

Il s'avança d'un pas vers eux tout en tirant lentement une flèche de son carquois. Son visage leur apparut enfin dans la lumière du soleil levant et ils frémirent encore en recevant l'éclat de ses yeux tristes.

— Tu n'es qu'un gamin, grinça le matelot. Merlin était un guerrier haut comme deux hommes et fort comme un bœuf. Il a fallu dix lances pour l'abattre !

— Il en faudrait bien moins pour m'abattre, dit l'enfant avec un sourire sans joie. Je suis Emrys Myrddin, fils d'Aldan de Dyfed et de Morvryn, seigneur du petit peuple de Brocéliande, prince d'un royaume perdu et barde d'un roi mort. Mort moi-même, sans doute, et né de nouveau, comme Taliesin. Quoi qu'il en soit, je suis Merlin, et toi tu te trompes encore, Pedrog…

L'homme grimaça haineusement, puis son masque se figea lorsqu'il réalisa que Merlin venait de l'appeler par son nom.

— Comment sais-tu…

— C'est lui qui me l'a dit, murmura l'enfant en désignant du bout de sa flèche le cadavre de leur compagnon. Tu te nommes Pedrog, et les deux autres sont Gorthyn et Tahal, tous trois assassins, pirates et détrousseurs de cadavres… Aucun de ceux que vous avez embarqués à votre bord depuis des semaines n'a survécu, n'est-ce pas ?

Sans prendre garde à l'air effaré des marins, Merlin se mit à rire et lança un coup d'œil vers son compagnon en bure noire.

— J'oubliais… Deux de ces marauds sont chrétiens, Blaise. Qu'en dis-tu ?

Le moine leva vers lui ses yeux brouillés de larmes, mais aussitôt ses traits se crispèrent. Merlin n'eut que le temps de se retourner. Pedrog le chargeait, l'arme haute, et déjà son coutelas fendait l'air, droit vers sa gorge. L'enfant se jeta en arrière au moment même où la lame s'abattait. Emporté par son élan, le marin heurta violemment la lisse, perdit l'équilibre et tomba à genoux. Il se releva d'un bond, mais à cet instant Merlin lui ficha en plein front la pointe de la flèche qu'il n'avait pu encocher. L'espace d'une seconde, Pedrog le regarda avec une expression d'infinie incrédulité, puis la vie le quitta et il s'affala sur le pont, sans un gémissement. Tout cela s'était passé si vite que le moine, pas plus que le guerrier à la broigne de cuir, n'avait pu réagir. Mais quand celui que l'enfant avait nommé Tahal s'élança à son tour, le hobereau s'était ressaisi. Sa grande épée traça un éclair métallique dans le petit jour, brisant net la course du marin. Gorthyn, le dernier, recula jusqu'à la barre, jeta nerveusement un coup d'œil derrière lui puis, soudainement, sauta à l'eau et se mit à nager vers la côte. Elle devait être à moins d'un mille [1] ; peut-être y parviendrait-il…

Il fallut un moment pour que chacun reprenne ses esprits. Le combat avait été bref, et la demi-obscurité permettait de douter de ce qu'ils avaient vu. S'il n'y avait eu ces cadavres sur le pont, mêlant leur sang à l'eau de mer, tout cela aurait paru irréel.

Le moine que l'enfant avait nommé Blaise fut le premier à se secouer. Enjambant les corps, il ramassa un cordage qui fouettait le pont comme un serpent en colère et choqua la voile d'une main experte. Aussitôt, le coracle prit le vent. D'un mouvement de menton, il fit signe à Merlin de prendre la barre, ce à quoi l'enfant s'empressa d'obéir. Quelques instants plus

1. Mille pas, environ un kilomètre et demi.

tard, l'embarcation avait repris son erre et filait vers la côte.

Abasourdi, le guerrier les dévisageait tour à tour. Le frère Blaise et cet étrange enfant aux longs cheveux blancs affichaient la même indifférence pour les corps gisant au fond du coracle, comme s'ils n'existaient déjà plus, comme s'ils n'avaient jamais existé, comme s'il n'y avait pas eu de combat… Pour autant, ils semblaient s'éviter, et des larmes brillaient encore sur les joues du moine. L'homme ne parvenait pas à se détacher de la lisse et tremblait convulsivement sans s'en rendre compte. Derrière lui, quelques-uns des passagers s'écartèrent prudemment de la cloison avant contre laquelle ils s'étaient réfugiés. Une femme s'agenouilla auprès d'un cadavre et se mit à pleurer en silence, en jetant autour d'elle des regards éperdus. D'autres vinrent l'entourer, mais sans un mot. Le combat était fini, mais la peur n'avait pas quitté le bateau.

Ils naviguèrent ainsi durant un moment, puis Blaise noua les cordages à un espar et vint rejoindre le guerrier. Parvenu auprès de lui, il s'efforça de sourire et désigna d'un signe de tête l'épée ensanglantée qu'il brandissait encore.

— Ce n'est plus nécessaire, maintenant.

Le moine lui tapota l'épaule dans un geste de réconfort puis alla enfin rejoindre le groupe des passagers pour accorder les derniers sacrements aux victimes de cette tuerie inepte. Reprenant progressivement ses esprits, l'homme remit son épée au fourreau, vérifia que ses mains ne tremblaient plus puis, avec à peine une hésitation, s'avança vers l'enfant à la barre.

— Tu es vraiment Merlin ? demanda-t-il en s'appuyant à la lisse.

— C'est mon nom.

— Tu nous as sauvés.

Merlin se tourna vers lui et sourit.

— Toi aussi, non ? Nous sommes quittes.

— Oh non… Sans toi, je ne sais pas si…

Il s'interrompit pour aspirer une grande bouffée d'air marin.

— … Sans toi, ces porcs nous auraient égorgés et jetés à la mer, à l'heure qu'il est, reprit-il. Je n'ai pas grand-chose, à part mon cheval, mon épée et ces mules, mais ils sont à toi jusqu'à ce que je me sois acquitté de ma dette… Je m'appelle Bradwen, de la maison de Gwegon, du comté de Llandeilo.

De nouveau, Merlin sourit, puis ferma les yeux sous la caresse du soleil.

— Qu'est-il arrivé à la maison de Gwegon ?

— Toute la ville a brûlé, et avec elle toutes les fermes fortifiées des alentours. Moi, j'étais dans l'armée de la reine, avec mes fils, à courir derrière les Gaëls pendant que d'autres incendiaient nos villages. Ma femme est morte, ainsi que ma mère, mes fils et toute ma maisonnée, mon bétail…

Merlin hocha la tête en silence. Durant un moment, il le dévisagea, puis il reporta son attention sur la navigation.

— C'est pour ça que tu as peur ?

Braddwen frémit et recula d'un pas.

— Tes mains tremblent encore, et pourtant tu as agi bravement, poursuivit l'enfant sans le regarder. C'était un noble coup d'épée que tu as donné à cette canaille. Tranché de la tête au ventre !

Le visage empourpré et les veines battantes, le guerrier resta coi, oscillant entre la honte et l'indignation.

— C'est pour ça que tu es parti, n'est-ce pas ? Tu as peur d'être devenu un lâche ?

La côte n'était plus qu'à quelques encablures. Une brume de terre masquait ses contours, mais il lui sembla ne distinguer que de sombres rochers plongeant directement dans la mer. Pendant quelques minutes, l'homme et l'enfant gardèrent le silence, balancés mollement par le roulis, puis Bradwen reprit la parole :

— Il fut un temps où je t'aurais jeté par-dessus bord pour ce que tu viens de dire, murmura-t-il. Tu dois avoir raison, sorcier de malheur. L'épée d'un lâche ne te servirait à rien.

— Oh non…

Merlin lui sourit de nouveau, mais cette fois sans cette lueur de malice qui lui était familière. L'espace de ce sourire, il apparut pour ce qu'il était, un adolescent à peine sorti de l'enfance, une ébauche mal grandie, flottant dans des vêtements trop amples.

— Non, Bradwen, je ne suis pas un sorcier. Et pardonne-moi si je t'ai offensé. Je ne crois pas que la peur fasse de toi un lâche, et d'ailleurs tu viens de prouver le contraire. Ce serait avec joie que j'accepterais ta compagnie, mais ce serait t'entraîner vers le néant. Là où je vais, il n'y a pas d'hommes, du moins je l'espère. Tu dois avoir de la famille, là-bas, un endroit où aller ?

— Je n'ai que le nom d'un village, Nuiliac, une terre défrichée dans le royaume du Léon. Je sais que des gens de Llandeilo s'y sont installés. Ça ou rien…

Bradwen tendit la main par-dessus bord pour la plonger dans une vague, et s'aspergea le visage.

— Et toi ? dit-il.

L'enfant ne répondit pas. Depuis quelques instants, il jetait nerveusement des regards en arrière, vers le large, vers l'île de Bretagne qu'ils avaient quittée. Un sentiment étrange naissait en lui, une urgence informulée, un remords, la sensation pesante d'avoir laissé derrière lui quelque chose d'essentiel, sans pour autant savoir quoi. Cramponné à la barre, il pesait de tout son poids pour s'efforcer de maintenir le coracle sur son cap, alors que le vent était doux et qu'il n'y avait presque pas de courant. À le voir ainsi, aussi frêle qu'une jeune fille, on avait peine à croire qu'il venait de tuer deux hommes.

— Pourquoi es-tu parti ? insista Bradwen.

— Sans doute, murmura Merlin, parce que je croyais n'avoir plus rien à perdre…

Cette fois, il n'essaya même pas de sourire. Le visage défait, plus blême encore qu'à l'accoutumée, il lâcha la barre et se laissa choir contre la lisse.

— Tu crois que je me suis trompé ?

— Je ne comprends pas, dit le guerrier en reculant.

— Tu crois que j'aurais dû rester près d'elle ?

Blaise se porta vivement jusqu'à eux et les bouscula.

— La barre, par le sang ! Tu veux nous envoyer sur les brisants ?

Merlin se prit la tête entre les mains, les membres tremblants, terrible à voir tant il semblait bouleversé.

— Qu'est-ce qu'il a ? s'enquit Blaise.

Bradwen secoua la tête avec un geste d'impuissance. Comme tous, sur le bateau, il contemplait l'enfant avec effroi, sans comprendre la cause du chagrin qui s'était si brusquement saisi de lui.

— Merlin, qu'est-ce qui se passe ? cria Blaise.

L'enfant releva vers son compagnon un visage aussi pâle que sa longue chevelure, luisant de larmes, et pourtant illuminé soudain d'une joie tout aussi incompréhensible.

— Mon fils ! s'écria-t-il. Mon fils est né !

II

Les deux lignées

DEPUIS le matin, les batailles, rangées en ordre de marche, avaient quitté Dun Breatann. La piétaille était partie en avant, ainsi que les convois, escortés par une petite troupe de cavaliers. On percevait parfois au loin le miroitement de leurs casques ou du fer de leurs longues lances, malgré la poussière soulevée par leur pesante progression. Luisante et sinueuse comme un serpent, l'armée longeait les hautes collines marquant la frontière nord du royaume et s'étirait sur plus de dix lieues, tout au long de l'estuaire de la Clyde. Sans doute l'avant-garde devait-elle même être déjà en vue du village de pêcheurs de Glesgu[1]. Il y avait là plus d'un millier d'hommes groupés sous dix bannières, une foule invincible, hérissée de fer et avide de sang, de taille à

1. « La chère famille », ou Glas Chu, « le cher endroit vert », anciens noms gaéliques de Glasgow.

vaincre n'importe quel ennemi assez fou pour ne pas s'enfuir à son approche. Et pourtant, à cette distance, la troupe paraissait infime dans l'immensité des terres, insignifiante, presque inoffensive, presque déjà engloutie…

La main sur l'encolure de son cheval, Ryderc ferma les yeux et inspira longuement. Le vent venait du large, chargé de l'odeur de la mer. C'était une belle journée d'été, idéale pour chevaucher dans les collines, chasser le cerf et dormir à la belle étoile… Il n'était cependant pas question de chasse, ce jour-là. Depuis des semaines, tout ce que son royaume comptait d'hommes en âge de tenir une arme était enrôlé, équipé et entraîné, et il devait en être de même à travers tout le pays, d'un bout à l'autre de l'île. Pour la plus grande gloire de Dieu, les Bretons allaient livrer bataille, enfin, assaillir les Saxons et les rejeter à la mer. Puis viendrait le tour des Gaëls, s'ils osaient encore aborder leurs rivages, et des Pictes, ces barbares à demi nus hantant les montagnes désertiques du Nord. De chaque royaume, depuis ses terres du Strathclyde jusqu'à la Cornouailles, au sud de l'île, les armées celtes se préparaient à combattre ensemble, pour la première fois depuis l'époque d'Ambrosius Aurelianus, l'Ours de Bretagne, le légendaire Arthur… Regroupés derrière lui, les Bretons avaient stoppé l'avance des Saxons au mont Badon, un siècle plus tôt, et tué tellement d'ennemis que les païens avaient reflué vers l'est, jusqu'à la côte, et que nombre d'entre eux s'étaient embarqués en abandonnant tout derrière eux. Durant des années, l'île avait vécu en paix. Mais tout était à refaire, à présent, et presque au même endroit. Ceawlin, fils de Cynric, roi des Saxons de l'Ouest, marchait vers le royaume d'Ergyng et les villes de Caer Geri et Caer Loew[1], les dernières cités reliant les royaumes du Sud au reste des terres bretonnes. C'était là, à quelques milles du mont Badon, que commencerait sa campagne. Là où s'était achevée celle d'Arthur…

Ryderc toucha le torque d'or torsadé qui lui ceignait le cou. Ce collier était celui d'Arthur, et le simple fait de le porter, aujourd'hui, faisait de lui son héritier par-delà les années, le grand-roi de Bretagne et le chef de cette coalition immense qui entrait en guerre. Puisse Dieu lui donner une victoire aussi éclatante…

Une dernière fois, Ryderc contempla les sombres collines de basalte qui abritaient sa forteresse, à l'embouchure du grand fleuve. Quelques manteaux rouges, quelques bannières aux armes du Strathclyde parsemaient les remparts. Tout juste assez d'hommes pour soutenir un siège, si jamais les choses tournaient mal…

Chassant le sombre pressentiment qui lui enserrait le cœur, le jeune roi se hissa en selle, alourdi par son gambison de cuir et son haubert, en s'efforçant d'arborer un sourire confiant. À quelques pas en arrière, ses cavaliers attendaient en silence, les yeux rivés sur lui. Ce n'était plus le temps des doutes. D'une brève traction sur ses rênes, il fit volter sa monture et leur fit face. Deux cents hommes aguerris, brandissant une forêt de lances et de gonfanons couleur de sang, croisèrent son regard. Des moines, alignés le long de la berge, égrenaient un plain-chant que le vent dispersait vers le large. Il reconnut parmi

1. Aujourd'hui Cirencester et Gloucester.

eux la haute silhouette famélique de l'abbé-évêque Kentigern, qui hocha la tête à son intention et traça d'un geste lent un large signe de croix. Près de lui se tenait Dawi, évêque du Dyfed, l'homme qui l'avait ceint du torque d'Arthur, quelques mois plus tôt. L'un et l'autre, vraiment, ressemblaient davantage à des vagabonds qu'à des envoyés de Dieu, et pourtant il ne faisait nul doute que sans leur aide aucun de ses espoirs n'aurait pu prendre forme. Des hommes d'une maigreur effrayante, plus pauvres que le dernier de ses porchers et qu'un revers du plat de l'épée aurait suffi à briser en deux... Le jour même de son couronnement, alors qu'il parvenait enfin au faîte de sa puissance et de sa gloire en recevant le torque d'Ambrosius devant l'assemblée des rois et en présence même d'Aedan mac Gabran, roi des Scots et depuis peu époux de sa propre sœur Guendoloena, Ryderc avait dû s'incliner devant eux et prêter serment au Dieu unique, plaçant ainsi son royaume et l'alliance entre leurs mains... Le temps avait semblé long, depuis ce jour. Mais on ne part pas en guerre contre l'ensemble des royaumes saxons comme pour une simple chevauchée guerrière. Il avait fallu des mois, tout au long de l'hiver puis du printemps, pour forger les épées, tourner les lances et tisser les hauberts de mailles. Pour assembler assez de vivres et assez de chariots, convaincre les indécis, acheter parfois leur confiance, ou faire étalage de sa force vis-à-vis de ceux qui, encore, contestaient son autorité. Les fils d'Ellifer étaient de ceux-là. Gurgi, Peredur et leur bande pitoyable de cavaliers de la Grande Suite, descendus des montagnes du Gwynedd, plus barbares que des païens et citant Dieu à chacune de leurs phrases !

Ryderc cracha par terre de dégoût. Leur tour viendrait assez tôt. Et ce jour-là, il ne leur servirait à rien de s'abriter derrière leurs croix et leurs prêtres de malheur !

Un silence soudain arracha le jeune roi à ses réflexions hargneuses. Les moines ne chantaient plus. Kentigern, tenant comme une enseigne une croix haute de huit pieds, avait toujours la main levée. Ébloui par la réverbération du soleil sur les eaux calmes de la Clyde, Ryderc ne parvint pas à distinguer nettement ses traits, mais il s'inclina avec humilité et se signa, sachant que l'abbé-évêque l'observait, comme eux tous.

Un instant, il sembla hésiter, parcourut de nouveau la masse compacte de sa cavalerie puis, sans un mot, talonna sa monture. Sans doute aurait-il dû haranguer les hommes, lancer un ordre tout au moins, mais sa gorge était serrée et il ne pouvait se permettre de faillir. Les mots n'avaient d'ailleurs plus d'importance. Nul n'ignorait que la campagne qui commençait serait rude et longue, au moins jusqu'à l'hiver, et que nombre de ceux qui quittaient aujourd'hui la capitale de son royaume n'y reviendraient pas. Ryderc piqua des deux et poussa son lourd destrier au galop. Il entendit les ordres hurlés d'une voix éraillée par l'un de ses capitaines, puis le grondement formidable des cavaliers s'élançant à sa suite.

Durant un temps, la sensation exaltante de la chevauchée dissipa les brumes qui pesaient sur son âme. Il ne lui fallut que quelques minutes pour rejoindre l'arrière-garde de la troupe. À son passage, les hommes criaient son nom, levaient leurs armes et frappaient leur bouclier, interminablement, si bien qu'une fois parvenu en tête de la colonne, ses doutes s'étaient envolés. À la tête d'une telle armée, Ryderc se sentait invincible, gonflé d'orgueil, aussi sûr de son destin et de son bon droit qu'au jour de son couronnement.

Ramenant sa monture au pas, il se laissa dépasser par un groupe de cavaliers et, tandis que ses chefs de guerre se regroupaient autour de lui, lança une boutade à l'intention de l'un d'eux, dont le visage déjà empourpré et brillant de sueur trahissait la méforme. Tadwen, le commandant de sa cavalerie, fit mine de s'approcher, mais Ryderc l'arrêta d'un regard. Il voulait rester seul, encore, savourer l'euphorie du moment. De nouveau, il toucha le torque à son cou et en éprouva le poids, au propre comme au figuré. C'était un geste qui lui était devenu familier et que d'autres, même s'il l'ignorait, avaient eu avant lui. Ambrosius, tout d'abord, mais aussi le roi Guendoleu de Cumbrie, que l'assemblée des rois avait choisi à sa place, et qui n'avait guère eu le temps de savourer cet honneur. Et enfin Merlin, son barde, bâtard de sang royal qui s'était emparé du torque sur la dépouille encore chaude de Guendoleu et avait fui à travers les terres de Bretagne, avant d'abandonner le collier d'or au moine qui l'accompagnait. Ces deux-là ne le gêneraient plus. Guendoleu était mort. Quant à Merlin, qu'il le soit ou non n'avait plus aucune importance. Sans le torque, Merlin n'était rien.

Le jour se leva dans la grisaille d'un mauvais crachin. Le coracle s'était échoué sur une petite plage de galets, au fond d'une anse protégée du vent, en morte-eau. Le premier, Merlin avait quitté la barque, sans un mot ni un regard pour les autres passagers, et avait gravi les quelques arpents de roches brunes couvertes de goémon qui les surplombaient. Il n'avait pas reparu.

Relevant sa robe de bure de façon plutôt grotesque, Blaise se laissa glisser à l'eau et pataugea jusqu'au rivage, où Bradwen l'attendait avec ses bêtes.

— Ils gardent le bateau, dit le moine en le rejoignant. L'un d'eux a été pêcheur et sait manœuvrer une barque. C'est plus de richesse qu'ils n'en ont jamais eu, pour la plupart…

— Un vrai don du ciel, pas vrai ?

Le guerrier émit un ricanement amer et lui donna la main pour le tirer à pied sec, sur une large dalle jonchée d'algues noires.

— Si Dieu l'a voulu ainsi…

— C'est ça… Dieu a bien voulu que ces porcs égorgent tous ceux qui nous ont précédés à leur bord, mais pas nous. Dieu a bien voulu que ma femme et mes fils soient tués, mais pas moi. Je dois être béni, non ?

Blaise le dévisagea, mais lut plus de tristesse que de révolte dans ses yeux fatigués.

— Nous avons tous un destin, mon frère. Et seul Dieu le connaît.

— Ouais… En attendant, regarde-les détaler ! On dirait qu'ils ont vu…

L'homme n'osa finir sa phrase et se mordit la lèvre.

— Eh bien ! Qu'est-ce que tu voulais dire ? On dirait qu'ils ont vu le diable, c'est ça ?

Bradwen poussa un long soupir et s'accroupit pour saisir un galet, avec lequel il se mit à jouer distraitement.

— Excuse-moi…

— Mais non, répondit Blaise en s'asseyant à côté de lui. D'ailleurs, il y a de ça.

À un jet de pierre de là, les hommes avaient poussé le coracle face au large et glissé un couple de rames dans les trous de nage, à l'avant du bateau. L'un d'eux se retourna et leur adressa un geste d'adieu avant de se hisser à bord. Le vent emporta le salut qu'il leur lançait, mais ils hochèrent la tête d'un même mouvement et y répondirent d'un signe de la main. La crique où ils avaient débarqué constituait un abri naturel idéal, protégé du vent et de la marée, et pourtant les autres s'en allaient, au risque de perdre l'embarcation si le temps se gâtait et s'ils ne trouvaient un havre pour s'amarrer. Blaise ne les comprenait cependant que trop bien. Tous gardaient le souvenir horrifié de ce qui s'était passé sur le bateau, même si leur âme refusait de comprendre ce que leurs yeux avaient vu. Au moins Bradwen osait-il en parler…

— Il n'était pas comme ça quand je l'ai connu, murmura le petit moine en fourrageant dans sa barbe, sans quitter des yeux les manœuvres maladroites du coracle. Il y a toujours eu quelque chose d'étrange, chez lui, et c'est d'ailleurs pour ça que la plupart des gens le rejetaient. Mais il a changé. Je crois qu'il a pris conscience de ce qu'il est, maintenant…

— Chez moi à Llandeilo, on l'appelait le « fils du diable », dit Bradwen.

— Tout le monde l'appelle ainsi.

— Je croyais que c'était une histoire. Un conte pour faire peur aux enfants…

Blaise eut un soupir amusé.

— Le diable a bien des visages, marmonna-t-il.

Là-bas, les hommes avaient mis la voile et pris le vent. En l'espace de quelques secondes, le coracle doubla le promontoire et disparut de leur champ de vision.

— Eh bien, dit Blaise. Tu as vu le diable de tes yeux, maintenant. Et eux aussi… S'ils s'en sortent, ils auront de quoi embellir le conte, pas vrai ?

Il fit mine de se lever, mais Bradwen le retint par le bras.

— Attends… J'ai dit que je vous aiderais, mais je veux savoir ce qui s'est vraiment passé, cette nuit. Le prince… Je veux dire Merlin… C'est un sorcier, c'est ça ?

Blaise jeta un coup d'œil par-dessus son épaule, mais l'enfant aux cheveux blancs n'était nulle part en vue. Alors il se rassit et haussa les épaules.

— Pas un sorcier, non… Je ne sais pas ce qu'il est réellement, et c'est sans doute ce que nous sommes venus chercher en Petite-Bretagne, quelque part dans la grande forêt. J'ignore ce qu'il a vu ou ce qui lui est arrivé, mais ses cheveux, qui étaient plus noirs encore que les tiens, ont blanchi en l'espace d'une nuit. Tout ce que je sais, c'est qu'il parle aux morts et que les morts lui parlent. C'est ce qu'on nomme un nécromant… Je ne crois pas qu'il en tire quelque pouvoir que ce soit, mais il semble qu'il s'imprègne ainsi du savoir de leur vie entière. Ne me demande pas comment…

— Ça ne suffit pas ! s'exclama Bradwen. Il a tué deux hommes, sur le bateau, bien plus forts et plus lourds que lui !

— L'expérience de dizaines et de dizaines de guerriers morts au combat, toutes leurs ruses, toutes leurs techniques… Ajoute à cela toutes les connaissances de quelques mires ou médecins, pour frapper à l'endroit où la mort est instantanée… Je n'en sais rien, je te dis.

— Tu veux dire que les morts lui apprennent tout ce qu'ils savent ? Mais pourquoi ?

— Je ne sais pas.

Le guerrier poussa un grognement de dépit et jeta rageusement à l'eau le galet qu'il avait ramassé. D'un bond, il se releva, examina l'amoncellement de roches brunes, derrière eux, puis se mit à gratter nerveusement sa tignasse et sa barbe luisantes d'embruns.

— Crois-tu… (Il s'interrompit, émit un ricanement en réalisant l'énormité de ce qu'il allait dire, et comme Blaise l'observait d'un air froid, reprit :) Crois-tu que les morts puissent lui apprendre des choses sur les vivants ?

— Je ne sais pas.

— Par le sang, tu ne sais rien, moine !

— C'est vrai…

— Mais il connaissait le nom de ces hommes et, lorsqu'il m'a parlé, il… Enfin, ce qu'il m'a dit était…

Le moine sourit et posa une main sur son épaule avec compassion.

— Tu n'es pas forcé de nous suivre. Tu ne lui dois rien… Allons, où est-il ?

Le guerrier désigna les hauteurs, derrière eux, d'un mouvement de menton. Un chemin se dessinait entre les rochers, grimpant en pente douce jusqu'au sommet, où il se perdait dans les genêts.

— Bonne chance, mon frère.

Blaise se leva, alla ramasser ses besaces et s'avança, tout d'abord à pas prudents, sur les pierres glissantes. En quelques enjambées, il rejoignit le sentier, qu'il gravit sans se retourner. Merlin était là, perché sur une souche émergeant d'un tapis de broussailles, tourné vers le large et aussi droit qu'un menhir.

— Ils s'en vont, dit Blaise lorsqu'il fut à portée de voix.

L'enfant se tourna vers lui, sourit faiblement et hocha la tête. Ses yeux étaient rougis et son teint plus pâle que jamais.

— On n'aurait pas dû partir…

Blaise réfréna toutes les questions qui lui brûlaient les lèvres. Ce fils, dont il avait parlé. Ce brusque accès de tristesse et de joie mêlées… Le meilleur moyen de faire parler le jeune prince – le seul, peut-être – était de ne pas l'interroger. Alors, le moine remonta sur sa tête nue la capuche de sa cape, en serra l'agrafe à son cou, posa ses besaces et s'assit près de lui, sur la souche, en l'observant. La bruine avait plaqué comme une guimpe les longs cheveux de Merlin contre ses joues et détrempé son manteau de laine bleue, mais il ne s'en souciait guère. La pluie ou le vent n'avaient prise sur lui. Plus d'une fois, au long de leur périple, le moine avait même eu l'impression qu'il s'en nourrissait, comme une plante…

— Je l'ai perdue, murmura l'enfant tout à coup.

Blaise, emporté dans ses pensées, resta sans autre réaction que de le regarder d'un air égaré.

— C'est fini, reprit l'enfant en sautant à terre. Je ne sens plus rien…

— Mais… (Blaise hésita un instant ; comme son compagnon attendait, il s'efforça d'adopter un ton aussi léger que possible :) Au moins, tu es sûr que c'est un fils ?

Merlin rejeta ses cheveux en arrière, ramassa son arc et son carquois puis lui tendit la main pour l'aider à se relever.

— Ça oui, fit-il, j'en suis certain. Et je l'ai entendue, tu sais… Elle a prononcé mon nom. Tu te rends compte ? Guendoloena a prononcé mon nom, c'est donc qu'elle pense encore à moi !

Blaise opina jovialement mais, dès que l'enfant se mit en route, c'est tout juste s'il ne dut pas s'asseoir à nouveau, tant le choc l'avait pris au dépourvu. Guendoloena… La propre sœur du roi Ryderc. Guendoloena, qui avait épousé Aedan mac Gabran…

— Tu viens ? lança Merlin. Il faut rejoindre la forêt avant que ça nous tombe dessus !

Le moine suivit des yeux la direction que l'enfant lui indiquait du doigt. Un grain s'approchait des côtes, aussi sombre que la nuit. Il acquiesça d'un signe de tête et se pencha pour ramasser ses besaces. Dans le mouvement, il aperçut le coracle, à quelques toises de la côte rocheuse, qui naviguait à la lame sans parvenir à s'écarter des brisants. Malgré la pluie qui redoublait, Blaise s'attarda à observer sa course maladroite, hachée par une houle de plus en plus forte. C'était pitié de voir une barque si mal dirigée… Heureusement pour eux, il leur suffirait de contourner les récifs pour rejoindre une longue plage de sable blanc, où ils pourraient s'échouer sans dommages, si le temps se gâtait encore davantage.

Rassuré, Blaise s'élança sur les traces de Merlin, jusqu'au couvert tout relatif d'un petit bois. Là, ils nouèrent ensemble leurs manteaux et s'en firent un abri, sous lequel ils se tassèrent tant bien que mal.

— Ça ne va pas durer, grommela le moine. Regarde, ça se lève déjà…

Merlin ne répondit pas. Ainsi que son compagnon, il s'était tourné vers la lueur dorée qui au loin perçait l'amoncellement des nuages, mais au lieu de se protéger de l'averse, il se leva brusquement, s'écarta d'un ou deux pas, sembla un instant humer l'air comme une bête sauvage puis, sans un mot d'explication, s'élança sous la pluie battante, à travers la futaie.

Blaise secoua la tête avec un soupir désolé, sans toutefois esquisser le moindre geste pour l'en empêcher. Depuis qu'il s'était attaché au pas de Merlin, sur ordre de sa mère, la reine Aldan de Dyfed, il en avait suffisamment appris sur lui pour savoir qu'il était vain d'essayer de le comprendre. Dieu sait s'il l'avait détesté, s'il l'aimait, s'il avait eu peur de lui, pitié pour lui, s'il priait encore, chaque jour, pour le salut de son âme tourmentée. Et Dieu sait s'il avait souvent eu envie de l'abandonner à son sort. Aldan était morte, à présent, et sans doute pouvait-il se considérer comme délié de son serment puisque le jeune prince était hors de danger, depuis qu'ils avaient quitté l'île de Bretagne. Tout autre que lui l'aurait probablement laissé s'embarquer seul à Caerfyrddin, sur les rives de la Tiwi. À l'heure qu'il était, au lieu de s'enrhumer sous cet abri de fortune, Blaise aurait retrouvé la quiétude de son monastère, auprès de l'abbé-évêque Dawi, dans le confort moral de la règle, hors du monde… La gorge nouée, le moine ramena ses genoux contre son torse et y enfouit son visage. Était-il en train de tout perdre en suivant Merlin, y compris son salut ? Depuis qu'il le suivait, les bases mêmes de sa foi vacillaient. Cet enfant qui se riait de Dieu n'aurait dû lui inspirer que de la répulsion, ainsi que le ressentaient instinctivement la plupart de ceux qui croisaient sa route errante. Et pourtant, malgré l'horreur indicible de ses actes de possédé, ce n'était pas le Mal qui émanait de lui, mais de la tristesse, le poids effrayant d'un remords informulé et de la quête d'une vérité à laquelle Blaise, pas plus que Merlin, ne pouvait renoncer. Une vérité qu'ils découvriraient peut-être, au-delà des terres habitées par les hommes et bénies de Dieu, au cœur de la grande forêt. Dans le pays au-delà des bois, Brocéliande… Sans doute était-ce pécher par vanité, mais si les êtres dont parlait l'enfant existaient bien, il fallait qu'il les voie de ses propres yeux. Qu'il leur parle. Et qu'il sache, enfin, si les elfes existaient…

Le bénédictin se redressa brusquement et regarda autour de lui comme s'il avait été pris en faute, conscient de l'hérésie qu'il venait de formuler en pensée. Comme nombre de jeunes novices, il avait été formé dans des monastères bretons baignés de pélagianisme, une doctrine qui valait aujourd'hui l'excommunication, d'un bout à l'autre de la chrétienté. Et le fait même d'oser imaginer qu'un être puisse exister en dehors de Dieu sans pour autant être une incarnation du Malin pouvait faire de lui un anathème, rejeté de l'Église et méprisé des hommes. Alors, vraiment, il ne lui resterait rien…

Lorsque la pluie s'écarta vers l'intérieur des terres et qu'un soleil éclatant illumina les bois ruisselants, le moine était en prières, et c'est ainsi que le trouva Bradwen, tirant derrière lui par leurs brides son cheval et ses mules.

— Tu es seul de nouveau ? lança-t-il, d'un ton brusque, qui fit sursauter Blaise.

— Il ne doit pas être bien loin, va !

Comme à contrecœur, il se releva, dénoua les manteaux détrempés et ramassa ses besaces. Au même instant, et sans qu'ils l'aient entendu approcher, Merlin apparut auprès d'eux, portant dans un repli de sa tunique une brassée de petites pommes rouges.

— Je ne risquais pas d'aller loin, messires. Nous sommes sur une île.

— Que dis-tu ?

— Tu m'as entendu... Il va falloir chercher une barque, ou attendre la marée basse, demain matin. La côte est à moins de deux milles, au sud.

Merlin leur sourit, déposa soigneusement sa récolte sur une touffe d'herbe, choisit l'un des fruits et alla s'asseoir sur un tronc d'arbre.

— Au moins nous ne mourrons pas de faim, dit-il. Il y a près d'ici un verger de doucins si chargés que leurs branches ploient jusqu'à terre. Et si vous faites du feu, j'irai pêcher, tout à l'heure, sur la grève.

— On dirait que tu es ici chez toi, marmonna Bradwen.

Sans attendre une réponse, il ramassa quelques pommes et rejoignit ses bêtes, attachées à l'écart. Quand il se fut éloigné, Blaise se servit à son tour et s'assit à côté de Merlin.

— Qu'est-ce qui s'est passé, tout à l'heure ? demanda-t-il à voix basse, pour que lui seul l'entende. Tu as eu une vision, c'est ça ?

L'enfant essaya de s'en sortir par une moue désinvolte et l'ébauche d'une plaisanterie que, devant l'air grave de son compagnon, il n'essaya même pas de formuler.

— Je connais cette île, murmura-t-il. Je ne sais pas pourquoi, mais cela n'a rien d'une vision. C'est comme si j'étais déjà venu ici… Je sais que ce n'est pas possible, mais c'est ce que je ressens.

Blaise jeta un coup d'œil vers Bradwen. Le guerrier s'affairait auprès de ses mules et de son roncin, sans leur prêter attention.

— Eh bien, c'est déjà ça, dit-il. Et elle s'appelle comment, ton île ?

— Je l'ignore… Il faut que tu me croies. Mais je savais où trouver ces pommes, je connais les recoins où s'abritent les congres, sur la grève, et je sais aussi qu'il y a un monastère, quelque part par là, un monastère qui abrite une cloche d'une grande valeur…

Blaise abaissa lentement la pomme qu'il s'apprêtait à croquer.

— Continue…

— Comment ça, continue ? Qu'est-ce que tu veux que je te dise ? J'ai l'impression de connaître cette île, c'est tout !

Le moine sembla faire un effort sur lui-même pour se contenir, et d'un geste familier passa sa main sur son crâne tonsuré puis se gratta la barbe.

— Ce que tu dis me rappelle quelque chose, déclara-t-il doucement. C'est ta mère qui t'a parlé de ça ?

— Je ne sais plus…

— Tu mens ! cria Blaise, si fort et d'un ton si rude que Bradwen se tourna dans leur direction. Dis-moi la vérité, pour une fois !

Dans sa fièvre, il avait saisi Merlin au col. Celui-ci se dégagea sans ménagement et s'éloigna de son compagnon, à la fois décontenancé et irrité par l'emportement subit que le moine manifestait à son égard. De nouveau, ils se dévisagèrent, et de l'affrontement ce fut l'enfant qui sortit vaincu.

— Je crois… (Il baissa la tête, parlant si bas que sa voix n'était qu'un murmure.) … Je crois que les miens ont vécu ici. Leurs marques sont encore sur les arbres et les pierres, pour qui sait les voir.

Il jeta un coup d'œil vers Blaise, qui ne réagit pas.

— Ce sont des moines de chez nous qui les ont chassés, reprit-il d'un ton plus hésitant. Des Bretons venus de la mer, menés par un prêtre portant une étole… Par la magie de ton dieu, ils se sont jetés à l'eau et on ne les a plus revus.

Lentement, le clerc releva les yeux vers l'enfant. Le cœur battant, il s'efforça durant quelques instants de rassembler ses propres souvenirs et de les confronter à ce que Merlin venait de dire. Le prêtre porteur d'une cloche sacrée, brandissant son étole…

— C'est ainsi que Paul a chassé le dragon, hasarda-t-il.

Merlin haussa les épaules en ricanant.

— Le dragon ! Le diable ! Pourquoi ne nommez-vous jamais les choses par leur vrai nom ?

— Je crois que je sais où nous sommes, insista Blaise, sans tenir compte de sa remarque. Et si je ne me trompe pas, c'est que le Dieu tout-puissant nous a guidés jusqu'ici, mon fils…

— N'est-ce pas toujours le cas ?

— Non… Non, n'essaie pas d'en rire. Tu connais cette histoire aussi bien que moi. Cette île se nomme Battha et le prêtre à l'étole est Paulus Aurelianus [1], fils du comte Porphirius et membre de ta propre lignée !

Il s'était rapproché de Merlin et l'avait saisi par le bras, bouleversé par cette révélation, mais ce dernier se dégagea vivement.

— Ce n'est pas ma lignée !

— Tu es le prince Emrys Myrddin, fils d'Ambrosius Aurelianus. Et Paul Aurélien est…

— Ce n'est pas ma lignée ! Je suis un bâtard, l'as-tu oublié ? Demande-lui !

D'un geste rageur, il désigna Bradwen, qui les écoutait à distance en retenant son souffle, sans bien comprendre ce qu'il entendait.

— Je suis Merlin, fils de Morvryn, seigneur des elfes de Brocéliande, reprit-il plus bas, d'une voix blanche. Ma lignée est celle qu'Aurélien a combattue ici ! Ma lignée est ce que tu nommes le dragon, l'impie, le diable ! Ma lignée a fui au-delà de ce bras de mer, vers un pays sans hommes. Et c'est là que je vais !

Blaise acquiesça sans répondre puis se détourna, le temps de retrouver son calme et remettre de l'ordre dans ses idées. En revenant vers Merlin, il leva les mains dans un geste de conciliation.

1. Pol Aurélien, fondateur d'un monastère sur l'île de Batz (*Insula Battha*) puis évêque du Léon, qui donna son nom à la ville de Saint-Pol.

— Où que tu ailles, j'irai avec toi… Si tu le veux bien. Mais laisse-moi quelques heures, je t'en prie. Il faut que je trouve le monastère d'Aurélien. Si Dieu nous a conduits jusqu'ici, ici justement, ce n'est pas par hasard, tu comprends ?

— Ne compte pas que je t'attende indéfiniment.

— Jusqu'à ce soir, ou demain matin, au jusant. Comme ça, on pourra traverser à pied sec. Et si ce sont vraiment des elfes que Paul Aurélien a chassés de Battha, je le saurai.

Tout en parlant, il avait saisi avec chaleur les épaules de l'enfant, qui s'apaisa et consentit un sourire.

— Demain, au plus tard, nous prendrons la route de la grande forêt. Mais quoi que nous découvrions là-bas et quoi qu'il nous arrive, n'oublie pas ta vraie famille.

L'enfant ouvrait déjà la bouche pour répondre, mais le moine fut plus prompt à préciser sa pensée :

— Ton fils, Merlin. N'oublie pas ton fils…

— Où que tu ailles, j'irai avec toi. Si tu le veux bien. Mais laisse-moi quelques heures, je t'en prie. Il faut que je trouve le monastère d'Aurélien. Si Dieu nous a conduits jusqu'ici, ici justement, ce n'est pas par hasard, tu comprends ?

— Ne compte pas que je t'attende indéfiniment.

— Jusqu'à ce soir, ou demain matin, au plus tard. Comme ça, on pourra traverser à pied sec. Et, si ce sont vraiment des elfes que Paul Aurélien a chassés de Batz, je le saurai.

Tout en parlant, il avait serré avec chaleur les épaules de l'enfant, qui s'apaisa et esquissa un sourire.

— Demain, au plus tard, nous prendrons la route de la grande forêt. Mais quoi que nous découvrions là-bas et quoi qu'il nous arrive, n'oublie pas ta vraie famille.

L'enfant ouvrait déjà la bouche pour répondre, mais le moine fut plus prompt à préciser sa pensée :

— Tu es fils, Merlin. N'oublie pas ton fils...

III

L'île basse

AUJOURD'HUI encore, il ferait beau… En bas, des enfants se baignaient dans la rivière miroitante en poussant des cris aigus qui dominaient la rumeur de la ville, les bruits du marché et le martèlement irrégulier provenant de la forge. Les moines venaient de sonner tierce [1], et la fraîcheur de la nuit se dissipait déjà, jusque dans la chambre de Guendoloena.

Aujourd'hui il ferait beau, mais à quoi bon ? Ce ne serait pour elle qu'une journée de plus à rester enfermée, sans voir son nouveau-né, avec pour toute visite le ballet servile de chambrières parlant un gaélique rocailleux qu'elle comprenait à peine, ou, comme chaque jour, le passage d'une sage-femme revêche, dont les mains calleuses venaient fouailler en elle avec rudesse avant de lui bander le ventre et les

1. La troisième heure du jour, neuf heures du matin.

seins. Tant que la reine perdrait du sang et tant que son lait ne se serait pas tari, elle serait impure et ne pourrait entendre la messe, recevoir la communion ou même voir le roi. C'était tout juste si on lui donnait des nouvelles de son fils, confié à quelque nourrice, et dont l'écho des pleurs, au loin, lui déchirait le cœur durant ses nuits sans sommeil.

Le claquement sec de la serrure la fit sursauter. Le temps que la porte s'ouvre, elle s'écarta de l'embrasure comme une gamine prise en faute, ce dont elle s'en voulut aussitôt. Relevant le menton, elle s'apprêtait déjà à renvoyer la servante apportant le lait et les fruits secs de sa collation du matin, mais ce fut un homme qui entra. Un vieillard portant la robe de bure noire des moines, avançant avec peine, pas à pas et tête baissée, soutenu par un novice qui gardait lui aussi les yeux au sol, comme si la seule vue de la reine aurait pu le souiller.

Guendoloena soupira bruyamment pour marquer son irritation, sans aucun effet sur les deux religieux qui mirent un temps infini à rejoindre le coin le plus sombre de la pièce. Le vieil homme s'assit avec un gémissement d'épuisement sur une banquette couverte de fourrure d'ours. Cela fait, le novice sortit aussitôt et referma derrière lui. Guendoloena reporta alors son attention sur son visiteur, qui avança son visage dans la lumière. Elle le reconnut aussitôt et tomba à genoux, les mains jointes. C'était Colomba, le saint homme de l'île d'Iona que toute la Bretagne révérait sous le nom de Columb Cille, « la colombe de l'Église ».

— Pardonnez-moi, mon père, je ne m'attendais pas…

Le vieillard sourit.

— C'est à toi de me pardonner, ma fille. Je t'avais promis de te rendre visite régulièrement et voici que je ne suis plus venu à Dunadd depuis ton mariage... Viens près de moi.

La reine vint s'asseoir à côté de lui, dans le recoin d'ombre où il s'était réfugié. Elle lui retourna son sourire, ne sachant que dire, et se mit soudain à rougir en réalisant qu'elle ne portait qu'une chemise dont la fine étoffe de lin ne devait rien dissimuler de ses formes lorsqu'elle se tenait devant la fenêtre éclatante de jour, quelques instant plus tôt. À y réfléchir, peut-être était-ce pour cela que le moinillon s'était enfui aussi vite...

— Laisse-moi te regarder, murmura Colomba.

Guendoloena fit un effort pour se ressaisir mais se troubla aussitôt en découvrant la figure du père abbé. Malgré sa maigreur et son crâne entièrement tonsuré, selon la coutume de l'Église celtique, Colomba avait conservé une certaine prestance, mais ses yeux étaient désormais couverts d'un voile opalin qui en masquait presque entièrement les pupilles. Un regard d'aveugle... De ses doigts parcheminés, Columb Cille lui effleura lentement le visage, puis saisit ses mains et les pressa avec chaleur.

— Je n'y vois presque plus, souffla-t-il. Et la lumière du jour me fait mal... C'est ainsi. Le Seigneur me punit de mes péchés en me faisant vivre l'existence d'un infirme, inutile et incapable même de se mouvoir seul. Sans doute juge-t-Il que je ne suis pas digne de Le rejoindre...

— Si vous n'en êtes pas digne, mon père, je me demande qui le serait !

— Ne crois pas ça.

Colomba lui tapota la main et s'adossa contre le mur avec un long soupir douloureux.

— J'ai cinquante-deux ans. Ce n'est pas si vieux, tu sais… D'autres sont dans la force de l'âge, chevauchent et bataillent, alors que je ne peux qu'expier, encore et encore, jusqu'à ce que le compte des âmes soit rétabli en ma faveur…

— Mon père, je ne comprends pas…

— C'est parce que tu es bretonne, murmura Columb Cille. Tous les Gaëls d'Hybernie[1] ou de Scotie connaissent mon histoire et ma faute. Il est juste que tu l'apprennes à ton tour…

— Mon père, je…

Le saint homme leva la main pour couper court aux protestations de la jeune reine.

— Quand j'étais jeune, je n'avais aucune intention de consacrer ma vie à servir Dieu. Je voulais être roi, ou au moins un seigneur de guerre. J'en avais le sang. J'appartenais à la lignée royale des Ui Neill par mon père et à la maison de Leinster par ma mère. On me fit cependant rentrer dans les ordres, au monastère de mon maître, Finnian de Moville. Mais sa sainteté et son exemple ne suffirent pas à tempérer mon orgueil. Un jour, j'empruntai au monastère de Magh-Bile une traduction des psaumes de saint Jérôme pour les recopier. Quand j'eus fini, on m'interdit d'emmener mon travail. « Chaque veau doit rester auprès de sa mère », disait-on… J'aurais pu consulter les psaumes sur place aussi souvent que je l'aurais souhaité, et d'ailleurs je les connaissais par cœur après les avoir si longuement transcrits. Mais, au lieu d'obéir, je m'enfuis comme un

1. L'Irlande.

voleur, emmenant le livre sacré avec moi… De ce fait, il y eut une affreuse bataille, à Coodrebne, une tuerie à laquelle je participai avec furie… Tant de morts, tant de blessés couverts de sang, à cause d'un livre de prières, et par ma faute…

Le vieil homme s'interrompit. Malgré la pénombre, Guendoloena crut distinguer une larme coulant sur sa joue.

— Il n'y a de pire crime que de donner la mort au nom de Dieu, gémit-il. Telle est ma pénitence : amener à la foi autant d'âmes qu'en furent perdues par ma faute. Sans doute suis-je encore loin du compte…

Durant un long moment, il n'y eut plus entre eux qu'un silence gêné, le temps que l'abbé reprenne ses esprits.

— Tu vois quel vieil imbécile je fais, dit-il enfin. Je venais t'apporter du réconfort et je ne fais que m'apitoyer sur moi-même. Pardonne-moi.

— Votre seule présence est un réconfort, mon père. Je suis recluse dans cette chambre depuis la naissance de mon fils…

La jeune femme laissa sa phrase en suspens. Une boule lui nouait la gorge, comme chaque fois qu'elle pensait à ce bébé qu'on lui avait arraché des bras, dès sa venue au monde. Était-il seulement encore en vie ? Il n'était pas rare qu'un nouveau-né succombe dès ses premiers jours, surtout quand sa survie devenait une gêne… Une malformation honteuse, la naissance d'une fille quand on attendait un garçon ou, pis encore, celle d'un bâtard… Elle écarta cette pensée affreuse, inconcevable, et se ressaisit, voyant que Colomba l'observait de son regard vitreux.

— Je me sens si seule, dit-elle avec un pauvre sourire. Aedan m'écrit tous les jours, comme si nous étions à des milles de distance, alors qu'il lui suffirait de pousser ma porte.

— Tu sais bien qu'il ne le peut pas, tant que tu es impure. Il n'y en a plus pour longtemps. D'ici un jour ou deux, ce devrait être fini. Au moins, tu pourras sortir…

— Voir mon fils, enfin !

Colomba l'observa en silence, l'air grave, jusqu'à ce que son sourire disparaisse.

— Le jeune prince et le roi sont sacrés, au regard de Dieu… Il faudra attendre tes relevailles, ma fille.

Guendoloena se sentit pâlir.

— Il n'y en a que pour un mois, poursuivit Colomba. D'ailleurs, tu ne pourrais pas les voir. Aedan s'apprête à quitter Dunadd pour m'accompagner à la convention de Druim Cett, en Hybernie. Nous présenterons ton fils au grand-roi Aed. Si tu le souhaites, tu pourras rejoindre un couvent de moniales pendant ce temps, mais ce n'est pas une obligation…

C'est pour ça que tu es venu ? songea-t-elle. *Combien de temps as-tu passé à parler de politique avec Aedan avant de venir me voir ?*

Loin de remarquer le trouble de la reine, l'abbé d'Iona émit quelques spasmes d'un rire souffreteux avant de conclure par une remarque dont l'ironie lui échappa :

— Remercie Dieu d'avoir eu un garçon. Pour une fille, la purification est de soixante-six jours.

Guendoloena se leva, sans parvenir à répondre tant sa gorge était nouée, et marcha jusqu'à sa fenêtre pour respirer.

— Pourquoi, au moins, n'ai-je pas pu conserver Cylid, mon serviteur, ni même ma chambrière ?

— Cylid est un homme, il ne peut t'approcher. Quant à cette femme, le chapelain l'a renvoyée. On m'a dit qu'elle avait glissé un couteau sous ton matelas – pour couper la douleur, c'est une croyance d'ici…

Guendoloena secoua la tête avec quelques notes d'un rire sans joie.

— Ça n'a pas été très efficace, mon père, croyez-moi.

Le vieil homme lui sourit avec tendresse et lui prit de nouveau la main.

— N'est-il pas dit que la femme enfantera dans la douleur ? Tu dois rendre grâce au Ciel pour tes souffrances, car c'est par elle que chaque fille de Notre Seigneur rachète le péché d'Ève et peut espérer en la grâce divine… *Nemo enim coronabitur nisi qui legitime certaverit*[1].

La reine se retint de répondre, sachant qu'elle ne pourrait éviter de laisser percer de l'amertume ou des sarcasmes dans ses propos.

— C'est un jour particulier, reprit doucement Colomba. La famille des chrétiens compte un enfant de plus. Ton fils a été baptisé…

La reine se figea, glacée jusqu'aux tréfonds d'elle-même. De cela, il n'avait pas été question dans les lettres d'Aedan. Qu'il fût élevé dans la foi chrétienne allait de soi. En revanche, elle avait souvent essayé d'évoquer avec lui des prénoms pour le bébé, qu'il fût une fille ou un garçon, durant les dernières semaines

1. « Car n'est couronné que celui qui y a légitimement consacré tous ses efforts. »

de sa grossesse. Mais le Scot se contentait d'opiner à toutes ses suggestions, sans jamais dire clairement son avis. Dieu veuille qu'il ne lui ait pas donné l'un de ces horribles prénoms d'Hybernie, hérité de quelque noble ancêtre du Dal Riada, comme ses frères aînés Garnait, Eochaid Find ou Tuthal…

— Le jeune prince porte un nom de roi, poursuivit l'abbé.

Colomba s'interrompit, ménageant ses effets avec un sourire presque juvénile.

— Mon père, ce n'est guère chrétien de me faire languir ainsi.

— Tu as raison… Ton fils se nomme Arthur. Un nom qui le fera aimer de tous les Bretons, s'il vient un jour à régner…

Le silence était si lourd qu'on entendait crépiter les flambeaux dans leurs torchères et battre la pluie au-dehors, contre les murs de pierre. Ils étaient une douzaine, autour de grandes tables pouvant accueillir cinq fois ce nombre, dînant vite, penchés sur leurs écuelles, comme s'ils ne souhaitaient tous qu'expédier au plus vite une formalité fastidieuse et aller se coucher pour en finir avec cette journée de gros temps. Malgré sa taille imposante, la pièce où ils étaient réunis ne ressemblait en rien à une salle d'apparat, digne d'un seigneur du rang de Withur, comte de Battha et du Léon, homme lige du roi des Francs, Chilpéric, mais vassal de Judual, le souverain de la Domnonée. Les murs étaient de pierre nue et le sol de terre battue. On n'y voyait ni tapisseries ni fourrures, rien que de la paille au sol pour se garder de l'humidité et, pour toute décoration, une croix sculptée sur le manteau de la cheminée, où rougeoyait un feu de braises. Nulle servante pour remplir les gobelets, nul barde ou jongleur pour divertir ces hommes massifs et sombres, tous vêtus de laine grossière et de cuir épais, portant pour la plupart une arme au côté et de larges bracelets de bronze autour des avant-bras, sans que rien ne distingue le comte de ses barons.

Quelques minutes plus tôt, une escouade de gardes avait amené jusqu'à eux une poignée d'hommes, de femmes et d'enfants ramassés sur la grève, et c'est à peine si les commensaux leur avaient accordé un regard, à peine s'ils s'étaient interrompus de manger à leur arrivée. Lorsqu'ils eurent fini – et alors seulement –, l'un d'eux se leva, essuya son menton luisant de graisse et contourna les tables pour les examiner. Guère différent des autres, donc, si ce n'est par son âge, il ne portait pas de barbe et avait les cheveux courts, à la mode romaine, ce qui ne faisait que souligner davantage la rudesse de ses traits tannés par la mer et le vent. Sans qu'il ait dit un mot et malgré ses vêtements dénués de tout luxe, chacun comprit en le voyant qu'il s'agissait du comte en personne, et comme un seul homme ils s'agenouillèrent à son approche. Withur les considéra quelques instants, les jugea pitoyables avec leurs vêtements dégoulinants de pluie et les bagages disparates qui les encombraient (il y avait même un cochon et une cage en osier remplie de poules !), puis il fit signe de parler au sergent qui commandait le détachement.

— Messire, ces gens demandent asile, dit le soldat. Leur barque s'est échouée sur la plage, et avec ce qu'il tombe nous avons pensé que…

— Tu as bien fait, répondit le comte.

Avec un sourire fatigué, il s'avança pour relever l'un des pauvres hères agenouillés devant lui. C'était un homme âgé, plus vieux que Withur lui-même, trempé jusqu'aux os et grelottant convulsivement.

— D'où viens-tu ?

— Seigneur, je suis de Llanddowror, en Dyfed...

Le comte hocha la tête et lui tapota l'épaule.

— Encore des émigrants de Bretagne... C'est bon.

D'un geste, il signifia aux autres, hommes, femmes et enfants, de se relever.

— Vous avez ici de quoi manger et dormir au sec. Demain, ceux d'entre vous qui ne sont pas chrétiens seront baptisés puis, si le temps le permet, nous vous ferons traverser le chenal jusqu'à Kastell Léon [1]. De là, on vous répartira dans le pagus Daoudour [2]. Le prévôt vous trouvera du travail.

Quelques-uns se regardèrent d'un air inquiet, d'autres se précipitèrent vers le comte pour lui baiser la main, mais Withur se dégagea sans ménagement.

— Ne me remerciez pas. Pendant un an, à compter de ce jour, vous serez rattachés à une motte [3] à laquelle vous devrez obéissance, impôts et corvées. Rien ne sera à vous, ni vos terres, ni vos masures, ni vos enfants, pas même les hardes que vous avez sur le dos ou la barque qui vous a conduits jusqu'ici. Dans un an, si vous avez fait preuve de votre loyauté envers moi et

1. Aujourd'hui Saint-Pol-de-Léon.

2. Le « pays des deux eaux », l'un des neuf pagus – ou cantons – de la Domnonée armoricaine au haut Moyen Âge.

3. Petit fortin bâti sur une levée de terre, régnant sur des tenures à caractère servile.

de votre foi en Notre Seigneur Jésus-Christ, alors vous serez dignes de vivre en hommes libres… D'ici là…

Il darda sur eux un regard terrible.

— … Que Dieu ait pitié de vous si vous n'obéissez pas ou si vous ne vous montrez pas bons chrétiens ! Emmenez-les.

Tandis que le groupe se rassemblait en murmurant et que le comte se détournait déjà pour rejoindre sa place à table, le sergent se racla la gorge pour attirer son attention.

— Quoi encore ?

— Celui-là n'était pas avec eux, messire, dit le soldat en désignant un homme toujours agenouillé, serré de près par deux gardes tenant leur épée à la main, lame nue. On l'a ramassé au nord, près du Toul ar Sarpent, et c'est en revenant qu'on a rencontré ceux-là. Quand ils l'ont reconnu, j'ai cru qu'ils allaient nous le tuer…

— Vraiment ?

Withur jeta vers ses barons un sourire amusé, puis chercha des yeux le vieil homme à qui il avait parlé un peu plus tôt.

— Toi, l'ancien, reviens ici !

Celui-ci se détacha des autres et s'approcha du comte.

— Tu connais cet homme ?

— Seigneur, oui, répondit le vieillard de Llanddowror, avec un regard de haine pure en direction du captif. C'est un pirate et un meurtrier. Nous avions payé assez cher pour la traversée, mais ils ont tenté de nous tuer et de nous voler !

— Qui ça, « ils » ? fit Withur. Il y en a d'autres ?

— Les autres sont morts, seigneur… Celui-là a sauté à l'eau pour sauver sa vie.

Le comte toisa le prisonnier, considéra d'un air à la fois dubitatif et amusé le groupe pitoyable des survivants et s'esclaffa, bientôt rejoint dans son hilarité irrépressible par ses barons attablés. Parmi eux, un moine au crâne entièrement tonsuré, selon l'usage, vêtu d'une robe de bure blanche et d'un surcot en peau de chèvre, se leva brusquement. Leurs rires moururent aussitôt.

— Pardonne-moi, grommela Withur en regardant le moine, si bien qu'on ne sut à qui il s'adressait que lorsqu'il se tourna vers le vieil homme. Pardonne-moi, mais nous n'avons guère de raisons de rire ce soir… C'est que tu ne me sembles pas de taille à jeter un maraud aussi gaillard par-dessus bord, et encore moins à tuer ses compagnons !

— Ce n'est pas lui, ni aucun d'eux, seigneur ! grinça le prisonnier.

L'un des gardes qui l'entouraient levait déjà le bras pour lui asséner un coup du plat de son épée, mais le comte secoua la tête.

— Tu as quelque chose à dire, toi ?

— Je ne suis pas un pirate, seigneur. Mon nom est Gorthyn, je suis marin, par la grâce de Dieu notre Seigneur, et ces bougres nous ont volé notre bateau avec l'aide d'un sorcier !

Le silence, fait cette fois non plus d'ennui et de fatigue mais de stupeur, d'indignation et d'effroi retomba sur la salle commune. À la grande table, les hommes d'armes et les barons de Withur se levèrent, la mine encore plus grave qu'à l'ordinaire ; certains se rapprochèrent du comte, comme pour le protéger. Jouant des coudes envers ceux qui ne s'écartaient pas assez vite, le moine au surcot de chèvre se précipita au premier rang, avec un empressement qui aurait pu faire sourire, dans d'autres lieux et d'autres circonstances.

— Tu accuses ces malheureux de sorcellerie ? grommela le comte. Prends garde, marin ! Ce ne sont pas des choses que nous prenons à la légère, par ici...

Bousculant presque Withur, le moine fit irruption devant Gorthyn, avant que ce dernier ait eu l'occasion de répondre.

— Écoute-moi, l'homme. Je suis le père Cetomerinus, aumônier de monseigneur l'Évêque. À moi, tu ne peux mentir, car ce serait mentir à Dieu Lui-même et tu brûlerais en enfer pour mille ans. Ce sorcier est-il parmi eux ? dit-il en désignant d'un mouvement de tête le groupe des émigrants.

Gorthyn se signa furtivement et alla jusqu'à saisir la robe du religieux pour la porter à ses lèvres avec dévotion.

— Non, mon père, il n'est pas là... Peut-être a-t-il fui, ou peut-être s'est-il changé en oiseau de mer ! Mais je jure par Notre Seigneur et la Vierge Marie que je dis la vérité. Demandez-leur ! Ils ont tous vu ce démon, comme moi !

Withur et ses barons se tournèrent vers les rescapés, resserrés les uns contre les autres comme un troupeau de moutons cerné par des loups, et l'air tout aussi terrorisés. Le comte jura entre ses dents (ce qui lui valut un regard en coin de son moine) et crispa ses poings formidables. Il ouvrait déjà la bouche pour les interroger, mais Cetomerinus le retint par le bras.

— Ce sorcier, demanda-t-il à Gorthyn, à quoi ressemble-t-il ?

— Ça, je ne risque pas de l'oublier ! Parfois on dirait un enfant, parfois une femme, parfois un vieillard. Il a les cheveux entièrement blancs, longs d'une coudée au moins, et il est vêtu de sombre, avec un arc… Et puis…

— Continue, voyons !

— Mon père, pardonnez-moi, dit Gorthyn en baissant la tête. Il y a un moine avec lui.

— Un moine ?

Cetomerinus lâcha le bras du comte, le visage soudain aussi pâle que son froc de bure.

— Que le Ciel me foudroie si je mens, messire l'aumônier ! Il… il n'avait pas une robe blanche, comme vous. La sienne est noire… et il porte la barbe !

— Seigneur Dieu…

Le religieux sembla un instant vaciller, les yeux perdus dans le vague, puis il dévisagea le comte d'un air égaré, bredouilla quelques mots signifiant qu'on l'attende et s'en alla à grandes enjambées.

Dehors, il pleuvait à cordes et la nuit était aussi noire que possible, avec de lourds nuages masquant la pleine lune. L'aumônier n'hésita qu'un instant, releva sa capuche sur son crâne et s'empressa le long du chemin qui menait à l'enclos monastique, en dehors du bourg et des fortifications. En quelques minutes, il rejoignit le mur bas entourant le monastère, tambourina à l'huis jusqu'à ce que le frère portier lui ouvre puis se rua dans l'enclos, droit vers l'unique bâtisse de pierre du périmètre, qui abritait à la fois le sanctuaire et la cellule de l'abbé.

Son irruption soudaine dans la chapelle fit sursauter un novice assis dans les travées, qui le regarda d'un air effaré. Cetomerinus s'efforça de sourire, lui fit signe de se rasseoir puis s'agenouilla devant le maître-autel, le temps de retrouver son souffle. La pluie collait à sa peau la laine rugueuse de sa robe, que la boue du chemin avait en outre amplement crottée. Ce n'était certes pas une tenue pour se présenter devant un saint homme, mais au moins pouvait-il attendre de retrouver un visage en paix et un souffle égal. À la droite de l'autel, une petite porte séparait la chapelle de la cellule où s'était retiré le maître, veillé à cet instant même par l'homme qu'il était venu chercher. Le corps enfin en repos mais l'âme toujours aussi enfiévrée à l'idée que le maître puisse courir quelque danger, l'aumônier vida longuement l'air de ses poumons, se signa et, à pas lents, s'avança vers la porte.

La pièce, baignée d'une odeur sèche et douce, était minuscule, à peine éclairée par un lumignon trempant dans une coupelle d'huile. Sur un lit bas gisait Paulus Aurelianus. Âgé de cent quatre ans, celui que tous considéraient comme l'un des plus grands saints de la chrétienté, à travers les deux Bretagne et jusqu'à la cour du roi Chilpéric, à Paris, espérait depuis des semaines une mort qui tardait à venir, alors que ses dernières forces l'avaient depuis longtemps quitté. Devenu évêque du Léon contre son gré, bien des années plus tôt, Aurélien avait choisi à son heure dernière d'achever sa si longue route à Battha, dans son monastère, loin des ors et de l'opulence qu'affichaient sans vergogne les prélats de l'Église franque. L'aumônier, alarmé par l'immobilité du maître, s'approcha sans faire de bruit et tendit une main hésitante vers son visage.

— Ne crains rien, mon frère, il dort…

Cetomerinus se raidit, mais s'efforça néanmoins de faire bonne figure au moine en bure noire accroupi au chevet du saint homme.

— Ça ne lui arrive plus souvent, murmura-t-il.

À le voir ainsi, aussi maigre et parcheminé qu'un cadavre, semblant mort déjà, en vérité, dans la pénombre de la cellule, Cetomerinus eut les larmes aux yeux. Le maître allait bel et bien mourir, cette fois... À deux reprises, déjà, Paul Aurélien avait renoncé à sa charge d'évêque et nommé un successeur, tout d'abord son disciple Jaoua puis le sage Tiernmaël, mais l'un et l'autre avaient été rappelés à Dieu avant lui. Chaque fois, le vieil homme avait repris sa charge, le temps de former un nouveau disciple. Sans doute le prochain serait-il lui, Cetomerinus. Et sans doute ce moment était-il bien plus proche qu'il ne l'aurait souhaité...

L'aumônier s'écarta du châlit puis se tourna vers le moine tonsuré et barbu.

— C'est vous que je suis venu voir, chuchota-t-il. Pouvez-vous m'accompagner dehors, frère Blaise ?

L'aumônier sortit sans attendre, alla droit vers le novice pour lui ordonner de veiller sur le sommeil d'Aurélien puis traversa l'église et s'arrêta sur le parvis, le temps que Blaise le rejoigne. La pluie tombait toujours aussi dru et l'auvent de bois surplombant la grande porte à double vantail n'offrait qu'un piètre abri. Pour autant, il est des choses dont on ne parle pas dans la maison de Dieu, même s'il pleut.

Blaise fit une grimace en découvrant les trombes d'eau qui se déversaient au-dehors.

— Que se passe-t-il ? demanda-t-il en ramenant sa capuche sur son crâne.

— Vous m'avez bien dit que vous étiez arrivé ce matin sur l'île ?

— Oui…

— À bord d'un coracle, avec tout un groupe d'immigrants ?

Le moine fronça les sourcils, mais répondit affirmativement, tout en craignant de comprendre où Cetomerinus voulait en venir.

— Il faut que vous me suiviez chez le comte, dit ce dernier.

— À cette heure, et par ce temps ? répondit Blaise. Il faut que ce soit une affaire grave…

— Vol, meurtres, possession…, sorcellerie… Est-ce assez grave pour vous, mon frère ?

IV

Le jugement

LE SOLEIL jouait à travers les branchages de la hutte, encore étincelants de la pluie qui n'avait cessé de tomber de toute la nuit. Bradwen s'était éveillé au cri rauque des goélands et suivait des yeux leur vol tournoyant au-dessus de la grève.

Il se sentait sale, puant, avec du sable plein la barbe et les cheveux, le corps endolori par cette nuit pénible, les vêtements encore humides. Il se redressa avec un grognement de douleur, sortit de son abri et mit une main en visière pour inspecter la plage. La mer était calme, miroitante au gré du ressac. L'enfant n'était nulle part en vue. Sans doute était-il parti en quête de coquillages ou de fruits… Bradwen tourna le dos aux vagues et s'approcha d'un buisson pour soulager sa vessie. Aussitôt, ses sens furent en alerte. Une silhouette furtive venait de se cacher derrière un tronc d'arbre, à moins de dix coudées de là…

Instinctivement, il porta la main au côté, mais il avait laissé son épée dans la hutte, ainsi que l'arc de Merlin. Durant quelques secondes, le temps de se rhabiller, il épia la lisière du bois puis, d'une brusque détente, il se précipita vers leur cabane de branchages. Son élan fut stoppé net lorsqu'il découvrit un gaillard campé devant l'abri. L'homme portait les cheveux courts à la mode bretonne, et n'était vêtu que d'une tunique de cuir recouvrant ses hauts-de-chausses, avec pour toute arme une dague, qu'il n'avait pas même dégainée. Tandis que ses soldats se rapprochaient d'eux, il lorgna Bradwen avec un souverain mépris.

— Qui êtes-vous ? s'écria ce dernier. Où sont mes bêtes ?

L'homme sourit et jeta un regard de connivence à l'un de ses gardes. Aussitôt, Bradwen se sentit happé par des mains puissantes qui le forcèrent à se mettre à genoux.

— Puisque tu veux le savoir, je suis le sergent Erle, et j'appartiens au comte Withur, seigneur de cette île et de tout le Léon. Ça te va ?... Alors à toi de parler, maintenant. Où est le sorcier ?

— Quoi ?

La hampe d'une lance le frappa durement entre les omoplates, le projetant à terre.

— Où est le sorcier ? répéta le sergent d'une voix égale.

Cette fois, Bradwen avait compris. Le moine avait dû être capturé ; ces brutes avaient dû le faire parler. Le sorcier qu'ils cherchaient ne pouvait être que Merlin.

Lentement, il se redressa, étira ses épaules endolories et, toujours à genoux au milieu des gardes, contempla la grève, le mouvement paisible des vagues et le ciel si parfaitement bleu. Merlin n'était rien pour lui, et il lui suffirait probablement de dire tout ce qu'il savait pour sauver sa tête, mais Bradwen résolut de garder le silence… Sans raison valable – en tout cas aucune qui mérite de risquer sa vie –, il avait en cet instant décidé de cesser de fuir. Peut-être était-ce à cause de ce que l'enfant avait lu en lui. Peut-être tout simplement parce que la matinée était belle… Cette pensée l'amusa, et son sourire lui valut aussitôt un nouveau coup, plus violent encore, auquel pourtant il résista, cette fois.

— Que tu parles ou pas n'a aucune importance, dit le sergent. De toute façon, on le retrouvera.

— Alors retrouve-le et fous-moi la paix !

L'espace de quelques secondes, les deux hommes d'armes se dévisagèrent, Bradwen avec toute la haine et l'inflexibilité d'un être prêt à mourir, l'autre avec l'indifférence amusée d'un soldat habitué à tuer, et pour qui la vie d'un gueux ramassé sur la grève ne valait pas même une hésitation. Erle dégaina sa dague dans un lent crissement d'acier.

— Comme tu voudras…

Il saisit Bradwen par les cheveux, lui renversa la tête en arrière et leva sa main armée, mais à l'instant où il allait frapper, une pierre l'atteignit au poignet, si durement que sa lame vola à plusieurs pieds de là.

— C'est moi que tu cherches ?

D'un même mouvement, les gardes se tournèrent vers le bosquet d'où provenait la voix. À en juger par leurs visages, sans doute s'attendaient-ils à voir quelque démon jailli des enfers, un sorcier environné de flammes ou toute autre horreur effroyable, mais certainement pas cet enfant aussi frêle qu'une fille.

— Je suis Merlin, dit-il en s'avançant tranquillement vers eux. Cet homme…

Son regard glissa imperceptiblement sur Bradwen puis revint se fixer sur le sergent.

— … Cet homme n'est pas avec moi.

Durant un instant, le soudard sembla hésiter, puis il repoussa Bradwen d'un geste brusque et s'écarta pour ramasser sa dague dans le sable.

— Emparez-vous de ce gamin, ordonna-t-il en désignant Merlin du menton. Quant à toi…

Bradwen s'était relevé. Son cœur battait la chamade, mais ses mains ne tremblaient pas, et il affronta le sergent d'un regard calme.

— … Prie pour que nos chemins ne se croisent plus.

Erle le toisa de nouveau avec un ricanement de mépris, mais quand il fit mine de s'en aller le guerrier le retint par le bras.

— Un instant !

L'autre essaya de se dégager, mais Bradwen avait de la poigne et sa haine n'était pas retombée.

— Mon cheval et mes mules…

Une fois encore ils s'observèrent, semblables en vérité, le Cumbrien avec ses cheveux longs et sa barbe noire, le Breton aussi rasé qu'un Romain, mais l'un et l'autre du même âge, de la même taille et menant des vies similaires. Cette fois, pourtant, le rapport de forces n'était plus le même.

— Là-derrière, grommela le sergent. Dans le bosquet…

Bradwen hocha la tête et le lâcha. Sans plus se soucier de lui, les gardes firent demi-tour, encadrant étroitement l'enfant. Tout le temps qu'il les suivit des yeux, Merlin ne se retourna pas une fois dans sa direction.

En contrebas de la motte féodale de Withur, Battha était un village de pêcheurs et de marins, avec un port encombré de barques de toutes tailles et sur lequel planait une odeur entêtante de goémon et de poisson fumé. La tempête de la veille avait détrempé le sol et mis à mal les filets, étendus en si grand nombre à travers le bourg que ce dernier paraissait pris dans une immense toile d'araignée. En dehors du fortin et de l'église du monastère, rares étaient les bâtisses de pierre, et cependant, il régnait ici une certaine opulence, sans toutefois aucune ostentation. Des cochons, des chiens et une quantité formidable de volailles de toutes sortes circulaient librement entre les étals des bouchers, sans que personne, apparemment, ne songe à s'en emparer, soit par crainte des gens d'armes de Withur, soit par respect des Commandements. Aucun de ceux qu'ils avaient croisés n'avait l'air vraiment riche, mais aucun d'eux n'était pauvre, à voir leur mine et leurs vêtements de bonne laine. Pour rejoindre la motte, Erle et ses hommes avaient parfois dû jouer des coudes dans les ruelles étroites et surpeuplées, assourdis par les vociférations de la foule au marché, les coups de marteau des fèvres et le grondement des tonneaux roulés sur la rocaille depuis le port. Plus d'une fois, Merlin aurait pu s'échapper dans cette presse. Il lui aurait suffi de se baisser, se mêler à un groupe de badauds ou se glisser sous un étal, tant ses gardes semblaient davantage soucieux de s'extraire de cette bousculade que de s'assurer de leur prisonnier. Il n'en fit rien, pourtant, et les suivit docilement jusqu'aux fortifications entourant la motte, puis dans le réduit qui leur servait de cantonnement.

— Attends là, dit simplement Erle en ressortant aussitôt, après lui avoir vaguement désigné un tabouret inoccupé à côté de la table.

Les autres rangèrent leurs lances sur un râtelier, vinrent s'attabler à côté de lui et lui servirent à boire. La bière était tiède, âcre et éventée, mais l'enfant les remercia et vida d'un trait son gobelet d'étain.

Pour un moment, ils restèrent sans rien dire, suants et essoufflés, puis l'un des gardes reposa sa chope et se pencha vers lui.

— Tu ne ressembles pas à un sorcier, petit…

— Qu'est-ce que tu en sais ? fit son voisin de table. Tu n'es pas sergent !

Les autres s'esclaffèrent mais se mirent à l'examiner sans vergogne, y compris deux soldats désœuvrés qui ne faisaient pas partie de leur escouade.

— On dirait plutôt une fille, avec ses cheveux longs…

— On dirait surtout qu'il n'a pas mangé depuis un bon bout de temps. Jamais vu quelqu'un d'aussi maigre… Tu as faim, petit ?

Merlin fit non de la tête.

— En tout cas, ton compagnon est un brave. J'ai bien cru qu'Erle allait le tuer, tout à l'heure…

L'enfant réprima un sourire, songeant à la fierté que Bradwen aurait éprouvée en entendant de telles paroles.

— Ce n'est pas…

— Ouais, je sais, ce n'est pas ton compagnon. Raconte ça au sergent, mais pas à nous… Quoi qu'il en soit, si tu n'avais pas lancé cette pierre, il y serait resté.

— Un beau tir, à plus de dix pas, en plein dans la main d'Erle !

— Il a lancé une pierre sur le sergent ? C'est pour ça qu'il est ici ?

— On te dit que c'est un sorcier…

— Moi, je trouve plutôt qu'il a l'air d'une fille.

— Ça va, tu l'as déjà dit. Bon, moi, j'ai faim. Passe-moi le pain…

Quand le sergent revint, une demi-heure plus tard, il trouva Merlin assis au-dehors, adossé aux rondins du poste de garde, devisant avec l'un des gardes sous le soleil. À quelques toises de là, un gibet assez large pour pendre une demi-douzaine de condamnés à la fois projetait son ombre sinistre jusqu'à eux.

— Debout, fit-il. Ils t'attendent…

L'enfant se releva vivement, tandis qu'Erle sortait de ses hauts-de-chausses un lacet de cuir.

— Va falloir que je te lie les mains, grommela-t-il.

— Sergent, ce n'est pas la peine, protesta celui qui était resté avec Merlin. Ce n'est qu'un…

— Ta gueule ! Attache-le, plutôt, puisque tu es si malin. Et viens avec moi.

Le temps de lui ligoter les poignets, les deux hommes prirent le chemin de la demeure seigneuriale, encadrant étroitement Merlin. Quelques instants plus tard, ils pénétraient ainsi dans la grande salle, où toute une assemblée les attendait. Il y faisait frais par rapport à l'extérieur. Quand leurs yeux se furent habitués à la pénombre, ils s'avancèrent au-devant de la longue table où le comte Withur, comme à son habitude, tenait sa cour de justice, assisté par Cetomerinus et l'un de ses hommes liges, un baron à la mine extraordinairement revêche, vêtu d'une cotte d'un rouge sombre qui lui donnait l'air sinistre d'un exécuteur des basses œuvres. Blaise et Gorthyn, aussi écartés l'un de l'autre qu'on pouvait l'être, se trouvaient devant eux, tête basse. Pour autant que Merlin puisse en juger, ils ne semblaient pas avoir été entravés.

Alignés le long du mur qui faisait face à la porte, il reconnut les passagers du coracle. Certains détournèrent les yeux en le voyant, mais il y en eut pour le saluer d'un sourire.

En arrière, contenus par des gardes portant la lance, un auditoire composé uniquement d'hommes les accueillit par un brouhaha de commentaires. Tandis que Merlin s'avançait seul, rejoignant les deux autres devant leurs juges, l'aumônier se leva et lança la bénédiction du signe de croix, d'une voix assez puissante pour les faire taire.

— *In nomine Patris, et Filii, et Spiritu Sancti. Amen.*

Tous se signèrent et répondirent, sauf l'enfant.

— Regardez-le ! s'exclama aussitôt Cetomerinus. Il ne connaît pas le signe de croix ! N'est-ce pas déjà une preuve ?

— Je le connais, dit Merlin, mais j'ai les mains liées…

Il y eut quelques rires au fond de la salle.

— … Et puis je ne crois pas en ton Dieu, acheva-t-il, et les rires se muèrent en un bourdonnement indigné.

— Prends garde à tes paroles, grogna Withur d'une voix sourde. Il n'y a pas de place ici pour les païens.

— Je ne comptais pas rester.

De nouveaux murmures réprobateurs soulignèrent cette sortie qui, pourtant, parut amuser le comte.

— Tu resteras peut-être sur Battha plus longtemps que tu ne le penses, badina-t-il en se penchant vers son voisin, le baron au pourpoint rouge sang.

— Ouais, dit l'autre. Branché haut et court, il aura la langue encore mieux pendue !

De nouveaux rires et commentaires se firent entendre, que le seigneur Withur calma en levant simplement la main.

— Ce maraud prétend que tu es un sorcier, poursuivit-il en jetant un coup d'œil méprisant vers Gorthyn. Il dit que tu as tué ses compagnons par magie et que tu as volé son bateau.

— C'est vrai, fit Merlin en souriant innocemment.

Et, avant que l'aumônier, qui s'était de nouveau dressé avec empressement, puisse prendre la parole, il reprit :

— C'est vrai, cet homme est un maraud.

Withur lui-même se laissa aller à sourire et tourna la tête pour ne pas croiser le regard du religieux.

— Tu sembles bien t'amuser, remarqua-t-il. Est-ce que tu comprends bien qu'on t'accuse de sorcellerie, petit ?

Merlin hocha la tête, sans se départir de son air désinvolte.

— Le seigneur Withur te parle ! s'exclama Cetomerinus en frappant la table. Réponds à sa question !

— Messire abbé, j'ai compris. Cet homme et ses compagnons nous ont attaqués pendant que nous dormions à leur bord. Nous n'avons fait que nous défendre. Demandez-leur…

Les émigrants alignés le long du mur eurent tout d'abord un mouvement de recul en s'entendant mettre ainsi en cause puis, comme les trois juges paraissaient attendre une réaction, ils se lancèrent tous ensemble dans un embrouillamini d'explications qui, malgré leur confusion, semblaient donner raison à l'enfant.

— Seigneur, il ment ! s'écria Gorthyn. Et eux aussi ! Au nom de Dieu, je le jure, ce chien les a ensorcelés !

— Toi, ferme-la ! jappa le baron. Et ne t'avise plus de traiter quiconque de chien, sinon tu auras affaire à moi. Apprends que nous honorons les chiens, ici, et que leur faire insulte c'est insulter toute la lignée de Conan Meriadec[1] !

— Messire, gémit Gorthyn, je voulais simplement…

— Qui se soucie de ce que tu veux ? Tu n'es qu'un voleur et un assassin, de cela il n'y a pas de doute, et ta corde est déjà prête…

— Ce que nous devons savoir, intervint Cetomerinus avec humeur en fixant Merlin, c'est si tu as ou non usé de magie…

Ce dernier mit un temps pour réagir, distrait comme eux tous par l'incident.

1. Kynan Meyryadawc, premier roi breton vers 380, selon la légende. Le nom Kynan contient la racine bretonne *Ki*, le chien.

— Ils me croyaient endormi, je ne l'étais pas, répondit-il après quelques instants de réflexion. J'ai pu les empêcher de tuer ces malheureux, voilà tout.

— Et comment un enfant comme toi pourrait vaincre des hommes tels que lui, si ce n'est par sorcellerie ? (Le mot souleva des réactions dans l'assistance.) Sorcellerie, oui ! Et il est écrit dans le code de l'Alliance : « Tu ne laisseras pas vivre la sorcière. » Comprends-tu maintenant ce qui t'attend, petit gueux ?

— J'ai compris, rétorqua Merlin. Mais il est écrit aussi : « Tu te tiendras éloigné d'une cause mensongère. Ne tue pas l'innocent ni le juste, car je ne justifie pas le coupable »…

Il marqua un temps d'arrêt, savourant la réaction du religieux.

— … Et ne me traite pas de gueux.

— *Sancta dei genitrix !* s'exclama Cetomerinus, qui, ne sachant que dire, chercha du regard le soutien du comte Withur.

— Tu ne crois pas en Dieu, mais tu cites les Écritures, grogna ce dernier. Qui es-tu vraiment, petit ?

— Seigneur, permettez que je parle, intervint Blaise. Je suis le confesseur de la reine Aldan Ambrosia, souveraine des Sept Cantons. Cet enfant est son fils, j'en atteste devant Dieu. Comte Withur, celui qu'on accuse ici de sorcellerie est Emrys Myrddin, prince du Dyfed et héritier de la couronne d'Ambrosius Aurelianus.

Blaise s'était empourpré en lançant sa tirade d'un trait. Il reprit son souffle, en évitant le regard de Merlin. Pourtant, Dieu en était témoin, il n'avait pas menti. Quel que soit son père, l'enfant était bien l'héritier d'Ambrosius. Et le saint homme mourant au chevet duquel il avait passé la nuit appartenait lui aussi à la famille des Aurelianii, ce que l'aumônier et le comte – à en juger par leur stupeur – commençaient à comprendre à leur tour.

— Ce ne peut être possible, murmura Cetomerinus.

— Le frère Blaise en a appelé à Dieu, fit Withur sèchement. On ne peut mettre sa parole en doute.

— Seigneur, j'ai parlé au très saint Paulus Aurelianus, cette nuit, poursuivit Blaise en le remerciant d'une inclinaison de la tête. Ambrosius était son cousin, et il se souvient de la naissance du prince Myrddin, qu'il a d'ailleurs demandé à voir.

— Prends garde, mon frère ! s'exclama Cetomerinus. Si tu nous as menti, je te ferai excommunier et pendre !

— Ta colère t'égare, mon frère, murmura Blaise avec une condescendance blessante. Pourquoi ne pas lui obéir ? Puisque le vœu d'Aurélien était qu'on lui amène l'enfant, pourquoi ne pas se soumettre à sa sagesse ?

— Soit.

Withur consulta du regard son assesseur, qui opina d'un air amusé, puis l'aumônier. Cetomerinus était blême et faisait un effort visible pour se contrôler, mais il acquiesça, lui aussi.

— J'y consens, dit-il, mais il n'est pas question de le laisser seul avec monseigneur l'Évêque.

— Ça, aucun risque, grommela Withur en quittant sa chaise. J'ai trop envie de voir ça…

D'un geste, il fit signe à Erle d'emmener Merlin, puis à d'autres gardes de disposer de Gorthyn.

Au-dehors, toute une foule de badauds s'était rassemblée et un concert d'invectives s'éleva dès qu'ils sortirent sur le glacis. Tandis que ses hommes d'armes s'empressaient autour d'eux afin d'aménager un passage dans cette cohue, le comte prit le temps d'écouter leurs braillements. « Sorcier ! » criaient-ils. « Démon ! » Les poings tendus étaient parfois déjà armés de pierres, et leur frénésie ne cessait d'enfler, effrayante par sa soudaineté irraisonnée.

— Tes moines ont parlé, ou les gardes, dit Withur en se rapprochant de l'aumônier.

— Nous ne pourrons jamais arriver jusqu'au monastère, souffla Cetomerinus. Ils vont nous lapider !

— Manquerait plus que ça... Sergent !

Erle se rapprocha, tenant fermement Merlin par le lien de cuir qui lui enserrait les poignets. Withur lui parla brièvement à l'oreille et, à la stupeur de l'abbé, le soldat lâcha son prisonnier pour rentrer précipitamment dans la grande salle.

— Que vas-tu faire ? demanda-t-il.

— Je vais leur donner Barabbas.

Le visage de Cetomerinus passa de l'incompréhension à la révolte devant cette comparaison implicitement sacrilège, mais avant qu'il n'ait pu exprimer sa pensée, le sergent ressortit, précédant une escouade qui encadrait étroitement Gorthyn. La marche était fermée par l'homme lige du comte, qui lui adressa un signe d'intelligence. D'un ordre sec, le baron poussa en avant sa petite troupe. Dès que la populace eut compris qu'ils se dirigeaient vers le gibet, il leur fallut se frayer un chemin à coups de coude et de plats d'épée, et la foule reflua derrière eux comme la mer au jusant. En l'espace de quelques instants, le comte, Merlin et ceux qui étaient restés auprès d'eux se trouvèrent libérés de la presse.

— Allons-y ! s'écria Cetomerinus.

— Non.

Withur, le visage plus sombre que jamais, fixa longuement Merlin, puis glissa brièvement sur Blaise avant de reporter son attention sur le gibet.

— Je veux qu'ils voient ça.

Dans un premier temps, ils ne purent apercevoir quoi que ce soit d'autre que le grouillement insane des villageois, femmes et enfants compris, que cette fête macabre semblait exalter au-delà de toute raison. Puis une échelle fut posée sur la barre transversale du gibet et l'homme en rouge y grimpa, hissant derrière lui Gorthyn, à la force du bras. Bien que cela parût difficilement possible, les hurlements de la foule redoublèrent lorsqu'une corde lui fut passée autour du cou. Malgré le vacarme et la distance, Merlin perçut les cris de terreur éraillés du marin, aussitôt recouverts par la clameur de l'assistance lorsqu'il bascula. Les yeux écarquillés d'épouvante, l'enfant le vit battre des jambes désespérément et gigoter à tel point qu'il parvint à se défaire de ses liens, sans doute trop hâtivement noués par le sergent. Frénétiquement, il se griffait le cou, tentait de se hisser à la corde qui l'étranglait, et la foule riait de cette horreur, lui lançait des encouragements obscènes ou le poussait pour qu'il se balance un peu plus.

Au bord de la nausée, Merlin se détourna. Aussitôt, Withur le saisit durement par le bras et le força à relever la tête.

— Regarde ! Si tu as menti, pour toi ce sera encore pire.

Merlin s'arracha de l'emprise du comte et le défia du regard, mais au même instant les vociférations de la foule se tarirent subitement. Gorthyn, là-bas, ne bougeait plus. Son corps inanimé oscillait encore mollement au bout de sa corde, que déjà les îliens se retiraient pour vaquer à leurs occupations, toute fièvre retombée aussi brusquement qu'elle était née.

— Maintenant on peut y aller, dit Withur.

Le soleil couchant nimbait d'une lueur dorée l'estuaire de la Deva et les murailles du fort romain de Ceaster[1]. Ce n'était pas encore une ruine, mais Brochmail, patriarche d'une lignée de hobereaux bretons installés là depuis le départ des légions, ne l'avait guère entretenu, et l'ouvrage pouvait tout au plus lui servir d'habitation fortifiée. Un village de pêcheurs et de marchands encombrait ses abords, trop dense et trop pauvre pour pouvoir accueillir derrière son parapet de pierres sèches et de rondins l'immense armée qui bivouaquait aux alentours, illuminant le crépuscule de centaines de feux de camp. Où que se porte le regard, on voyait flotter les bannières de dizaines de royaumes et luire l'acier de milliers de lances. Il faisait doux, et la plupart des hommes ne s'étaient pas souciés de monter un abri pour la nuit. Ils formaient là une masse mouvante, indistincte, trop vaste et sûre de sa force pour redouter une attaque, pas même fatiguée par la longue étape de la journée, tout occupée à boire, à manger et à lutiner les villageoises venues leur vendre de la bière ou du poisson.

C'était un spectacle grandiose, et pourtant cette foule guerrière n'inspirait à Ryderc que du dégoût.

1. Littéralement « le fort ». Aujourd'hui Chester.

Depuis des jours, longeant le cours de l'Eden puis les côtes de la mer d'Hybernie jusqu'aux abords du Pays Blanc [1], ici, à Ceaster, l'armée du Strathclyde s'était sans cesse renforcée de contingents du Rheged, de Cumbrie et de multiples clans du Nord, sans s'accorder de halte mais sans forcer l'allure, inconsciente du drame qui se nouait à quelque cinquante lieues de là, aux frontières du Devon. Les païens du Wessex, emmenés par les rois Ceawlin et Cuthwin, avaient franchi les défenses érigées près de Derham et défait l'armée bretonne partie à leur rencontre. Caer Vaddon [2] était en flammes. Les rois Comnail, Condida et Farinmail avaient été tués et ce qui restait de leur armée avait fui, laissant Caer Geri et surtout Caer Loew, l'antique Glevum, capitale de la Brittania Prima des Romains, sans défense. La chevauchée glorieuse du jeune roi commençait par une défaite sans précédent, qui coupait désormais en deux les terres bretonnes par le milieu. Ryderc ferma les yeux pour ne plus voir cette armée inutile, trop lente pour avoir évité ce drame.

— Pourquoi ont-ils attaqué ? murmura-t-il, dans un profond soupir.

Aucun de ceux qui avaient accompagné le riothime sur les remparts du fort romain ne s'aventura à formuler une réponse. Pas même Urien, le puissant roi du Rheged, qui à l'écart des autres étudiait la carte de parchemin que l'un de ses chefs de guerre avait

1. Traduction du nom gallois Gwynedd, région montagneuse du Nord dominée par le massif de l'Eryri, également appelé Snowdonia.

2. Aujourd'hui Bath, à huit miles au sud de Derham.

déroulée à son intention. Pas même son fils Owen, dont les cheveux rouges coiffés en épis ressemblaient à des flammes sous les derniers rayons du soleil, et qui ne se taisait que rarement. Ils furent plusieurs, cependant, à froncer les sourcils, tant les paroles de Ryderc leur semblaient dénuées de sens.

— Pourquoi n'ont-ils pas attendu ? reprit-il en se tournant vers eux. Il leur suffisait de se retrancher derrière leurs remparts et de nous envoyer des messagers ! Avec la cavalerie, nous aurions pu arriver à temps !

— Seigneur, c'est ce que nous avons fait...

Le jeune roi dévisagea d'un œil torve celui qui venait de parler. Vêtu d'un haubert d'écailles ternies, démaillé par endroits et taché de sang séché, l'homme puait la sueur et était couvert de poussière. Il s'était battu, sans nul doute, mais son état ne faisait que renforcer leur honte et leur amertume.

— Le roi Comnail vous a dépêché plus de dix ambassades ! ajouta-t-il avec un ton de reproche à peine voilé.

Ryderc secoua la tête. Aucune d'elles n'était arrivée jusqu'à lui.

— Alors, je suis le premier à passer ?

Cette fois, ce n'était pas la colère ou l'indignation qui perçait dans les paroles du messager, mais un désespoir qui leur serra le cœur à tous.

— Il n'est peut-être pas trop tard, intervint Urien en brandissant sa carte de peau tannée. En partant à l'aube, on peut y être en deux jours. Je propose que mon fils Owen ouvre la route pour nous avec ses cavaliers et qu'il force ces porcs à battre en retraite... Caer Loew, au moins, peut être sauvée...

— Seigneur, je suis prêt à partir tout de suite ! s'écria le jeune prince d'un ton où perçait l'excitation.

— Deux jours, oui, murmura Ryderc après avoir saisi la carte d'Urien. Caer Loew ne doit être qu'à cinquante ou soixante lieues. On peut encore les surprendre, à condition de ne pas rencontrer de résistance en chemin…

Il se tourna vers Owen, guère plus âgé que lui, frémissant comme un étalon à l'idée de cette cavalcade glorieuse à la tête de son détachement. L'une des plus glorieuses peut-être depuis les chevauchées légendaires d'Arthur, s'il parvenait à défaire les armées saxonnes… Ryderc chercha des yeux ses propres chefs de guerre. La tignasse flamboyante de Sawel Ruadh[1], surplombant sa large carrure parée du manteau rouge du Strathclyde, s'imposa aussitôt à lui. L'homme s'avança avec un hochement de tête volontaire.

— Tu partiras avec Sawel et ses cavaliers, dit Ryderc à Owen en lui serrant la main.

Il les regarda tour à tour, aussi roux l'un que l'autre, et sourit, pour la première fois peut-être depuis leur arrivée à Ceaster.

— Entre vous deux, les Saxons auront l'impression de voir le feu du Ciel leur tomber dessus !

Les rois et barons rassemblés rirent de bon cœur, libérant une tension trop longtemps contenue.

— Et moi, j'irai avec eux, fit la voix bourrue d'un guerrier couvert d'une peau d'ours, brandissant une lance garnie d'une flamme noire.

1. Sawel le Roux.

— Qui es-tu, toi ? s'exclama Ryderc, impressionné malgré lui par la carrure et l'accoutrement du nouveau venu, tandis qu'il se frayait un passage entre eux.

— Cadwallaun Long-Bras, fils de Cadfan.

— Je te connais, Cadwallaun, fit Sawel en s'avançant d'un pas, s'interposant ainsi entre lui et son roi. Long-Bras et grande gueule… Si tu viens avec nous, il faudra obéir aux ordres, pour une fois.

Le géant dépassait Sawel de près d'une tête. Il se pencha vers lui avec un sourire mauvais, révélant une rangée de dents blanches dans son visage mangé de barbe.

— Ce n'est pas ta guerre personnelle, Cadwallaun, dit Ryderc.

L'autre abaissa les yeux vers le roi, puis acquiesça d'un signe de tête apaisant.

— J'obéirai au seigneur Sawel. Tant qu'on nous donne du Saxon à tuer…

— Tu en tueras, ne t'en fais pas. Et plus que tu n'en as jamais vu.

— Alors ça va.

— Va préparer tes hommes. Vous partirez aux premières lueurs du jour.

Cadwallaun grommela une vague réponse et se glissa entre les rangs des barons. À sa suite, leur groupe se défit peu à peu, chacun repartant vers son campement. Bientôt, ils ne furent plus qu'une poignée sur les remparts.

— Laisse cent cavaliers à Tadwen pour protéger l'armée, reprit Ryderc à l'intention de Sawel. Prends le reste. À chaque étape, je veux que tu envoies dix hommes en arrière pour m'informer de votre progression. Si vous êtes arrêtés, je vous interdis de livrer bataille.

Owen eut une réaction offusquée, mais Urien de Rheged coupa court aux protestations que son fils tentait de formuler :

— Nous ne pouvons pas risquer de perdre la cavalerie, expliqua-t-il. Si vous croisez une armée saxonne, harcelez son avant-garde et rompez le combat. Il faut les empêcher d'avancer, Owen. Pas les vaincre...

— Ce sera fait, grommela Sawel.

— Allez...

Les deux hommes s'inclinèrent devant le jeune roi puis, alors que Sawel tournait les talons, Owen rejoignit son père, qui le saisit affectueusement par l'épaule.

— Je t'accompagne, dit-il.

Ryderc les regarda s'éloigner. En s'accoudant de nouveau aux créneaux, il réalisa que la nuit était presque tombée, à présent. Derrière lui, quelqu'un se racla discrètement la gorge.

— Je ne t'ai pas oublié, Daffyd...

Silencieusement, la haute silhouette du guerrier s'approcha de lui. Dans l'obscurité naissante, on le voyait à peine, enveloppé dans son manteau, le visage à demi mangé par sa barbe noire et fournie. C'était un être taciturne, aussi effacé que Sawel était tonitruant, mais sans doute plus intelligent, plus mesuré et donc meilleur chef de guerre...

— J'ai une tâche particulière à te confier, mon ami. Je veux que tu ailles dans le Gwynedd et que tu essayes de rallier tous ceux que tu pourras trouver, puis que tu rejoignes le seigneur Elidir dans un fief de Dinorben et que tu embarques sur ses vaisseaux toutes les troupes qu'il pourra te donner. Je sais qu'il nous soutient et qu'il viendra à notre aide. En revanche, ne fais aucune confiance aux montagnards de l'intérieur. Prends assez d'hommes et de prêtres pour en imposer à ces bâtards de malheur et fais usage de la force, s'il le faut...

— Sire, ce sont les terres du seigneur Gurgi, et...

— Gurgi me hait, je sais, mais il n'est plus rien. Promets de l'or, laisse parler les prêtres et tâche d'arriver jusqu'à son frère, le roi Peredur, à Dynas Emrys. Il n'osera pas me désobéir. Au besoin, que tes prêtres le menacent d'anathème s'il refuse de nous aider.

Le guerrier s'inclina sans rien dire.

— Une semaine, Daffyd ! Tu as une semaine, pas plus. Passé ce délai, fais voile avec Elidir et tout ce que vous aurez rassemblé.

Il déplia la carte d'Urien sur un créneau et fit du doigt le tracé de leur route, depuis la côte Nord du Gwynedd jusqu'à l'estuaire de la Sabrina [1], en contournant la péninsule du Dyfed.

— Fais halte à Caerleon [2], j'y enverrai des messagers avec des instructions. Regarde... Si Owen et Sawel Ruadh parviennent à ralentir les Saxons autour de Caer Geri, tu pourras débarquer derrière eux et nous les prendrons en tenaille, avant qu'ils n'atteignent Caer Loew.

— Ça peut marcher, murmura Daffyd.

1. Aujourd'hui la rivière Severn.

2. Ancien camp romain, littéralement « le camp des légions », près de Cardiff, au sud du pays de Galles.

Ryderc acquiesça en silence et lui serra la main, puis le chef de guerre tourna les talons et s'en alla.

— Je compte sur toi, mon ami…

Déjà engagé sur l'escalier de pierre menant aux remparts, Daffyd se contenta de hocher la tête. Au-dessus de lui, sur le chemin de ronde, le roi n'était plus qu'une ombre mêlée à la nuit.

V

Les Auréliens

LES CHANTS s'étaient tus. Pour un court instant, il n'y eut que le froissement sec des hautes herbes agitées par le vent. Guendoloena ferma les yeux et inspira profondément, tant les interminables litanies des moniales alignées sur le parvis de la petite chapelle royale avaient fini par user sa patience. Debout, seule au centre d'une foule rassemblée pour la cérémonie de ses relevailles, elle se sentait à juste titre observée de tous, ce dont elle avait toujours eu horreur. Face à la jeune reine, derrière un autel de fortune qui n'était qu'une table de bois recouverte d'une large étoffe écarlate, l'abbé Colomba était peut-être le seul à ne pas lui avoir accordé la moindre attention depuis son arrivée. Pour protéger ses yeux malades du soleil, il avait relevé le capuchon de sa robe de bure et baissait la tête, ne laissant voir de lui que ses lèvres murmurantes et ses mains jointes. L'un de ses disciples d'Iona, le père Adamnan, officiait à sa place, devant un crucifix d'or incrusté de pierreries qui étincelait sous la lumière crue de l'été. À leur droite se tenait la famille royale du Dal Riada, vêtue pour l'occasion de capes de brocart chargées d'entrelacs tissés en fils d'or et d'argent, ouvertes sur de longs bliauds qui leur descendaient jusqu'aux chevilles, les reins parés de ceintures d'orfèvrerie, si magnifiques en vérité qu'on ne pouvait se comparer à eux sans se sentir humilié. Aedan, à la différence de ses fils et des épouses de ses aînés, souriait chaque fois que son regard croisait celui de Guendoloena. Serré contre sa poitrine et la tête calée au creux de son bras, leur nouveau-né, paré d'une longue robe blanche, semblait dormir, bercé peut-être par le chant morne des religieuses. Guendoloena ne voyait de lui qu'une touffe de cheveux noirs, aussi sombres que les siens, et la main potelée qui reposait sur le torse de son père. Rien de plus. Rien encore… Dans un instant, dans une heure, elle pourrait le serrer dans ses bras, le voir enfin, le voir encore après les quelques minutes qu'on lui avait tout juste accordées à sa naissance.

Le silence ne dura pas. D'une voix un peu trop forcée, Adamnan proclama les Écritures :

— Yahvé parla à Moïse en ces termes : « Lorsqu'une femme deviendra féconde et enfantera un garçon, elle sera impure pendant sept jours, elle sera impure comme aux jours de sa souillure, lors de son indisposition. Puis elle restera encore trente-trois jours dans le sang de sa purification ; elle ne touchera aucune chose sainte et n'entrera pas dans le sanctuaire jusqu'à ce que soient accomplis les jours de sa purification. »

Malgré elle, Guendoloena sentit le rouge lui venir aux joues, et la honte de se tenir ainsi, devant le peuple, les barons et le roi, comme une femme souillée, impure, que l'Église ne pouvait admettre en son sein. Affaiblie par le manque d'exercice et le confinement, elle ferma de nouveau les yeux pour ne pas défaillir et trouver en elle la force de rester digne face à ce qu'elle ne pouvait s'empêcher de ressentir comme une insulte.

— « Et quand seront accomplis les jours de sa purification, poursuivit Adamnan, elle amènera au prêtre un agneau né dans l'année comme holocauste, et un jeune pigeon ou une tourterelle comme sacrifice pour le péché. »

Derrière elle, son serviteur Cylid fit un pas en avant, portant l'agneau du sacrifice. Adamnan sembla attendre qu'elle fasse un geste, au moins, pour conduire la bête jusqu'à l'autel, mais elle en était incapable, refermée en elle, absente, ne souhaitant plus que l'achèvement de la cérémonie pour pouvoir enfin découvrir son enfant et commencer sa vie de mère. Cylid, ainsi qu'on le lui avait expliqué, s'avança jusqu'à un billot et, après un signe d'acquiescement de l'officiant, trancha d'un geste bref la gorge de la bête.

— « Le prêtre les offrira devant Yahvé et fera pour elle l'expiation, et elle sera purifiée de la source de son sang. Telle est la loi pour celle qui enfante un garçon ou une fille… »

Des chants s'élevèrent, éclatants, cette fois, le chœur des hommes rejoignant celui des moniales. Et quand ils s'achevèrent, Aedan était là, devant elle. La tête posée au creux de son coude et le visage aussi pâle que ses langes, Arthur la regardait de ses grands yeux tranquilles. Ses lèvres minuscules babillaient en formant des bulles de salive et ses petits doigts s'agitaient comme pour la quémander.

— Tu peux le prendre, murmura le roi.

D'une main, avec la lenteur d'une caresse, elle soutint sa nuque puis le saisit doucement, presque apeurée lorsque Aedan se détacha d'eux et qu'il recula pour les contempler, la mère et l'enfant enfin réunis.

— Réunis pour toujours, chuchota-t-elle en se penchant vers lui pour l'embrasser.

Arthur se mit à pleurer et sa nourrice approcha, mais la reine darda sur elle un regard de louve qui l'arrêta net.

— Il a faim, sans doute, dit Aedan. Il est comme son père, toujours affamé !

Quelques rires, autour d'eux, arrachèrent un instant Guendoloena à la contemplation avide de son enfant. Les fils du roi étaient là, Eochaid Find et Tuthal, empruntés et gauches dans leurs vêtements de parade, mais souriant de bon cœur. Le plus jeune, Domangart, dormait dans les bras d'une nourrice. Quant à Garnait, l'aîné, il s'accrochait au bras de sa jeune épouse et lui parlait à l'oreille d'une façon qui parut immédiatement offensante à Guendoloena. Puis il sentit le regard de la reine posé sur lui et s'inclina vers elle, avec une sorte de rictus forcé que ses yeux glacés démentaient.

— Je suis heureux de te revoir, ma mère.

— J'en suis heureuse, moi aussi.

Ils s'observèrent un instant, si semblables par leur âge et leurs longs cheveux noirs qu'on aurait pu – à quelque distance – les prendre pour frère et sœur. Garnait n'était guère plus grand qu'elle, mais il était sans grâce, tenant de sa mère la taille et l'allure d'un

Picte. Ses riches vêtements rehaussés d'or lui seyaient mal et on l'imaginait plus volontiers l'épée à la main, chevauchant à travers les Hautes Terres à la tête de quelque horde de maraudeurs que dans ce rôle de courtisan qu'il jouait mal. Ses yeux sombres, quittant ceux de la reine, se posèrent sur Arthur. Aussitôt, Guendoloena serra plus étroitement son enfant, d'un geste instinctif qui n'échappa guère au jeune homme.

— Laisse-moi le porter, proposa-t-il en tendant vers elle ses bras noueux, parés de bracelets de fer.

La reine chercha l'aide d'Aedan, mais celui-ci n'eut qu'un froncement de sourcils étonné, comme s'il ne comprenait pas en quoi la proposition de son fils aîné avait de quoi l'inquiéter.

— Je te remercie, mais je l'ai si peu vu, ces derniers temps, qu'il me semble que je ne pourrai jamais m'en défaire.

Tout contre elle, Arthur réussit à s'emparer de l'un de ses doigts qu'il se mit à téter goulûment, avec des bruits de bouche qui les firent tous sourire, même Garnait.

— J'espère que vous connaîtrez bientôt tous deux le bonheur d'avoir un enfant, dit-elle avec un mouvement de tête en direction de la jeune épouse du prince.

— Rien ne presse ! intervint Aedan en riant. Je ne tiens pas tant que ça à devenir grand-père !

Riant toujours, il se tourna vers la chapelle, que les moines apprêtaient pour la messe. La table ayant servi d'autel avait déjà été emportée et Adamnan, sur le porche, lui fit bientôt signe qu'on pouvait commencer. Tandis qu'autour d'eux la populace rassemblée se dispersait peu à peu, Garnait se glissa auprès d'elle, plus souriant que jamais.

— Un jour ou l'autre, ma mère, il faudra pourtant que je m'occupe de lui…

Puis il s'écarta pour rejoindre sa femme et former cortège, au moment où son père revenait vers eux.

— Donne-moi ton bras, souffla la reine en se rapprochant de lui.

De nouveau, la nourrice fit mine de prendre l'enfant, mais cette fois ce fut Aedan lui-même qui l'en dissuada et ils se mirent en marche, d'un pas de cérémonie, vers la petite chapelle de pierre où les attendait Colomba.

À l'instant où elle franchissait le porche, Guendoloena aperçut dans l'herbe piétinée la tache de sang écarlate laissée par l'agneau du sacrifice, et ce sombre présage la fit frissonner.

À le voir recroquevillé sur lui-même, le visage enfoui dans les mains touchant presque ses genoux, on aurait pu croire que Merlin priait, gagné par la sainteté du lieu. Erle et lui étaient seuls dans l'église du monastère. Withur, Blaise et l'aumônier avaient disparu par une petite porte, quelques minutes ou quelques heures plus tôt, et leur absence se prolongeait. Quant aux gardes de l'escorte, Erle leur avait ordonné de se poster au-dehors.

Merlin ne priait pas. De toute son âme, il s'efforçait de se fermer au spectre hideux de Gorthyn qui rôdait autour d'eux, dans l'épouvante de ses derniers instants. Enfoui en lui-même, l'enfant tentait désespérément d'évoquer Guendoloena, sans parvenir malgré ses efforts à se rappeler ses traits. Il se souvenait de la blancheur de sa peau lorsqu'elle s'était donnée à lui, de leurs rires et de leurs cavalcades à travers la campagne, des lièvres qu'il avait tirés pour leur repas, du sentiment de plénitude éprouvé tout au long de ces deux journées hors du temps qu'ils avaient vécues ensemble, loin des hommes. Mais d'elle, il ne revoyait que ses longs cheveux noirs et le manteau bleu dont elle s'était enveloppée. Ni son visage ni ses expressions… Tant de souvenirs vivaient en lui qui n'étaient pas les siens, tant de figures d'autres femmes, tant d'étreintes, hérités du passé de toutes les âmes défuntes qui s'étaient déversées en lui. Sa propre mémoire ne s'y retrouvait plus.

Merlin pleurait à chaudes larmes quand ils vinrent le chercher. Erle, près de lui, tentait vainement de le réconforter.

Lorsqu'il découvrit devant eux Withur et le frère Blaise, le sergent se troubla, comme étonné lui-même de la compassion qui l'avait saisi devant la détresse de son prisonnier.

— Il t'attend, murmura Blaise.

L'enfant essuya son visage ruisselant et se leva. Il n'y avait que quelques pas entre la nef de l'église et la cellule de l'évêque. Merlin les franchit lentement, sans à aucun moment relever les yeux vers le comte ou son compagnon. Aussi ne vit-il pas leurs figures livides, ravagées d'émotion. Ce fut celle de Cetomerinus qui le frappa, dès qu'il pénétra dans la minuscule cellule d'Aurélien. Lui aussi pleurait. Le masque fermé qu'il s'était composé tout au long du jugement avait fondu sous ses larmes, laissant apparaître son âme nue, transfigurée par sa détresse. Au même instant, Merlin perçut l'odeur irréelle qui avait envahi la pièce. Une fragrance sèche et suave à la fois, incroyablement entêtante et qui embaumait jusqu'aux pierres du réduit, jusqu'au bois de sa porte, dont il lui sembla qu'il ne se déferait jamais.

— Le maître est en train de mourir, gémit Cetomerinus.

— Sens, Merlin, murmura Blaise à son oreille. Sens ! Paulus meurt en odeur de sainteté... Souviens-t'en toute ta vie.

La gorge nouée, l'enfant s'approcha du lit. Paulus Aurelianus était tourné vers lui, éclairé faiblement par la lueur tremblotante d'un lumignon, et le regardait intensément. Merlin s'accroupit à son chevet. Dès que ses traits apparurent dans la lumière, Aurélien le dévisagea durant un long moment, puis il ferma les yeux et serra faiblement sa main.

Ils restèrent ainsi, sans bouger, dans un silence seulement troublé par les sanglots étouffés de l'aumônier. Puis la voix du saint homme s'éleva dans la pièce, frêle et sifflante :

— La vie est un cercle, mon fils... Je reviens au commencement. Tout... ce que j'ai fait, ici... c'est pour la gloire de Dieu. Mais vous êtes... aussi... des créatures de Dieu.

Aurélien ouvrit les yeux et le scruta de nouveau avec une telle affliction que Merlin sentit sa gorge se nouer.

— Je remercie le Ciel. Tu viens... refermer... le cercle. Au nom des tiens... *Confiteor mea culpa... mea maxima culpa.*

L'enfant se tourna vivement vers Blaise, Withur, Cetomerinus. Aucun d'eux pourtant ne pouvait l'aider.

— Pardonne-moi, murmura le mourant.

Cette fois, les autres ne purent s'abstenir d'une réaction, comme s'ils doutaient de ce qu'ils venaient d'entendre. Mais le saint homme, quêtant dans sa réponse quelque ultime absolution, ne voyait plus, n'entendait plus, n'attendait plus que lui, et s'accrochait à son bras comme une feuille d'automne à sa branche. Gagné à présent par l'angoisse, Merlin sentait déjà poindre l'âme blanche d'Aurélien, et cette perspective le terrifia.

— Je te pardonne, bredouilla-t-il précipitamment, en essayant de se libérer.

Le mourant le contempla une dernière fois, avec une intensité telle que tout ce qu'il lui restait de vie sembla passer dans ce regard, puis il se laissa retomber d'un seul coup en arrière. Ses lèvres formèrent péniblement une prière, que seul Merlin pouvait percevoir.

— *Confiteor Deo omnipotenti...*

Nul, en dehors du Dieu tout-puissant auquel il s'était adressé, ne saurait ce que l'Aurélien avait à confesser. Brusquement, ses yeux se révulsèrent et son corps se raidit. Puis il s'affaissa, inerte. Il n'avait pas lâché Merlin et ses doigts parcheminés s'étaient crispés sur son poignet telles les serres d'un rapace.

— Laisse-moi ! cria l'enfant.

Les trois hommes rassemblés autour du mourant eurent le même sursaut de stupeur et d'indignation. Merlin luttait pour arracher son bras de l'emprise du cadavre d'Aurélien, le frappait à coups de poing et ruait des quatre fers, en proie à une épouvante aussi soudaine qu'incompréhensible à leurs yeux. Réalisant que le maître venait de mourir, Blaise comprit alors l'empressement de son compagnon à quitter le réduit, mais il était trop tard. Merlin, toujours captif du saint homme, s'était effondré au pied du châlit, agité de soubresauts, criant et gémissant à la fois. L'âme de l'évêque le traversait, et avec elle une foule de sensations, de connaissances et de souvenirs où se mêlaient autant d'amour que de tristesse, d'horreurs que d'extases, jusqu'aux réminiscences les plus enfouies, les plus honteuses, jusqu'aux images obsédantes qui n'avaient jamais cessé de hanter le religieux. Des familles entières jetées à la mer, tendant vers lui leurs mains implorantes alors que les flots en colère les engloutissaient, le rire des soldats et les cris de ceux qu'on amenait encore, liés par grappes et basculés dans l'écume, au nom de Dieu. Et lui, le saint homme, debout dans cette abomination, les yeux écarquillés d'horreur, bénissant les bourreaux et brandissant son étole frappée du signe de la croix... Ces malheureux avaient tous, dans la mémoire de l'Aurélien, le visage de Merlin, sa taille, sa pâleur. Les siens, avait-il dit. Et il les évoquait par leur nom maudit, tels qu'il les avait connus, tels qu'il les avait chassés de l'île. Les elfes...

Avec un cri de rage guttural, Merlin s'arracha enfin à la main glacée qui le retenait et s'écarta vivement, à genoux comme une bête, hors d'haleine, au bord de l'évanouissement. Un haut-le-corps le plia brutalement en deux et il vomit, appuyé contre le mur de la petite cellule, sous les yeux horrifiés des trois autres.

Aucun d'eux n'osa bouger tant que l'enfant resta prostré, à quelques pas seulement du lit où gisait la dépouille du saint. Puis Merlin se releva tant bien que mal et leur fit face. Croisant le regard effaré de Blaise, il ouvrit la bouche sans trouver quoi dire, s'avança gauchement et tenta de s'immiscer entre eux pour fuir l'étroite cellule. Cetomerinus se trouva devant lui.

Merlin voulut le repousser, mais l'aumônier, terrible à voir en cet instant, ravagé tout à la fois par le chagrin et l'indignation, le saisit durement par les deux bras.

— Laisse-le partir, le pria Blaise.

Cetomerinus lui jeta un bref coup d'œil, ulcéré et méprisant. Le cœur débordant de colère, il reporta son attention sur l'enfant et poussa aussitôt un cri de surprise. Ce n'était plus Merlin qu'il tenait, mais le maître lui-même, Paulus Aurelianus, évêque du Léon et fondateur du monastère de Battha, tel qu'en sa jeunesse, lorsqu'il l'avait accueilli parmi les siens.

— Tu seras mon successeur, Cetomerinus, dit l'apparition. Je te confie ma charge. Prie pour moi…

— Maître…

Le visage se brouilla, sous les yeux de l'aumônier. En l'espace d'un instant, il eut devant lui la gueule menaçante d'un loup, celle, diaphane, d'une fée, puis celle encore d'Aurélien lui-même. Des voix multiples, tonnantes ou caressantes, lui ordonnèrent si impérieusement de lâcher l'enfant qu'il céda à la panique et battit en retraite, à la stupeur des deux autres, qui n'avaient rien vu.

Merlin était déjà dehors. À toutes jambes, il traversa l'église et se rua à l'extérieur, sous la pluie, courant à perdre haleine hors de l'enclos monastique. Et quand il fut assez loin, il s'abattit au pied d'un muret et pleura à chaudes larmes.

VI

Agnus dei

LE JOUR nouveau avait balayé l'horreur de la nuit. Le visage éclairé par un rayon de lumière provenant du toit de chaume disjoint qui les surplombait, le frère Blaise s'éveilla avec l'impression de ne pas s'être endormi. Il se leva péniblement, le dos perclus de courbatures, s'étira, gratta furieusement sa barbe et se débarrassa sommairement des fétus de paille accrochés à sa robe de bure. Tout en se frottant les dents avec un bout de bois ramassé par terre, il promena autour de lui un regard écœuré. De l'autre côté de la pièce – une bauge jonchée de fourrage humide qui devait servir d'étable aux moines –, il aperçut la silhouette immobile de Merlin, enveloppé dans son manteau. L'enfant dormait, bien sûr, comme si rien ne pouvait l'atteindre, ni la mort d'Aurélien, ni l'effroi qu'il inspirait désormais à Cetomerinus. Blaise secoua la tête avec dégoût, puis se dirigea vers la porte et se mit à tambouriner du poing, sans se soucier de réveiller son compagnon.

— Qu'est-ce qu'il y a ? fit une voix au-dehors.

— J'ai faim et je veux sortir d'ici, voilà ce qu'il y a ! Vous ne pouvez pas me garder enfermé. Je suis un serviteur de Dieu !

— Moi aussi, mon frère, dit la voix, d'un ton calme. On va t'apporter à manger et à boire, mais l'aumônier a insisté pour qu'on ne vous laisse pas sortir, ni toi... ni lui.

Les derniers mots avaient été prononcés avec réticence, comme s'il s'était agi de quelque obscénité. Instinctivement, le moine se tourna vers Merlin et le vit, bien éveillé, adossé à la paroi de planches de leur réduit, les bras croisés sur ses genoux serrés et la tête renversée en arrière, l'air absent. Blaise frappa encore le panneau de bois grossier qui les tenait enfermés, mais ne réussit qu'à se planter une écharde dans la paume et retint un juron.

— Je ne t'ai pas demandé de me suivre, murmura Merlin.

— Que dis-tu ?

— Je pensais à toi... Quel bien y a-t-il à m'accompagner alors que tu as tout à perdre ? Cet homme, ce Cetomerinus... Jamais il ne me laissera partir. Si tu restes avec moi, il te fera pendre ou t'enfermera à vie dans un monastère, jusqu'à ce que tu meures ou que tu perdes la raison. Quant à moi, il peut bien me tuer. Qu'est-ce que ça peut faire ?

— Tu dis n'importe quoi.

— Pourquoi ? Tu crois que je tiens à la vie ? Non... Vraiment pas, non. Je sais que je vous fais peur et que ma vue même vous offense. Ça a toujours été comme ça, avant même que…

— … Avant que les morts ne te parlent ?

Merlin secoua la tête.

— Ils ne me parlent pas… Ils entrent en moi et déversent toute leur vie comme d'un fardeau, avant de s'en aller vers l'Autre monde. Il y a dans ta Bible un animal qui me ressemble, que les Anciens d'Israël chargeaient de tous leurs maux lors de la fête des Expiations…

— Le bouc émissaire.

— Au lieu de se haïr eux-mêmes pour leurs fautes, ils déversaient toute leur rancœur sur le bouc, qu'ils n'avaient plus qu'à tuer pour laver leur conscience… Est-ce cela, Blaise ? Toi qui dis que ton Dieu a créé toutes choses, tu crois qu'Il m'a maudit ?

Le moine vint s'asseoir près de l'enfant et resta un long moment silencieux, réfléchissant à ce qu'il venait de suggérer.

— Ce n'est pas forcément une malédiction, Emrys… Jésus aussi s'est chargé des péchés du monde avant de se sacrifier…

Merlin poussa un soupir amusé, mais l'air grave de son compagnon gela le sourire qui naissait sur ses lèvres.

— Je ne suis pas le Messie, Blaise, répondit-il en le saisissant par le bras pour le forcer à le regarder. Et ne compte pas que je me sacrifie pour les hommes. Si ton Dieu m'a maudit, c'est vous, ses moines, qui devrez m'achever.

— Ce n'est pas une malédiction, répéta le petit moine avec plus de conviction. Je crois que tu as été choisi…

— Très bien ! s'écria l'enfant en se levant brusquement. Si ce n'est pas une malédiction, c'est un don. Et si c'est un don, à quoi ça sert, tu peux me le dire ? Tout ce que je voulais, c'est retrouver les miens et vivre en paix, comme les autres, mais cela n'arrivera pas, jamais, et tu le sais bien.

Blaise n'avait pas écouté, tout entier absorbé par la révélation qui faisait jour progressivement dans son esprit et s'imposait, de façon tellement évidente, comme seule explication à tout ce qu'ils venaient de vivre. Voyant l'enfant encore emporté, il attendit que Merlin s'apaise avant de poser la question qui lui brûlait les lèvres :

— L'esprit de Paulus Aurelianus est en toi, en ce moment ?

— Non.

Merlin baissa vers son compagnon un regard d'indulgence fatiguée.

— L'esprit de l'Aurélien est au ciel, déclara-t-il avec un soupir. Du moins il faut l'espérer, sinon tu n'as plus qu'à changer de religion, mon frère.

— Allons, tu sais bien ce que je veux dire…

L'enfant hocha la tête et ramassa un fétu de paille avec lequel il joua distraitement, tandis que son sourire ironique s'effaçait peu à peu.

— Oui… Il est en moi…

— Alors, tu crois, à présent ? murmura Blaise.

— En Dieu ?

Pour toute réponse, Merlin écarta les bras, dans la posture du crucifié.

— *Agnus Dei, qui tollis pecata mundi*… Non, mon frère. L'agneau prêt à être sacrifié ne croit pas au couteau du boucher. Il le hait. Il en a peur. Quant à moi, je ne crois plus en quelque dieu que ce soit.

Le moine parut profondément surpris de cette réponse, et demeura l'esprit égaré.

— Ça ne change rien, murmura-t-il enfin. Le fait que tu ne croies pas en Lui ne change rien… Même si tu ne le sais pas, tu es l'instrument de Dieu.

— Si ça peut te faire plaisir, concéda Merlin. Dieu est ce qui ne peut être nommé autrement.

— Tu ne peux pas dire ça ! Dieu est tout, le Commencement et la Fin, l'Alpha et l'Omega, la source de toutes choses et la main qui te guide.

— Et le diable ?

— Quoi, « le diable » ?

— Eh bien ! Si Dieu est tout, il est le Bien autant que le Mal, la vie comme la mort, la lumière comme le néant… Et donc Dieu et le diable ne sont qu'un.

Puis il reprit, du même ton indifférent :

— Ce toit ne vaut pas grand-chose. On pourrait sortir par là sans le moindre effort.

Blaise suivit son regard, vers la trouée dans le chaume qu'il avait remarquée dès son réveil.

— J'ai vu, grommela-t-il. Mais on n'irait pas loin. Il doit y avoir des gardes, tout autour de l'enclos…

— Sûrement, oui, dit Merlin en revenant s'asseoir dans son coin. Autant attendre là et s'en remettre à Sa protection.

Étonné, Blaise se tourna vers lui, mais l'enfant s'était couvert de son manteau, pelotonné contre la paroi.

— Qu'est-ce que tu dis ?

— *Nostras deprecationes ne despicias in necessitatibus nostris,* fit la voix de son compagnon, de sous le manteau, *sed a periculis cunctis libera nos, amen*[1]...

Le moine mit quelques instants à reconnaître les strophes marmonnées par Merlin. Il n'avait guère eu l'occasion de parler latin, depuis qu'il avait quitté la reine Aldan et les clercs de la cour royale du Dyfed...

— Ce n'est pas la protection de Dieu que tu invoques, mais celle de la Vierge, *Santa Dei Genitrix* !

— Qu'est-ce que ça change, puisque ton Dieu est tout ?

Blaise ne répondit pas. Quelques jours plus tôt, sans doute aurait-il protesté et se seraient-ils lancés dans l'une de leurs interminables discussions sur la prière, l'Église et les saints. Plus maintenant. Merlin avait mis le doigt sur ce qu'il ne parvenait pas à formuler, depuis tant de jours et de semaines. Rien n'existe, en dehors de Dieu. Il ne peut y avoir de réserve à ce principe, car Dieu ne peut avoir de limite. Cette effroyable faculté d'être visité par les morts était un don, et il ne pouvait y avoir de don que de Dieu, ou du diable, mais le diable n'était-il en fait qu'une partie de Dieu, comme le disait Merlin ? En cheminant à ses côtés, en vivant chaque jour auprès de lui, Blaise avait acquis la certitude que le jeune prince du Dyfed n'était pas une créature du diable, quoi qu'en pensent les gens. Se pouvait-il alors qu'il soit à la fois diable et Dieu ? Se pouvait-il qu'il fût l'Élu ? Le nouveau Messie dont

1. « Ne rejetez pas les prières que nous vous adressons dans nos besoins, mais délivrez-nous de tous les dangers » (*Sub Tuum Praesidium*).

toute la chrétienté attendait le retour ? Se pouvait-il que les morts viennent à lui pour le Jugement, et que le temps de la parousie soit arrivé ?

— Le Jugement dernier, murmura-t-il. Seigneur…

Blaise s'affaissa dans la paille souillée, le regard vide et le cœur lourd, incapable d'éprouver autre chose qu'une incommensurable lassitude, si pesante tout à coup qu'il lui semblait que ses jambes ne pourraient plus le porter, si complète qu'il ne souhaitait plus qu'en finir, laisser les autres disposer de son destin, renoncer à cette quête insensée qui le dépassait.

C'est ainsi que les frères les trouvèrent, l'enfant endormi et le moine perdu dans ses pensées, l'esprit égaré, l'un et l'autre tout aussi dociles lorsqu'ils leur servirent à manger et à boire, puis lorsqu'ils les emmenèrent jusqu'à l'enceinte de l'enclos, où les attendaient les gardes du comte Withur.

Celui-ci ne les reçut pas dans la vaste salle où se tenaient d'ordinaire ses audiences, mais dans une pièce étroite, à l'abri de toute indiscrétion. Probablement n'était-ce qu'une précaution inutile. Depuis l'enclos jusqu'aux abords des quartiers privés du comte de Battha, ils ne croisèrent âme qui vive, tout juste la volaille et les chiens qui encombraient habituellement les ruelles fangeuses du bourg. Il tombait une bruine légère qui s'accrochait sans couler à leurs vêtements de laine et formait sur leurs épaules une cape brillante, mais ce temps maussade ne pouvait suffire à cloîtrer les îliens chez eux. Un sentiment nouveau s'était répandu sur l'île, bien éloigné de la fureur de la veille et que Merlin ne connaissait que trop.

La peur…

On pouvait la sentir derrière les portes closes et les rideaux tirés. Elle se lisait sur la face des soldats de l'escorte, dans la crispation de leurs doigts sur la hampe de leurs longues lances, dans leur pas mal assuré. Merlin ne s'en souciait guère et marchait les yeux baissés. C'est tout juste s'il jeta en passant un regard vers le gibet, où commençait à pourrir la dépouille de Gorthyn. Quant à Blaise, rien n'aurait pu l'arracher au flot de ses pensées. Ce n'est que lorsque le comte s'adressa à eux que le moine sembla enfin émerger de ses songes.

— Dites-moi ce que je dois faire de vous !

Blaise releva les yeux et observa alentour de lui comme s'il découvrait la pièce à l'instant. Petite et mal éclairée, avec pour toute lumière la trouée d'une fenêtre tendue de toile huilée, elle devait servir au conseil du comte, comme l'attestaient les banquettes de bois sombre qui garnissaient ses murs, sur les quatre côtés. Une dizaine d'hommes auraient pu s'y asseoir, mais il n'y avait là que Cetomerinus, immobile et silencieux tandis que Withur, les mains croisées dans le dos, allait et venait dans le claquement sec de ses bottes ferrées sur les dalles du sol.

— Messire, faites ce que vous voudrez de moi, dit-il. Mais l'enfant ne peut être jugé par les hommes. Nul n'a le droit de contrarier son destin, car c'est la main de Dieu qui le guide.

— Blasphème ! cria Cetomerinus depuis son banc. Comment oses-tu prétendre que ce… ce monstre, ce sorcier, est dans la main de Dieu ?

— Mes yeux se sont ouverts, mon frère, tandis que tu ne vois pas.

— Et toi ? Tu as vu ce qui s'est passé hier soir ?

— J'ai vu que l'évêque Aurélien est mort en lui demandant pardon. J'ai vu un enfant paniqué qui tentait de se défaire de la poigne d'un mort. Voilà ce que j'ai vu.

— Mais… son visage !

Blaise jeta un coup d'œil vers le comte, qui secoua la tête d'un air sombre, ce qui n'échappa guère à Cetomerinus.

— Vous me prenez pour un fou ? piailla-t-il d'une voix aiguë en se levant d'un bond.

Il tendit le doigt vers Merlin, et ce doigt tremblait.

— Je le jure devant Dieu et les Évangiles, il a changé de face plusieurs fois sous mes yeux !

— J'étais là, murmura Blaise. Je n'ai rien vu de cela.

— Moi non plus, grommela Withur. Tout ce que je sais, c'est que notre bien-aimé Aurélien était heureux de sa présence et qu'il est mort en lui tenant la main.

— C'était de la sorcellerie ! cria encore Cetomerinus.

— Peut-être… À condition de croire qu'un saint homme puisse être ensorcelé par un gamin que je pourrais étendre d'un seul coup de poing.

Merlin leva les yeux vers lui et ils se mesurèrent un moment du regard.

— … Et je ne le crois pas.

L'enfant et le comte se tenaient face à face, à moins d'un pas de distance, dans le clair-obscur jaunâtre émanant de la fenêtre toilée. Withur était armé, comme à son habitude, et Merlin avait les poignets entravés. Sans nul doute aurait-il pu le briser en deux, l'assommer ou lui ouvrir la gorge d'un revers de sa dague. Le comte ne le fit pas. Au contraire, il leva la main, hésita une seconde et la posa sur l'épaule de l'enfant. Ce simple geste lui noua la gorge et lui mit les larmes aux yeux, au point qu'il dut se détourner pour masquer aux autres la vague d'émotion qui l'avait subitement submergé.

Avant qu'il n'ait pu se ressaisir, l'aumônier fut à son côté, désignant du doigt non plus Merlin, mais le frère Blaise.

— Répète ce que tu as dit.

— Quoi ? fit le moine en reculant malgré lui, décontenancé par la question abrupte de Cetomerinus.

— La main de Dieu ! Tu as dit qu'il était guidé par la main de Dieu !

— J'en suis convaincu.

— Ce n'est pas un blasphème, c'est une hérésie ! Tu prends cet enfant pour un envoyé de Dieu, alors qu'il ne croit pas en Dieu ! En dehors de Dieu, l'homme est dans le péché, et il ne peut y avoir de grâce qu'en Lui et avec Lui ! Tu t'es trahi. Ce que tu professes, c'est la doctrine de l'hérétique Pélage, et pour cela la seule sanction est l'anathème !

Les mots de l'aumônier, hurlés à pleine voix, résonnèrent longuement dans la pièce. Blaise avait pâli, se sentant dévoilé au plus profond de lui-même mais incapable de nier. Fuyant le regard des trois autres, il alla s'asseoir à l'écart, tête baissée, vaincu. Cetomerinus le toisa un instant d'un air de triomphe. Il avait déjà ouvert la bouche pour reprendre sa diatribe lorsque le comte l'arrêta d'un geste.

— Je ne peux ni vous libérer ni vous emprisonner, fit-il d'une voix mal assurée. Tout cela me dépasse… Vous accompagnerez tous les deux le père à Carohaise [1], à la cour du roi Judual où se trouvent en ce

1. Aujourd'hui Carhaix.

moment les évêques Samson, Félix et Victurius. Quant à vous, mon père, je prierai pour qu'ils vous accordent le diocèse d'Aurélien…

— Je vous en remercie, marmonna Cetomerinus en faisant un effort visible pour se ressaisir et calmer le tremblement convulsif qui l'agitait encore.

— Qu'il en soit ainsi, conclut Withur. D'ici là… D'ici là je vous prie de rester ici. On vous apportera de quoi vous nourrir et vous équiper pour la route. Vous partirez avant midi.

Le comte sortit tête baissée, évitant de croiser le regard de l'enfant. Cetomerinus le suivit, mais s'immobilisa sur le seuil et leur fit face.

— En ce qui vous concerne, dit-il à l'intention de Blaise, je m'en remettrai aux pères de l'Église. *Sed id me videre scio, atque etiam id scis… Iste puer non ad hunc mundum pertinet*[1].

— *Erras ! Ille puer*[2]… Je… Pardonnez-moi. Je n'ai pas parlé latin depuis longtemps…

Le visage du religieux s'éclaira d'un bref sourire condescendant.

— Il faudra t'y remettre, mon frère. Le synode des évêques ne peut se dérouler en langue vulgaire…

— *Rationabilis es, Cetomerinus…*, fit Merlin.

L'aumônier sursauta presque en découvrant l'enfant à côté de lui.

— … *Non ad mundum tuum pertineo*[3].

1. « Mais je sais ce que j'ai vu, et tu le sais aussi. Cet enfant n'est pas de ce monde. »

2. « Tu te trompes ! Cet enfant… »

3. « Tu as raison, Cetomerinus… je ne suis pas de ton monde. »

VII

En territoire hostile

La mer était à moins de dix milles. Daffyd la voyait miroiter dans les premières lueurs de l'aurore, par-delà les monts obscurs, si proche et pourtant si lointaine. Un oiseau l'aurait rejointe en quelques battements d'ailes, alors qu'il avait fallu à sa troupe des jours de marche avant de se hisser jusqu'ici, sur les contreforts de l'Eryri. La « montagne de l'Aigle » était le point culminant de toute l'île de Bretagne et l'une de ses contrées les plus sauvages, pareille à la forteresse naturelle de quelque géant de légende, surgie abruptement des entrailles de la terre, à un jet de flèche du rivage. Un jet de flèche, mais des heures et des heures d'ascension, à travers les forêts et les rocs escarpés, pour qui voulait pénétrer au cœur du sauvage royaume de Gwynedd. L'ancienne voie romaine tracée depuis Ceaster jusque Dinorben,

Deganwy[1] et la forteresse de Caernarfon était l'unique accès menant à la citadelle royale de Dynas Emrys. Une route en spirale, qui les coupait dangereusement de leurs bases en longeant la côte du nord au sud avant de s'insinuer dans les hauteurs. Ils avaient passé à Dinorben leur dernière nuit en sécurité, sous la protection du seigneur Elidir. L'homme était âgé, trop sans doute pour faire la guerre, mais il était aussi croyant qu'une vieille femme, et les moines n'avaient eu aucun mal à le convaincre de s'engager aux côtés du nouveau riothime. Ses bateaux seraient prêts, à leur retour, et il lèverait une petite armée. Cinquante, peut-être cent lances, et autant d'archers… C'était bien plus, dix fois plus que Daffyd n'en avait rallié dans tout le Pays Blanc.

À cette heure, la contrée méritait bien son nom. Seuls les sommets des montagnes émergeaient de la brume, et ils étaient couverts de givre. Ce devait être un spectacle magnifique pour un oiseau volant dans le ciel, mais Daffyd n'était pas d'humeur à le savourer. Drapé dans son manteau rouge sang, le baron songeait à l'échéance fixée par le roi Ryderc. Une semaine… Une semaine avant de rebrousser chemin avec toutes les recrues enrôlées, de gré ou de force, et de rallier Caer Loew. Cela n'avait pas de sens… Pas ici, pas dans ce paysage vertigineux et infini. Autant faire demi-tour tout de suite et au moins sauver sa peau… Il lui faudrait encore deux jours, peut-être trois, pour arriver à Dynas Emrys et espérer pouvoir enfin rassembler des troupes dignes de ce nom, mais le délai serait alors expiré. Pour autant, il s'imaginait mal

1. Aujourd'hui Chester, Rhuddlan et Llandudno.

rejoindre l'ost royal à la tête d'un renfort aussi insignifiant. Jusqu'à présent, de village en village, ils n'avaient ramassé qu'une quarantaine de gueux tout juste bons à tirer à l'arc, et qui désertaient par grappes entières, chaque nuit…

Engourdi par le froid, Daffyd serra plus étroitement sa cape autour de lui puis, tournant le dos au lever du soleil, il s'éloigna de leur campement pour gravir la petite colline qui les surplombait. Arrivé là, il eut à peine le temps de s'asseoir pour reprendre son souffle que le sang se vida de son visage. De loin en loin s'élevaient dans les vallons de hautes colonnes de fumée noire, aussi visibles que des gonfanons sur un champ de bataille et montant droites dans le ciel sans vent. Sans nul doute possible, ces sombres panaches jalonnaient la route qu'ils venaient d'emprunter. Une troupe marchait sur leurs traces et brûlait systématiquement les villages où ils avaient fait halte.

— Il y en a une de plus, grogna quelqu'un près de lui.

— Ce doit être Llanberis, fit un autre. On y était il y a deux jours…

Daffyd se retourna brusquement et toisa les hommes qui l'avaient suivi. C'étaient des soldats, l'un et l'autre. Des piquiers du Strathclyde affectés à sa garde personnelle.

— Allez ranimer le feu, ordonna-t-il d'un ton sec, et réveillez les autres. Qu'on prépare quelque chose de chaud à manger avant de repartir.

Les gardes se retirèrent en grommelant, dans le cliquetis de leurs hauberts, alors que montait vers eux le frère Morien, prieur du monastère de Cambuslang et chef de la délégation de religieux qui s'était jointe à sa troupe. Les deux hommes se connaissaient depuis longtemps, bien avant que Morien ait revêtu la robe, et Daffyd était heureux de l'avoir avec lui. Couvert d'une veste en peau de chèvre et le crâne coiffé de son capuchon, il marchait en s'appuyant sur un bâton noueux qui valait bien une massue et dont il n'hésiterait pas à se servir, à l'occasion. Sous sa bure couleur de terre, il portait des hauts-de-chausses et de grosses bottes de cuir. Ce n'était certes pas un moine de cour, mais l'un de ces *miles Christi*, ces soldats de Dieu que formait l'abbé-évêque Kentigern, parfois plus soldats que moines… Les deux amis échangèrent un bref salut, puis Daffyd désigna d'un mouvement de menton les colonnes de fumée.

— Des Saxons ? demanda Morien.

— Sûrement pas, non. Ils n'auraient jamais pu s'aventurer aussi loin. Ce sont des gens d'ici qui font ça.

— Brûler leurs propres villages… Qui peut commettre pareille horreur ? Et pourquoi ?

— Tu le sais aussi bien que moi, répondit Daffyd, et il fit demi-tour, laissant là le moine pour rejoindre ses hommes.

Gurgi. Ce ne pouvait être que lui. Gurgi et sa bande de cavaliers du Gwynedd. Des barbares hirsutes bardés de crucifix, plus sauvages que des Pictes et capables de tout au nom de Dieu. Gurgi qu'animait une haine effroyable envers tout ce qui pouvait provenir de Ryderc ou du Strathclyde… Ces montagnes étaient son territoire. Il devait en connaître chaque défilé, chaque bosquet, et s'il n'avait pas encore attaqué, c'est que ces villages incendiés leur causaient bien plus de mal qu'un assaut frontal. Un plan aussi cruel qu'efficace…

À travers tout le Gwynedd, on devait croire à présent que la petite armée de Daffyd était responsable de ces destructions. Jamais ils ne pourraient repasser par là au retour. Si toutefois il y avait un retour.

Malgré le froid, le chef de guerre rabattit sa cape de laine derrière ses épaules et se redressa en réprimant un frisson. Il ne convenait pas de faire preuve de faiblesse, surtout en un tel moment. Parvenu à un jet de pierre du campement, il s'efforça d'afficher un masque impassible et marcha droit vers un bûcher de braises encore rougeoyantes que ses gardes attisaient. L'un d'eux y avait déposé une marmite, d'où s'échappait déjà une odeur de gruau brûlé.

— Donne-m'en une écuelle, dit-il à un jeune garçon ébouriffé qui semblait tout juste émerger de sa nuit.

La fromentée avait attaché et craquait sous les dents, mais au moins était-elle chaude. Daffyd mangea et but, tandis qu'autour de lui et des feux se rassemblaient les hommes. Combien étaient-ils ? Peut-être deux cents. Une vingtaine de cavaliers, une escouade de piquiers, autant d'archers. Le reste ne valait pas grand-chose. Des montagnards arrachés à leurs huttes, qui se retourneraient contre eux à la première occasion, s'ils en venaient à affronter la bande de Gurgi.

D'un geste mal maîtrisé, le baron rejeta son écuelle de terre, qui se brisa contre une bûche. Un instant, il croisa le regard du garçon, eut une brève moue d'excuse et se leva.

— Écoutez-moi ! lança-t-il, assez fort pour que tous l'entendent.

Tandis que les hommes se regroupaient devant lui, il grimpa sur un rocher couvert de mousse.

— Vous voyez ces fumées, en bas ? Ce sont vos villages qu'on brûle !

Il y eut un long moment de brouhaha et d'exclamations diverses, ainsi qu'une bousculade que ses gardes eurent du mal à maîtriser.

— Il faudra châtier les porcs qui osent vous faire ça ! cria-t-il, dominant le vacarme. Ensemble, nous irons jusqu'à Dinas Emrys, demander l'aide du roi Peredur !

Étrangement, des rires lui répondirent. Décontenancé, Daffyd parcourut des yeux l'assistance et croisa le regard de Morien de Cambuslang. Le moine leva les mains en un signe d'incompréhension.

— Peredur est mort, seigneur ! lâcha quelqu'un dans la foule. Rhun a repris le trône de son père !

Daffyd accusa le coup, trop surpris pour parvenir à sauver la face devant la troupe. Le prince Rhun, fils du grand-roi Maelgoun de Gwynedd, mort de la peste jaune alors qu'il n'était qu'un nourrisson, avait été élevé, ou presque, par Gurgi et avait fait ses premières armes dans sa bande de tueurs…

Le soleil était haut, assez haut en tout cas pour l'éblouir. Il voulut descendre du rocher, glissa sur la mousse, chuta lourdement et s'étala lamentablement dans l'herbe givrée. Les rires, bien sûr, redoublèrent, et les quolibets. Personne ne sut comment les choses s'enchaînèrent. Il y eut une mêlée, des coups, le crissement d'une épée sortie du fourreau. Le temps qu'il se relève, le sang avait déjà coulé.

— Arrêtez ! hurlait Morien. Au nom du Christ, arrêtez !

Deux, trois corps gisaient à terre, dont l'un au moins portait le manteau rouge du Strathclyde. Il était trop tard pour arrêter. Ces hommes étaient déjà des ennemis. Mieux valait les tuer tout de suite que de les retrouver plus tard sur leur chemin. Daffyd tira sa longue lame et leva les yeux vers le ciel. Des nuages se formaient, venant de la mer. Si proche et si lointaine. Maintenant ou plus tard, sa route s'achèverait dans ces montagnes, sans gloire, contre des gueux.

— Maudit sois-tu, Ryderc, fils de Tudwal ! hurla-t-il à pleine voix.

Puis il se jeta dans la masse. Le premier qu'il frappa fut le jeune garçon ébouriffé.

Ils avaient pris la route après la tombée de la nuit, comme des lépreux. La mer elle-même s'était retirée à leur passage, si bien que les chariots et l'escorte de cavaliers menée par le sergent Erle avaient pu rejoindre la côte sans emprunter le bac. À la lueur des flambeaux, ils traversèrent Kastell Léon puis les hameaux environnants, et poursuivirent leur chemin par la campagne et les bois jusqu'à une heure avancée, malgré la bruine qui faisait grésiller leurs torches, dans une obscurité de plus en plus pesante. Et quand enfin ils furent assez loin de tout, quand les sommiers [1] attelés rechignaient à chaque pas, qu'on manquait à tout moment de s'enliser ou de verser à bas de la chaussée et que les hommes avaient tous mis pied à terre pour guider leur monture par la bride, Erle ordonna que l'on s'arrête pour la nuit. Ils firent halte au bord d'un torrent, sous l'abri relatif d'un bosquet d'aulnes, tendirent une bâche huilée entre les

1. Chevaux de somme.

charrettes pour se protéger de la pluie, s'enroulèrent dans leurs capes et s'allongèrent les uns contre les autres dans le sous-bois humide. Une seule sentinelle montait la garde, par faction de deux heures, avec pour tâche principale d'entretenir le feu. Il n'y avait rien à craindre, sur les terres du comte, hormis les loups et les bêtes de la forêt. Nul brigand n'aurait osé s'attaquer à des soldats de Withur, encore moins s'ils escortaient des religieux. Certes, il fallait veiller à ce que les prisonniers ne s'échappent pas, mais s'agissait-il vraiment de prisonniers ? Merlin et Blaise n'étaient pas entravés, et le comte, d'ordinaire moins prévenant, avait semblé leur manifester certains égards, au moment du départ. Au moins dormaient-ils à couvert, dans leur tombereau bâché, chargé des malles de l'aumônier, de sacs d'avoine et des vivres pour le voyage. Quant à Cetomerinus, il ne s'était pas montré depuis Battha, enfermé dans la carriole capitonnée de l'évêque Aurélien. Attelée à quatre chevaux massifs, c'était une voiture étonnante, longue de dix pas et assez haute pour s'y tenir debout, pareille à un coffre monté sur roues, avec ses parois de planches bardées de fer. De quoi traverser sans danger les plus sombres forêts et passer la nuit au sec.

Tel ne fut pas le cas d'Erle et de ses hommes. Au petit matin, Blaise fut éveillé par un concert d'éclats de voix et de quintes de toux provenant de leur campement de fortune. Lui-même, moulu et transi, se redressa péniblement et, voyant que Merlin n'était plus là, descendit à bas de la charrette, dans la brume lourde du sous-bois. Nul ne fit attention à lui. Pas même l'enfant, affairé comme les autres à ramasser des branches mortes pour alimenter le feu, sans que quiconque, d'ailleurs, ne s'inquiète de le voir aller trop loin. Durant quelques instants, Blaise le suivit des yeux, sachant mieux que personne que s'il lui venait l'idée de disparaître, aucun de ces soudards ne le retrouverait sous l'abri des arbres.

Et Merlin, de fait, disparut, effacé par le brouillard glacé.

Blaise resta là un moment, tendant le cou sans parvenir à déceler le moindre mouvement dans le fouillis végétal qui l'entourait, puis il détourna les yeux et sourit. Merlin était parti. Lentement, il fit demi-tour et se dirigea vers un feu de camp, souriant toujours mais la gorge serrée.

Merlin était parti.

Le temps de rejoindre la flambée, le petit moine fut bousculé deux ou trois fois, sans autre excuse que des regards courroucés ou des grommellements. Les gardes avaient perdu l'habitude de dormir sous la pluie et leur humeur s'en ressentait. Il faisait beau, heureusement, ce matin-là. Beau et froid, avec un ciel mauve et rose qui se fondait dans le frimas recouvrant le paysage. Quand il fut réchauffé, Blaise sortit du bosquet d'aulnes pour gagner une hauteur et tenter de s'orienter. On ne voyait plus la mer, mais sans doute n'était-ce dû qu'au brouillard. À perte de vue s'étalait une lande parsemée d'arbres, grimpant en pente douce vers le sud, jusqu'aux abords de la grande forêt, dont les cimes noires émergeaient au loin des bancs de brume. Un désert, dans lequel s'enfonçait l'ancienne chaussée romaine, ou ce qu'il en restait, guère plus qu'une levée de terre jonchée d'ornières. Ayant retroussé ses robes, il commençait à soulager sa vessie contre un gros rocher lorsqu'un mouvement, à la limite de son champ de vision, lui fit tourner la tête. Il aperçut la silhouette d'un cavalier solitaire, traînant derrière lui deux mules, juste avant qu'elle ne disparaisse dans un vallon.

Son premier réflexe fut de s'élancer sur ses traces, mais une voix familière le retint :

— Pas encore…

Blaise se retourna d'un bloc, le cœur léger.

— Merlin ! Je croyais que tu t'étais enfui !

— Pas sans toi, mon frère, répondit l'enfant en reculant d'un pas, alors que le moine s'avançait vers lui, les bras grands ouverts. Si tu as l'intention de m'embrasser, reprit-il, j'aimerais autant que tu remontes tes chausses…

Le moine resta un instant interdit, puis éclata de rire en découvrant sa propre mise, toutes robes relevées face à son compagnon.

— Tu as vu ce cavalier ? demanda-t-il en se rhabillant.

Merlin hocha la tête.

— Tu crois que c'était Bradwen ?

L'enfant n'eut pas le temps de répondre. À l'orée du bosquet, Erle les appelait, sans paraître s'inquiéter outre mesure de leur éloignement. Merlin se contenta d'un sourire ambigu et fit demi-tour pour rejoindre le bosquet. Quand Blaise revint, le convoi reprenait sa route.

Ils le virent encore, à la tombée du jour, à moins d'un mille de la paroisse d'Enéour [1], sortant du village au petit trot pour gagner les hautes collines des monts d'Arrée. À aucun moment, l'homme ne se retourna

1. Aujourd'hui Plounéour-Menez.

vers eux, pourtant Blaise fut certain de l'avoir reconnu, cette fois. Et, à voir le sourire de Merlin, l'enfant l'avait lui aussi identifié. Erle, cependant, avait suivi leur regard et en était arrivé aux mêmes conclusions.

— Vous deux ! cria-t-il à l'intention de ses hommes de tête. Rattrapez-moi ce cavalier, avec ses mules ! Ramenez-le vivant !

Les gardes sautèrent en selle et talonnèrent leur monture. Chacun les regarda s'éloigner, jusqu'à ce qu'ils aient dépassé le bourg et se soient effacés dans le crépuscule. Puis Erle mit le pied à l'étrier et se hissa sur son cheval, aussitôt imité par le reste de l'escorte. Au petit trot, il poussa vers la charrette dans laquelle avaient pris place Blaise et Merlin.

— C'était lui, n'est-ce pas ? Comment s'appelle-t-il, déjà ?

— Comment veux-tu que je le sache ? fit l'enfant avec un sourire parfaitement innocent.

— Je sais ce que je dis, grommela le sergent. C'est l'homme qui campait sur Battha, le jour où je t'ai arrêté. J'ai reconnu ses mules... Tu ne le connais toujours pas ?

L'enfant secoua la tête en silence.

— Alors son sort te sera indifférent. Tant mieux.

Il faisait une chaleur accablante aux abords de l'âtre creusé en pleine terre, au beau milieu de la salle. Sur un lit de tisons, à moins de deux pas des tablées disposées tout autour, des serviteurs faisaient tourner à la broche un quartier de bœuf de taille à nourrir la moitié du Dal Riada et dont la graisse ruisselante grésillait en tombant sur les braises. Comme la plupart de ses commensaux, Aedan n'était vêtu que d'un bliaud de serge assez largement délacé, et la touffeur d'orage, moite et lourde, qui régnait dans la pièce ne semblait pas l'incommoder. Il en allait tout autrement pour les femmes admises au banquet royal. Une femme ne peut paraître en chemise, ni délacer sa cotte. Une femme doit faire honneur à son mari et à son clan, non seulement par sa beauté mais aussi par la richesse de ses atours. Ainsi Guendoloena avait-elle dû revêtir une chemise de lin blanc serrée aux poignets, puis une cotte de brocart rehaussée de fils d'or et d'argent, un surcot pourpre ajouré sur le flanc et lacé de cuir rouge, le tout recouvert d'une cape bleu sombre, dont elle s'était tout de même défaite. Les cheveux heureusement relevés en chignon et maintenus par des agrafes d'or, elle ne portait qu'un large collier d'or autour du cou, ainsi qu'un voile d'une transparence arachnéenne attaché à sa coiffe et que la sueur avait collé à son cou. Pour d'autres, c'était pire. Au bout de la table, une jeune femme rousse et boulotte, princesse du Cenel nŒngusa de l'île d'Islay, était engoncée dans une robe de velours passementée d'hermine et son visage était si cramoisi que la reine ne pouvait s'empêcher d'attendre le moment où elle tournerait de l'œil. En face d'elle, de l'autre côté de la fournaise grésillante, Bebinn, la jeune épouse de Garnait, se tenait droite, le torse orné d'un pectoral d'or et de pierres précieuses aussi large qu'une cuirasse.

Les invités étaient attablés depuis plus d'une heure, et c'est à peine s'ils avaient commencé à manger. Tour à tour, chaque chef de clan, venu de Mull, d'Islay, du Kintyre ou d'Arran, chacun des abbés de Tiree,

Lismore ou Cella-Duini, avait porté un toast en l'honneur d'Aedan et de son épouse, et rien au monde ne pouvait sembler aussi interminable qu'un compliment scot, encombré de titres ronflants et de formules alambiquées auxquelles il fallait répondre, selon l'usage, par des cadeaux et d'autres compliments.

Guendoloena connaissait à présent suffisamment le gaélique pour entendre leurs discours, mais elle n'écoutait plus, luttant simplement pour faire bonne figure ou, au moins, ne pas s'effondrer la première. Aedan, assis à côté d'elle, lui servait continuellement de pleins brocs de bière, sans remarquer que la jeune reine se débarrassait tout aussi régulièrement des pichets, à l'aide de son serviteur, Cylid, et ne buvait plus que de l'eau. Le roi était saoul, bien sûr, comme eux tous. Mais ici un homme ne cessait de boire que lorsqu'il roulait sous la table.

Soudain, un souffle d'air frais vint leur caresser agréablement le visage. Un messager venait d'entrer. Il resta sur le seuil quelques instants avant de repérer le roi et de s'avancer vivement jusqu'à lui pour lui parler à l'oreille. Le visage d'Aedan s'assombrit aussitôt. Il n'avait plus du tout l'air ivre, à présent, comme si son ébriété n'avait été que de façade. D'un geste, il congédia le messager et se tourna vers Guendoloena, d'un air soucieux.

— Que se passe-t-il ?

— De mauvaises nouvelles, je le crains…

Les rires et les clameurs s'étaient tus. Aedan parcourut l'assistance du regard, saisit la main de sa femme d'un geste apaisant et se leva.

— Les Saxons viennent de remporter une grande victoire dans le Sud contre les armées bretonnes ! dit-il à haute voix.

Guendoloena eut l'impression que son visage se vidait de son sang. Immobile, les yeux fixés devant elle, elle perçut les commentaires rassurés des convives. *Ils s'en moquent. Pour eux, cela ne signifie rien...* Aedan se rassit, tandis que le brouhaha des conversations reprenait de plus belle.

— Il semble que ton frère soit arrivé trop tard et qu'il n'ait pas combattu, reprit le roi, un ton plus bas. J'essayerai d'en savoir plus…

Elle le remercia d'un sourire mais dégagea sa main. Furtivement, elle se tourna vers Cylid, le seul Breton de l'assistance, à part elle. Leurs regards se croisèrent, sans qu'elle puisse lui dire quoi que ce soit.

— Voilà une nouvelle bien peu surprenante ! s'exclama quelqu'un sur sa droite.

En se penchant, elle vit que c'était Garnait. Hilare, la bouche et la barbe souillées de graisse, il pointa vers elle le couteau dont il se servait pour manger.

— Pardonne-moi, ma mère, mais les Bretons n'ont jamais remporté une bataille depuis que je suis né…

— Tu crois que c'est un signe ? fit une voix, à l'autre bout.

De gros rires jaillirent d'un peu partout.

— Garnait, la malchance des Bretons ! renchérit un autre.

— Je le crois, oui, murmura Guendoloena.

Aedan, près d'elle, tressaillit mais ne dit mot. Et Garnait, échauffé par le vin et les rires des convives, se versa à boire puis se dressa brusquement, en ouvrant les bras comme un montreur d'ours. Pour un peu, il serait monté sur la table, s'il n'avait tant bu.

— Je dis, moi, que les Lloegriens [1] ne se sont jamais aventurés jusqu'à nous, et qu'il faudra bien que nous allions les chercher, un jour ou l'autre, pour leur faire goûter le bon acier scot !

Toute la tablée répondit à ses rodomontades par des vociférations qui firent trembler les murs.

— Je dis que notre heure est venue ! Partout, nos frères d'Hibernie prennent pied en Bretagne et s'y taillent des royaumes. Les Ui Liathain dans le Sud, les Deisi Muman dans le Dyfed et les Laigin en Gwynedd ! Pourquoi attendre plus longtemps ?

Guendoloena n'avait pas cillé. Mais lorsque Aedan fit mine de se lever pour mettre un terme à la harangue de son fils, ce fut elle, cette fois, qui saisit sa main, fermement.

— Sellez vos chevaux, mes amis ! criait Garnait avec un grand geste de la main qui l'aspergea lui-même du vin dont il s'était servi. Fourbissez le fer de vos lances et tournez de bonnes hampes ! Demain, bientôt, mon père vous mènera au bout du monde !

Les barons scots, les chefs de guerre et les nobles des quatre clans du Dal Riada se dressèrent comme un seul homme, brandirent leurs gobelets d'étain et poussèrent trois « Hourra ! », tournés vers leur maître, Aedan mac Gabran, roi d'Islay, du Kintyre, d'Arran et de Mull, avant de boire en son honneur. Le visage fermé, ce dernier souleva son gobelet et y trempa tout juste les lèvres, sans quitter son siège ni accorder la

1. Le royaume de Lloegr, ou Logres, représente les terres de Bretagne occupées par les tribus saxonnes.

moindre attention à Garnait, marquant ainsi une désapprobation qui n'échappa à personne, et surtout pas à son fils aîné. Décontenancé, Garnait resta bientôt seul debout, alors que chacun autour de la table prenait peu à peu conscience de l'offense infligée à la reine, et de l'incongruité de ces acclamations. Dans le silence pesant qui régnait à présent, Guendoloena prit la parole, le buste droit et le regard fixe, aussi raide en cet instant que le roi lui-même.

— Je bois à ces nobles paroles ! clama-t-elle (et chacun vit qu'elle n'avait pas bu). Il est vrai que les Bretons n'ont plus remporté de grandes victoires depuis longtemps. Les dernières furent celles d'Arthur Ambrosius, l'Ours de Bretagne. Alors, je bois au noble nom d'Arthur, qui est celui de mon fils, aujourd'hui, et à ses victoires futures !

Cette fois, elle vida son gobelet d'un trait et le reposa d'un geste brusque, tandis qu'Aedan se dressait, le visage encore empourpré de colère et les yeux fulminants.

— Aux victoires d'Arthur mac Aedan ! rugit-il d'une voix tonnante.

Puis il but, imité docilement par toute l'assistance. Durant un instant, il resta debout face à eux, comme s'il cherchait des mots qui ne venaient pas, et, ne trouvant rien, il se rassit, estimant avoir lavé l'affront subi par Guendoloena. Un seul coup d'œil sur son visage fermé et pâle lui suffit pour comprendre qu'il n'en était rien.

— J'ai interrompu le prince Garnait ! lança-t-elle vivement, alors que son époux se penchait vers elle. Qu'on veuille bien me pardonner, mais il y a tant de choses que j'ignore encore sur ce beau pays… Mon fils a sans doute livré de nombreuses batailles et occis tant d'ennemis que son nom fait trembler les sept royaumes pictes, de Fortriu à Cait ! Parle-nous de tes victoires, Garnait. Régale-nous du récit de tes exploits !

Livide, le prince scot vacilla sur ses jambes et dut s'adosser à l'un des piliers de la salle.

— Eh bien ? insista-t-elle, toujours aussi droite et sans daigner même se tourner vers lui. Le roi Ryderc de Strathclyde, mon frère, tirerait sûrement leçon de ton expérience, et je ne doute pas qu'il en mènerait mieux sa guerre contre les païens de Germanie !

— Ryderc ! cracha le prince entre ses dents. Ryderc le généreux serait mort, sans nous, et toi avec !

Aedan se leva brusquement, si brusquement même qu'il renversa sa lourde chaise de bois, s'avança vers Garnait, le saisit par les cheveux et le projeta à terre, aux pieds de la reine.

— Le roi Ryderc de Strathclyde est mon allié, mon ami et le frère de ma femme ! Nul ne peut se réjouir sous mon toit des malheurs qui le frappent !

Le poing d'Aedan était fermé, comme s'il s'apprêtait à l'assommer devant eux tous. Durant un temps infini, dans un silence si lourd qu'on entendait crépiter les braises de l'âtre et souffler le vent au-dehors, le père et le fils demeurèrent ainsi, bouillant l'un et l'autre de colère. Un mot, un geste de Garnait aurait suffi en cet instant pour qu'Aedan commette l'irréparable. Le prince, heureusement, resta à terre, le visage masqué par ses longs cheveux noirs, et son père s'écarta enfin de lui.

— La reine a raison, dit-il. Il est grand temps que tu nous fasses preuve de tes talents militaires. Avant une semaine, tu mèneras une armée en territoire picte, sans t'arrêter jusqu'à ce que tu aies reçu au combat une blessure honorable qui te permette de parler ainsi devant l'assemblée des guerriers ! Maintenant, demande pardon à ta mère pour tes insultes !

Garnait leva vers lui un regard offusqué et ouvrit la bouche pour s'expliquer, mais Aedan ne lui en laissa pas l'occasion. D'un coup de poing à assommer un bœuf, il l'abattit sur le sol de terre battue.

— Demande pardon !

Lentement, douloureusement, Garnait se remit sur ses pieds, le visage marqué d'une estafilade sanguinolente à la tempe, là où les bagues de son père l'avaient touché.

— Je vous demande pardon, ma mère, murmura-t-il.

Guendoloena ne répondit pas. Glacée jusqu'au cœur, elle voyait le sang couler sur la joue de son beau-fils, ses yeux baissés, ses membres tremblant de rage. Comprenant qu'Aedan attendait d'elle au moins un signe, elle hocha la tête puis se détourna. Son regard croisa ceux de Bebinn et de ses voisins. Muets, butés, hostiles. *Ils me détestent. Je l'ai humilié, ils ne me le pardonneront jamais...*

Ce soir-là, Aedan ne partagea pas sa couche, prétextant des obligations vis-à-vis de ses invités. Guendoloena congédia rapidement ses servantes puis, quand le calme de la nuit eut recouvert la forteresse royale, elle se revêtit d'une cape de laine et sortit de sa chambre. À quelques portes de là dormait Cylid, son serviteur. Un Breton du Strathclyde, capturé autrefois par les Scots au cours de l'un de leurs raids de pirates et réduit en esclavage. Cylid était un homme libre, à présent. Ainsi l'avait voulu Aedan, en hommage à sa jeune épouse. L'homme était resté au service de la reine. Après tant d'années de servitude, sans doute n'avait-il plus rien d'autre à espérer.

Sans frapper, elle entra vivement dans le réduit qui lui servait de chambre. Le vieux serviteur, assis sur la couche de paille qui lui faisait office de lit, se tenait la tête entre les mains.

— Ma reine, dit-il en se redressant d'un bond, dès qu'il l'eut reconnue.

À la lueur vacillante de sa lampe à huile, Guendoloena vit qu'il avait pleuré, et cette constatation la bouleversa.

— Il faut que tu partes, souffla-t-elle à voix basse. Tu es mon seul espoir. Prends une barque, va-t'en tout de suite…

Elle se détourna, réprimant les larmes qui lui venaient aux yeux, et durant un instant fut incapable de poursuivre.

— Que veux-tu que je fasse ? murmura le vieil homme.

Quand il sera parti, je serai seule. Et s'ils veulent me tuer, comme la reine Domelach avant moi, personne ne saura ce qu'il m'est réellement advenu...

— Veux-tu que j'aille voir le roi Ryderc ?

— Non, fit-elle vivement. Non, pas Ryderc. S'il craignait pour ma vie, il serait capable de… Pas Ryderc, non.

Guendoloena s'enveloppa un peu plus étroitement dans sa cape. Elle avait froid, tout à coup.

— Je veux que tu retrouves Emrys Myrddin, prince du Dyfed, fils de la reine Aldan Ambrosia.

Cylid fronça les sourcils, trahissant une incompréhension si manifeste qu'elle dut s'expliquer davantage :

— Tu le connais, Cylid. Ou du moins tu connais son nom, comme tout le monde sur l'île de Bretagne. C'est un barde… On le nomme Merlin.

— Merlin ? Le barde Merlin ?

— Dis-lui… Dis-lui que son fils est en danger.

VIII

La porte de l'enfer

Il n'y avait plus d'auberge jusqu'à Carohaise. Plus d'auberge ni de village, tout juste quelques établissements de bûcherons ou de charbonniers aux abords de la forêt, et encore fallait-il les trouver. La lande de bruyères et d'ajoncs devenait si dense qu'il était impossible de s'écarter de la chaussée et que la troupe s'étirait en une longue colonne, avec à peine assez d'espace pour les charrettes ou pour deux cavaliers de front. Depuis des milles, le chemin ne cessait de monter en pente douce vers les contreforts des montagnes de l'intérieur, dont la masse sombre, couverte d'une insondable végétation, émergeait de la brume, à leur horizon.

Ils avançaient en silence, tenant leurs chevaux par la bride, le visage rougi par le froid et l'effort, ignorant pour la plupart d'entre eux le temps qu'il leur faudrait marcher et gagnés peu à peu par une appréhension si manifeste que Blaise et Merlin, sans savoir au juste ce qu'ils redoutaient – ce ne pouvait être Bradwen, qui ne représentait pas une grande menace contre une telle troupe –, épiaient les alentours comme s'ils s'attendaient à tout moment à voir surgir d'un buisson quelque démon hurlant. Les hommes ne parlaient guère, mais leurs expressions étaient éloquentes lorsqu'ils lorgnaient l'immense futaie qui les surplombait. *La forêt*, se dit Merlin. *C'est la forêt qui leur fait peur...* Où qu'il porte les yeux, elle était là, plus sombre et plus vaste que l'océan, si haute qu'elle émergeait des nuages, et la route qui s'élevait vers elle semblait s'y perdre si complètement qu'on n'imaginait pas qu'elle puisse en ressortir.

Aux abords des monts d'Arrée, la pente se fit plus raide. Bientôt, Cetomerinus et ses moines furent forcés de descendre de leur carriole et se crotter les chausses à la boue du chemin, comme les autres, tandis que les gardes devaient parfois s'arc-bouter aux roues et donner du fouet pour la faire avancer. Au sommet d'un col, l'homme de tête stoppa et fit un signe en direction d'Erle, qui se hissa en selle pour le rejoindre. Les autres s'étaient tout d'abord arrêtés pour se reposer, mais nombre d'entre eux, voyant le sergent et ses éclaireurs animés d'une discussion houleuse, hâtèrent le mouvement jusqu'à eux. Merlin et Blaise emboîtèrent le pas sans mot dire, de crainte qu'on leur ordonne de rester en arrière.

En haut du chemin, le monde semblait prendre fin.

Un brouillard blanc aussi dense qu'un champ de neige s'étalait dans une large vallée, bordée au loin par la noire muraille de la forêt. Au-delà des quelques premières toises, on ne voyait plus la chaussée, confondue comme les arbustes et les broussailles dans cette nuée indistincte. Une odeur de tourbe insidieuse leur montait à la gorge, sans que le moindre souffle de vent ne vienne la disperser.

— Il va bientôt faire nuit, disait l'un des gardes. On n'aura pas le temps de traverser et ne compte pas sur moi pour passer la nuit dans le Yeun Elez !

Erle grommela sèchement une phrase qu'ils ne saisirent pas, où il était question d'ordres et de superstitions ridicules. Pour autant, le sergent, comme eux tous, contemplait cette mare de brume avec répugnance, sans parvenir visiblement à prendre une décision.

— C'est quoi, le Yeun Elez ? demanda Blaise à l'homme le plus proche.

Celui-ci se retourna vers lui, puis désigna la vallée du menton.

— La porte de l'enfer, marmonna-t-il entre ses dents. Une tourbière, si humide qu'on s'y enfonce jusqu'aux genoux. Pas moyen d'y faire du feu, et si on s'écarte du chemin, les korrigans viennent vous prendre et vous noyer dans la boue… Moi, j'y vais pas. On n'a qu'à attendre demain. En plein jour, je dis pas…

Blaise glissa un coup d'œil vers Merlin, qui hocha lentement la tête en regardant tout autour de lui avec un sourire d'expectative que les autres, heureusement, ne remarquèrent pas.

— Il dit vrai, souffla-t-il. C'est une porte… C'est ici que commencent les terres vierges.

— Qu'est-ce qui se passe ? fit une voix forte, derrière eux. Pourquoi vous êtes-vous arrêtés ?

Ils firent tous demi-tour d'un bloc, et s'écartèrent pour laisser place à Cetomerinus, qui s'avança jusqu'à la hauteur du sergent.

— C'est ce brouillard qui vous arrête ? s'écria-t-il après avoir observé la vallée quelques instants, le temps de reprendre son souffle. Allez, on repart... Au moins, ça descend, on ira plus vite.

Un bourdonnement de murmures lui répondit, sans qu'aucun des gardes n'ose affronter son regard. Erle mit pied à terre, confia ses rênes au premier venu et entraîna l'aumônier à l'écart.

— Mon père, dit-il quand ils se furent suffisamment éloignés, ce n'est pas un brouillard ordinaire. Je connais cet endroit. C'est un marais de tourbe dangereux et glacé. Les gens d'ici l'appellent le Yeun Elez, le grand froid. Ils disent...

— Eh bien ?

— Mon père, c'est un endroit oublié de Dieu, croyez-moi, infesté de korrigans et de poulpiquets...

— Vraiment ?

Cetomerinus dévisagea le sergent avec une moue ironique puis, voyant qu'il ne plaisantait pas, fit face à la troupe amassée en surplomb. Ces soudards bardés de fer et de cuir baissaient les yeux ou lui tournaient le dos. Le seul regard qu'il accrocha était celui de Merlin, et l'enfant souriait.

— Il n'y a pas un endroit au monde, pas un endroit, vous m'entendez, qui soit oublié de Dieu ! rugit-il d'une voix qui enflait à chaque mot. « La marche des vertueux est semée d'obstacles qui sont les entreprises égoïstes que fait sans fin surgir l'œuvre du Malin. Béni soit celui qui, au nom de la charité, se fait le berger des faibles à travers la vallée des ténèbres, de la mort et des larmes. » Là où marche le porteur de la croix, les démons s'enfuient et se voilent la face en gémissant de terreur ! Que les lâches, les idolâtres et les faux chrétiens restent en arrière, en l'attente de leur jugement. Et que les soldats de Dieu me suivent, sans autre crainte que de déplaire au Très-Haut !

Puis il toisa Erle avec dédain et partit droit devant lui, jusqu'à ce que le brouillard le happe, laissant là le sergent interdit et honteux. Avant qu'il ait pu faire le moindre geste, ses deux moines dévalèrent le sentier à toutes jambes, passèrent devant lui sans un regard et disparurent à leur tour dans les nuées. Erle resta là un moment, cracha par terre et remonta lourdement le chemin vers ses hommes. Sans un mot, il récupéra les rênes de sa monture et se hissa en selle. Alors seulement, il baissa les yeux vers la troupe.

— On y va.

Tandis que les gardes se dispersaient en grommelant, revenant vers leurs chevaux ou partant déjà au petit trot pour rattraper les moines, il s'aperçut de la présence de Merlin à son côté et vit son sourire.

— Amuse-toi, petit. Avant la nuit, les poulpiquets te feront danser leur sarabande et on verra alors si tu souris toujours.

— Tu oublies que je suis un sorcier… La nuit, c'est moi qui mène la danse des lutins ! Demande à l'aumônier, si tu ne me crois pas.

— Ne m'agace pas, petit…

Le sergent talonna sa monture et partit au trot. Merlin le suivit des yeux jusqu'à ce que lui aussi s'évanouisse dans le brouillard, puis il jeta un coup d'œil vers Blaise. Le moine s'était assis sur une grosse pierre et jouait distraitement avec une tige de callune aux fleurs mauve pâle.

— Tu crois vraiment que c'est la porte des enfers ? dit-il lorsqu'il se rendit compte que l'enfant l'observait.

— J'ai vu la porte des enfers, murmura Merlin. Ça ne ressemblait pas à ça. Non, mon frère… Les seuls diables qui vivent ici sont du même sang que moi. Tu les as entendus ? Korrigans, poulpiquets, lutins, farfadets, fées ou elfes, peu importe le nom qu'on leur donne, ils sont ici, crois-moi.

Il s'interrompit et, durant un long moment, les deux compagnons se dévisagèrent avec gravité. *C'est ici que nos chemins se séparent, mon frère. Est-ce que tu le sais ?*

— Allons, coupa Blaise en se levant, alors que la carriole de l'aumônier passait en bringuebalant devant eux. Ne nous laissons pas distancer.

Le jour se coucha sans qu'ils aient revu la couleur du ciel. Aussi sûrement que si un rideau avait été tiré au-dessus d'eux, la brume épaisse qui les environnait s'obscurcit. Peu à peu, dans un imperceptible affadissement du jour, ils furent plongés dans les ténèbres, sans autre choix pourtant que de continuer. Alors qu'ils progressaient, aveugles et perdus, sur la piste surélevée qui traversait les marécages, de fugaces lueurs commencèrent à scintiller au loin. Ce n'étaient que des feux follets exhalés par le marais, mais chaque flammerole illuminait l'espace d'un instant quelques arpents d'une végétation torturée, et ces visions furtives, alliées au froid glacial de la tourbière, auraient saisi le cœur des plus braves. Insensiblement, les hommes de tête se mirent à retenir leurs montures et ceux de l'arrière-garde à presser l'allure, par crainte de ce qui pourrait surgir dans leur dos, si bien qu'ils formaient maintenant un groupe compact autour des chariots et qu'il n'en devenait que plus difficile encore d'avancer. Tout à coup, une motte de terre céda sous le pas d'un cheval, qui perdit l'équilibre et tomba à la renverse à bas de la chaussée. La bête se releva aussitôt et grimpa prestement la levée de terre. Son cavalier, en revanche, avait roulé jusque dans la tourbière et se mit à hurler en se débattant frénétiquement. Ce n'était qu'une flaque boueuse, dans laquelle il n'aurait pu s'enfoncer davantage qu'aux cuisses ou à la taille, mais il fallut plusieurs hommes pour le sortir de là, tant il était épouvanté.

— Ça suffit, décida Erle en descendant de sa monture. On s'arrête là. Allumez des torches qu'on y voie quelque chose !

— Avec quoi ? grommela un soldat, anonyme dans l'obscurité.

— Avec ce que vous trouverez. Les bâches du chariot, les planches de la caisse, les coffres, tout ce qui ne sert à rien. Demandez aux moines, ils doivent bien avoir des chandelles dans leur guimbarde !

— Nous en avons, dit Cetomerinus près de lui.

— Pardon, marmonna le sergent. Je ne vous avais pas vu…

— Pardon de quoi ?

D'un geste de la main, il fit signe aux frères convers qui l'accompagnaient d'aller quérir ce qu'il fallait. Quelques instants plus tard, l'un d'eux sortit de leur carriole avec une bougie de suif allumée et une brassée de cierges.

— Ne peut-on continuer ? demanda Cetomerinus en regardant les gardes arracher les panneaux de bois de la charrette et dresser fébrilement un bûcher au milieu du chemin. Avec de la lumière, on devrait pouvoir éclairer suffisamment le chemin. Combien nous reste-t-il, cinq, six lieues ?

— Cinq, six ou dix, qu'est-ce que j'en sais ? Mais de l'autre côté du marais on devra traverser le Huel Goat, la haute forêt, et on y verra encore moins, si possible. Il vaut mieux attendre le jour.

À la lueur vacillante des chandelles, il devinait à présent le visage fermé de Cetomerinus et vit que ce dernier s'apprêtait à insister.

— Par le sang, vous ne voyez donc pas que les hommes ont peur ? s'écria-t-il. Les feux follets, la nuit, le froid, et toutes ces légendes qui pèsent sur ce marais ! Je sais, vous n'y croyez pas, mais eux, si. Si on continue, ça finira mal. Alors, on campe ici. C'est un ordre !

Plantant là l'aumônier offusqué, il entraîna son cheval par la bride pour l'attacher à la carriole, à côté des autres.

Le feu avait pris au bûcher central, malgré l'humidité. Pareils à des naufragés sur une île, les hommes s'attroupaient dans le halo de lumière et de chaleur, attendant ses ordres. Erle se glissa parmi eux et tendit les mains vers la flambée pour se réchauffer. La brume les glaçait jusqu'aux os, jusqu'au cœur, pesait sur eux comme un linceul, transperçait les cottes de mailles, les broignes de cuir et les vêtements de laine, vidait de tout courage ces guerriers endurcis.

— Il faut croire en ce qu'a dit l'abbé, murmura-t-il, afin qu'eux seuls l'entendent. Nous sommes sous la protection de Dieu, il n'y a rien à craindre... Et puis les poulpiquets ont peur du feu, c'est bien connu. Entretenez la flambée et tout ira bien... Blaen !

De l'autre côté des flammes, un garde releva les yeux vers lui.

— Prépare-nous quelque chose de chaud. On gèle, ici...

Ils dînèrent en silence, tandis qu'autour d'eux le marais bruissait de sons écœurants et de clapotements, avec toujours cette odeur de tourbe et de moisissure qui prenait à la gorge. Puis une gourde d'hydromel commença à circuler et les conversations reprirent. L'angoisse se dissipait.

Tout à coup, un sifflotement plaintif et modulé coupa court à leurs échanges. Durant un long moment, ils retinrent leur souffle sans être certains de ce qu'ils venaient d'entendre, jusqu'à ce que la mélodie retentisse de nouveau, d'un tout autre endroit. On aurait dit un air de flûte, à la fois lent, dissonant et aigrelet, si étrange à vrai dire qu'il pouvait s'agir des trilles d'un oiseau de nuit. Une fois encore, il s'interrompit brusquement sur une note haute, avant que quiconque ait pu l'identifier.

— C'est la flûte du diable ! souffla l'un des soldats.

— C'est un oiseau...

— Je sais ce que j'ai entendu ! Ça n'avait rien d'une bête !

— On verra.

Erle fit dresser deux feux de camp aux extrémités de la colonne et planter les chandelles des moines en contrebas de la chaussée, tous les dix pas, sans qu'à aucun moment ils ne perçoivent la modulation nasillarde. Des sentinelles furent désignées, mais chacun veillait, sursautant au moindre coassement et se brûlant les yeux à force de scruter les ténèbres. Cetomerinus et ses aides s'étaient enfermés dans leur carriole bardée de fer, et Blaise avait entraîné Merlin dans la charrette, ou ce qu'il en restait, sans sa bâche ni ses rambardes jetées au feu.

Les heures s'écoulèrent ainsi, dans la rumeur pesante de la tourbière, troublée de temps à autre par une quinte de toux ou l'ébrouement d'un cheval. Blaise, comme nombre d'entre eux, avait fini par s'endormir, enveloppé dans son manteau et tassé contre Merlin.

L'enfant, lui, ne dormait pas. Depuis quelques minutes, le gargouillement du marais avait changé. Les coassements grinçants des crapauds et des grenouilles s'étaient interrompus un moment. Immobile, tous les sens aux aguets, il percevait un mouvement, droit devant lui, dans l'obscurité de la tourbière. Tout à coup, il se rendit compte que les chandelles disposées au bas du chemin s'étaient éteintes, ou qu'on les avait éteintes, sans qu'il s'en soit aperçu. Le campement endormi rougeoyait à la lueur vacillante des bûchers, où mouraient des feux de braise. Lentement, il se dégagea de Blaise qui pesait sur lui et se redressa dans la charrette. D'abord, il ne perçut rien. Puis, soudainement, une silhouette grimpant le talus, la rumeur étouffée d'une empoignade, un cri assourdi et le tintement d'une arme sur une pierre.

D'un bond, l'enfant sauta à bas de la voiture et s'accroupit dans son ombre, le cœur battant. Personne n'avait réagi. Pas un appel. Plus un bruit. Durant un long moment, Merlin scruta le halo vaporeux qui l'entourait, replié sur lui-même et respirant à peine, sans voir ni entendre quoi que ce fût, jusqu'à ce qu'émerge des ténèbres une forme encapuchonnée, couverte d'un long manteau sombre. Il la vit s'approcher de la ridelle et se pencher à l'intérieur. Une lame jeta un bref éclat, provoquant chez l'enfant un mouvement instinctif de recul, que l'autre devina. L'instant suivant, il était sur lui et l'écrasait de tout son poids.

— Merlin ! C'est moi…

L'enfant ouvrit des yeux ronds et cessa de se débattre. Aussitôt, l'apparition roula sur le côté et rejeta son capuchon en arrière. C'était Bradwen, dont les yeux brillaient dans son visage noirci de boue. Le guerrier sourit, posa un doigt sur ses lèvres pour lui signifier de garder le silence et, de la tête, lui indiqua le marais, en contrebas. Merlin acquiesça et ils se mirent en marche à croupetons, contournant le corps du garde égorgé.

L'enfant et le guerrier avaient presque atteint l'abri des buissons lorsqu'une voix bourrue résonna au-dessus d'eux, sur la chaussée.

— Ho ! Réveille-toi !

Instantanément, ils se plaquèrent au sol, sans bouger. Levant les yeux, ils reconnurent le sergent Erle, qui se penchait sur la victime de Bradwen.

— Tu parles d'une sentinelle… Eh, je te parle !

Là-haut, Erle s'était accroupi à côté du cadavre recroquevillé et le retournait sur le dos. Il vit la gorge tranchée, les yeux vitreux, le sang noir maculant son haubert. D'un bond, il se releva et empoigna la garde de son épée à la seconde même où, quelques coudées plus bas, le guerrier se dressait, juste en face de lui.

Durant un moment, le temps fut suspendu. Un court instant seulement, jusqu'à ce que Bradwen fût certain que l'autre l'ait reconnu. Puis son bras se détendit avec une vigueur extrême et son couteau siffla dans les airs, tranchant net le cri d'alarme du sergent. Merlin le vit s'affaisser, comme s'il s'agenouillait, puis basculer sur le côté et rouler au bas de la chaussée. Bradwen le bloqua du bout du pied, arracha sa lame du torse encore palpitant et leva la main pour frapper de nouveau.

— Bradwen ! Non !

Le guerrier retint son coup et le regarda d'un air surpris. Merlin avait déjà rampé jusqu'à eux, l'écartait d'une bourrade et relevait la tête d'Erle, maculée de sang et de terre. Le sergent ouvrit les yeux, reconnut l'enfant penché au-dessus de lui, à la lueur tremblotante des flambeaux.

— Aucune gloire, murmura-t-il.

Au-dessus d'eux, ils entendirent des voix et des cliquetis d'armes.

— Viens ! ordonna Bradwen. Laisse-le !

Et il partit, droit vers le marais, aussitôt happé par les ténèbres et la brume. Merlin prit le temps de reposer doucement la tête du sergent, en évitant son regard vide, où ne perçait pas même un reproche. Quand il se redressa pour s'élancer vers la tourbière, plusieurs silhouettes apparurent brusquement en haut de la chaussée. Sur le moment, il ne prit certes pas le temps de les observer. Ce n'est que plus tard, quand il se remémora cet instant, qu'il réalisa que deux de ces silhouettes portaient des robes de moine.

Vingt hommes. Plus aucun cheval. Plus de flèches. Et plus le moindre soutien à attendre de quiconque, avant d'atteindre la côte. Daffyd et ce qu'il restait de sa bande armée cheminait de nuit et devait se cacher le jour, quand chaque sentier de montagne était patrouillé par des cavaliers de Gurgi et du roi Rhun, montés sur de petits chevaux râblés, capables de galoper des heures durant sur les pentes les plus raides. Depuis deux jours, la piste des Bretons était semée de leurs morts, écrasés sous des éboulements, lardés de traits, égorgés au cours de la nuit. Et pas une fois, pas une seule, ils n'avaient pu combattre face à face l'ennemi insaisissable et invisible qui les harcelait.

Les chevaux avaient été les premiers visés, principalement les sommiers attelés à leurs chariots. Ils avaient dû abandonner leurs vivres, leur huile, leurs bagages et toutes les armes dont ils ne pouvaient se charger. Au soir du premier jour, leurs archers n'avaient plus de flèches à force de tirer, en vain, de pleines volées à chaque embuscade, et s'étaient débarrassés de leurs arcs. Le lendemain, au réveil, ils avaient découvert les cadavres déjà raides de toutes leurs sentinelles, sans que leurs assaillants n'aient profité de l'occasion pour en finir avec eux. Comme un chat jouant avec une souris blessée, Gurgi prenait son temps et les laissait courir à sa guise, attendant son moment pour la mise à mort.

À la tombée de la nuit, alors qu'ils s'étaient engagés dans un défilé bordé de falaises escarpées, une avalanche de rochers et de troncs d'arbres avait broyé une vingtaine d'hommes, tué ou dispersé ce qu'il leur restait de chevaux et enseveli la majeure partie de leurs vivres, abandonnés dans la panique.

Deux jours. Deux jours et deux nuits sans dormir ou presque, à marcher sans cesse, lieue après lieue, droit devant eux, vers la mer, dans l'espoir de rejoindre Dinorben et les troupes d'Elidir. Deux jours à se nourrir d'orge mondé trempé dans de l'eau puisée dans les torrents, sans allumer un feu, sans pouvoir soigner leurs blessés ni ensevelir leurs morts.

Dans l'après-midi du second jour, alors qu'ils avaient trouvé refuge dans une grotte, une averse torrentielle s'abattit sur les montagnes. La pluie tombait droite et drue, limitant leur champ de vision à quelques toises, ce qui leur sembla être une chance. Laissant là tout ce qui pouvait encore freiner leur progression, ils s'élancèrent sous les trombes d'eau. Moins d'une heure plus tard, ils parvenaient à la lisière de la forêt. Devant eux s'étendait un paysage de collines rondes et rases, traversé par une rivière.

— On y est, murmura Daffyd, dont les longs cheveux noirs luisaient comme un casque d'acier, collés à son visage par la pluie incessante. La mer doit être à deux milles d'ici, au plus…

Il se laissa choir sur une grosse souche et se défit du baudrier qui maintenait sa longue épée dans son dos. Autour de lui, les hommes firent de même, trop épuisés par leur course insane pour se soucier du sol détrempé sur lequel ils s'affalaient.

— Mais… Que faites-vous ? protesta le frère Morien. On peut y être dans une ou deux heures !

— C'est plus qu'il n'en faut pour se faire tailler en pièces, l'abbé, grommela un lancier, à côté de lui. Si on s'avance là-dessus, on sera aussi visibles qu'une mouche sur ton crâne…

Daffyd hocha la tête en souriant, puis fit signe au prieur de Cambuslang de venir le rejoindre.

— Il a raison, tu sais… Sans archers et avec les quelques lances qu'il nous reste, nous serions impuissants face à une charge de cavalerie. Il faut attendre la nuit. Ça ne tardera pas.

Morien s'était rapproché, mais il ne s'assit pas et se tourna de nouveau vers la mer, qu'on ne pouvait pourtant distinguer sous un tel déluge. Son crâne tonsuré, martelé par la pluie, émergeait, blanc et lisse, de sa robe de bure et de son gilet de mouton retourné. On aurait pu y voir une mouche, en vérité, si elle avait été assez inconsciente pour voler par un temps pareil…

— Et si j'y allais, moi ?

— Que dis-tu ?

— Je suis un moine, ils ne me feront rien. Avec un peu de chance, je serai à Dinorben avant la nuit et je pourrai revenir vous chercher avec une escorte…

Ayant parlé, il fit brusquement volte-face vers Daffyd, que tous regardaient en silence, guettant sa décision. Morien avait vu juste. Les cavaliers de Gurgi les massacreraient jusqu'au dernier sans l'ombre d'une hésitation, mais ils étaient trop chrétiens pour occire un homme de Dieu de sang-froid. Et quand bien même… Mourir maintenant ou un peu plus tard…

— D'accord. Mais laisse tes armes et prends des besaces, comme un frère prêcheur de retour de mission. Et quand tu verras Elidir, dis-lui de venir avec beaucoup d'hommes. Vraiment beaucoup. Qu'ils portent des torches. Nous marcherons vers eux dès que nous les verrons.

En l'espace d'un instant, les soldats équipèrent le prieur comme il avait été dit. Daffyd lui passa lui-même autour du cou une lourde musette, puis le mit sur la route.

— Il y a là-dedans tout ce qu'il reste de l'or que m'avait confié Ryderc pour payer les hommes, murmura-t-il lorsqu'ils furent assez loin. Si on ne devait pas se revoir, offre-le à des pauvres... Au moins, il servira à quelque chose.

Morien hocha la tête en silence, lui serra la main puis partit droit devant lui, sous la pluie battante. Au bout de quelques pas, il ne fut plus qu'une silhouette indistincte qui s'effaçait dans la grisaille.

Le moine marcha longuement sans s'arrêter, espérant au sommet de chaque nouvelle colline apercevoir enfin la mer. Depuis qu'il avait quitté la forêt, le vent s'était mis de la partie et lui giflait le visage d'averses cinglantes, si bien qu'il ramena bientôt sur sa tête le capuchon de sa robe de bure et, ployant la nuque, n'avança plus qu'au jugé, en s'aidant de son long bâton noueux. C'est ainsi, à moitié aveugle et sourd sous le battement de l'ondée, qu'il ne perçut qu'au dernier moment les cavaliers qui galopaient vers lui. Par réflexe, il rejeta son capuchon et leva son bâton pour se défendre, puis il se souvint de son rôle et adopta une attitude moins hostile.

Ils n'étaient que trois, chevauchant des bêtes ressemblant davantage à des poneys qu'à des destriers de guerre, avec de longues lances dressées dans le ciel, des bonnets et des vestes de fourrure qui leur donnaient une allure d'ours en armes.

— Que le Ciel soit avec vous, mes frères ! cria le prieur à leur approche.

Le premier d'entre eux se signa et porta sa monture tout près de lui, à le toucher.

— Le Ciel semble plutôt en colère, mon père… D'où venez-vous ?

— Je ne vois pas en quoi ça te regarde. Donne-moi plutôt de quoi me couvrir, ou emmène-moi sur ton cheval, je dois rejoindre Dinorben.

L'homme se tourna vers ses compagnons avec un sourire entendu, puis se mit à fouiller ses fontes, d'où il extirpa un drap de laine froissé.

— C'est tout ce que je peux faire pour vous, mon père, dit-il en le lui tendant. Nous, on doit continuer. Quant à Dinorben…

De nouveau, il jeta un coup d'œil vers les deux autres.

— Eh bien, j'espère que vous ne deviez pas y voir quelqu'un en particulier… Il ne doit plus y rester grand monde, maintenant.

Morien bredouilla une réponse qu'ils n'écoutèrent pas, tournant bride pour repartir dans les collines. Seul de nouveau, le moine hésita quelques instants, puis se couvrit du drap et courut jusqu'en haut d'une butte. On ne voyait rien. Rien que le mur gris de la pluie qui confondait tout, la mer, le ciel et les terres. Il ne distinguait même plus les trois cavaliers, happés comme toute chose par le crachin.

Plus tard, alors qu'il marchait toujours, une saute de vent chassa la pluie vers la mer, dégageant enfin le paysage. La nuit tombait déjà, mais la campagne détrempée étincelait comme un miroir. Au bord du rivage, à moins d'une lieue, il devinait la motte et les fortifications de Dinorben. Et tandis qu'il se remettait en route, les yeux rivés sur la ville en quête du plus petit signe de vie, une longue sonnerie de cor le fit sursauter. Il cheminait alors dans un vallon surplombé de massifs couverts de bruyère et d'ajoncs. Accélérant le pas, il suivit la sente jusqu'à ce qu'il découvre une trouée menant vers les hauteurs. Ce n'était qu'une petite colline, mais il était hors d'haleine en atteignant son sommet, enfiévré et claquant des dents, ne se soutenant plus qu'à l'aide de son bâton. Il y parvint juste à temps pour voir dévaler un fort parti de cavaliers, peut-être vingt hommes ou plus, qu'il accompagna du regard jusqu'à ce que l'obscurité naissante les efface de son champ de vision.

Épuisé et grelottant, Morien se laissa tomber à terre. Sa robe de bure trempée lui collait à la peau et la musette chargée d'or lui meurtrissait l'épaule. Durant un long moment, il resta ainsi, percevant de temps à autre un bruit de galopade ou l'appel d'un cor. Les cavaliers qui arpentaient les collines se réunissaient, quelque part dans les ténèbres, et lorsqu'il vit naître au loin la lueur d'un feu de camp, le moine se prit à espérer qu'ils s'installent pour la nuit, autour d'une bonne flambée. Cet espoir le remit même sur ses pieds et lui fit reprendre sa route vers Dinorben. Mais à l'instant où il s'apprêtait à redescendre dans le vallon, la lueur se scinda en une multitude de flammèches, qui s'étirèrent bientôt en trois longues colonnes.

Morien fut un instant sans comprendre, puis il réalisa que ces flammèches étaient des torches portées par les cavaliers, et que ceux-ci prenaient la direction de la forêt. Glacé d'effroi, il les regarda avancer, pareils à des serpents de feu. Dans le silence de la nuit, la rumeur sourde de leur galopade parvenait jusqu'à lui. Et tout à coup il perçut une nouvelle source de lumière, à l'orée des bois.

— Mon Dieu, non !

Daffyd et les siens, croyant voir venir les secours attendus, avaient allumé un feu… Morien s'élança dans la pente au risque de se rompre les os, hurlant à s'en déchirer le cou, courant à toutes jambes jusqu'à ce que l'épuisement le jette à bas, pantelant et noyé de larmes. Il entendit des cris et la clameur assourdie d'un combat, tandis que la plus proche des trois colonnes rompait sa belle ordonnance pour ne plus former qu'un halo de lumière tumultueux. Les deux autres, aussitôt, piquèrent dessus. À peine quelques instants plus tard, la nuit retrouvait le silence.

IX

La souillure de la Sabrina

UN SOLEIL pâle illuminait les hautes collines rousses des Malverns, sur lesquelles se dissipaient les brumes du petit matin. La nuit avait été froide, d'autant qu'Owen, Cadwallaun et Sawel avaient interdit qu'on dresse des feux de camp, pour gagner du temps, mais surtout par crainte de révéler leur position aux éclaireurs saxons. Les hommes n'avaient dormi que quelques heures, pelotonnés contre leurs chevaux, et s'étaient éveillés dès l'aurore. Ils s'étaient immédiatement remis en route vers la vallée de la Sabrina, gagnés irrésistiblement par l'impatience fébrile de leurs chefs. Owen, en particulier, piaffait comme un poulain au printemps, et se serait sans doute élancé au galop jusqu'à Caer Loew s'il n'avait été retenu par les ordres stricts de son père et du roi Ryderc. Les Saxons, en tout cas, n'avaient pas encore atteint la Sabrina. La troupe franchit le fleuve à son point de confluence avec l'Avon, puis descendit son cours vers l'estuaire. Caer Loew n'était plus qu'à un couple de milles. À moins d'une demi-lieue de là, ils croisèrent l'ancienne route romaine tracée vers le nord, encombrée d'une foule telle que leur avant-garde dut jouer du plat de l'épée pour se frayer un passage.

Owen, à la tête du gros de la cavalerie, arriva quelques minutes plus tard, alors que la populace ainsi retenue commençait à s'agiter. Encombrant la chaussée jusqu'à perte de vue, l'interminable cortège des fuyards s'amassait sans cesse contre le mince rideau de ses cavaliers, pareil à la marée montante sur une digue, chargés de tous leurs biens, poussant devant eux des troupeaux entiers de moutons ou de bétail, traînant toutes sortes d'attelages, depuis de simples charrettes à bras jusqu'aux vastes litières de la noblesse, et ne manifestaient à leur passage qu'une hostilité exaspérée, faite de regards haineux et d'insultes à peine retenues.

Owen crispa les poings sur les rênes de sa monture, rougissant de honte et de colère rentrée, tandis qu'il franchissait la chaussée. Près de lui chevauchaient des guerriers du Rheged brandissant l'étendard des Terres cultivées [1]. Des hommes qui avaient combattu à son côté à Lindisfarne contre les Angles du roi Ida, pour qui ces réfugiés n'étaient que des étrangers, plus romains que bretons, et qui n'auraient pas hésité à les tailler en pièces jusqu'au dernier s'il en avait donné l'ordre.

1. Surnom breton du royaume de Rheged, au nord de l'Angleterre.

— Je te connais, toi ! cria tout à coup une vieille femme, au passage du prince. Tu es Owen Cheveux-Rouges, le fléau des terres de l'Est, l'un des trois beaux princes de l'île de Bretagne et le fils d'Urien de Rheged ! Où étais-tu pendant que ces porcs de Saxons incendiaient la ville ?

Ses hommes se raidirent, mais Owen sauta à bas de sa monture et, écartant les cavaliers de l'avant-garde, s'avança au-devant de la femme avec un sourire apaisant. Malgré cela, le temps qu'il la rejoigne, tout un attroupement s'était formé autour de l'aïeule, comme pour la protéger. Il y avait là des artisans et des bourgeois de Caer Loew, tous glabres et portant les cheveux courts à la mode romaine, des femmes, des enfants et des vieillards, quelques soldats aussi, blessés pour la plupart et marqués par les combats, mais portant encore leurs armes.

— Donne-moi à boire, mère… Il fait déjà chaud et je meurs de soif.

La vieille femme détailla un long moment le visage souriant du jeune prince, puis leva les yeux vers ses cheveux rouges dressés en épis qui lui donnaient l'air d'un hérisson en colère.

— Comme ça on me reconnaît, murmura-t-il.

— Ça…

D'un signe de tête, elle ordonna à l'un des garçons qui se tenaient auprès d'elle – peut-être son fils ou son petit-fils – d'accéder à la demande du prince. L'enfant lui tendit une outre à laquelle Owen but à la régalade, avant de s'essuyer le menton du revers de la main.

— De quelle ville parles-tu, mère ? De Caer Loew ?

Elle le regarda d'un air de parfaite incompréhension, ou plus probablement de parfaite mauvaise foi. Ici, et plus encore dans le Sud, la culture romaine s'était largement maintenue, au moins dans les noms de personnes et de lieux. Owen n'ignorait pas l'orgueil de ces citadins qui devaient les prendre, lui et ses hommes, pour des barbares à peine chrétiens, ne valant guère mieux à leurs yeux que des Saxons. Mais Owen avait étudié avec les moines et connaissait un peu de latin. Assez, en tout cas, pour se souvenir du nom de leur ville.

— Tu viens de Glevum ? insista-t-il.

— J'aimerais mieux crever, gouailla-t-elle, avec un mouvement pour cracher par terre qu'elle ne retint que de justesse. On est tous de Corinium [1]. Nous, on s'est battus. Pas comme ces lâches qui fuient sans même avoir vu la queue d'un Saxon !

Autour d'elle, les autres émirent un concert assez dissonant de grognements d'approbation.

— Alors, Caer Loew n'est pas encore tombée…

— À moins qu'ils n'y mettent eux-mêmes le feu ! Va voir toi-même, c'est par là, à deux milles…

Owen la remercia d'un sourire, jeta l'outre au garçon et remonta prestement en selle.

— Ne t'éloigne pas trop, mère, que je puisse te la rapporter !

— Quoi donc ?

1. Nom romain de Cirencester (Caer Geri pour les Bretons), l'une des plus grosses agglomérations de l'époque romaine, capitale de la province Brittania Prima, dont dépendait Glevum (Gloucester), « la ville brillante ».

Le prince talonna sa monture, se porta auprès d'elle et se pencha avec un regard complice.

— Ta queue de Saxon...

Puis il lança son cheval au galop, salué par les gros rires et les vivats des fuyards. Sawel Ruadh l'attendait plus loin et se porta à son côté dès que le prince eut ralenti son allure. Il désigna d'un mouvement de menton la foule qui, à présent, acclamait la cavalerie bretonne.

— Tu sais te faire aimer, on dirait... C'est une force.

— Ça vaut toujours mieux que se faire insulter. Dépêchons-nous. Les Saxons ne sont pas encore à Caer Loew.

Sawel acquiesça et tira la bride de son destrier. Quelques instants plus tard, les trompes de guerre donnaient le signal du galop, et la terre trembla du martèlement formidable de centaines de chevaux. Owen était parti en avant, suivi comme toujours par sa garde personnelle, jusqu'au sommet d'un promontoire. La ville était là, à un peu moins d'une lieue, intacte, cernée de ses murailles de pierre et protégée par un fossé assez large pour repousser plus d'un assaut. Mais elle se vidait, comme une barrique crevée, du flux continu de ses habitants. La vieille avait dit vrai. Avant même que les combats n'aient commencé, le sang et l'âme de la ville se répandaient, l'abandonnant, exsangue et morte déjà, aux vautours venus se repaître de sa carcasse. On voyait pourtant encore luire l'acier de cuirasses et de lances sur les remparts. Une centaine d'hommes, peut-être, et probablement pas de cavalerie...

Le soleil était haut, à présent, dans un ciel sans nuages et d'une clarté telle qu'ils voyaient à des lieues. Owen s'était attendu à des colonnes de fumée, à des nuages de poussière trahissant la marche de l'armée saxonne, mais rien de tout cela. Devant eux s'élevait la ligne douce des collines calcaires séparant Caer Loew du royaume de Conmail et de l'intérieur des terres. Même à s'en crever les yeux ils n'aperçurent pas le moindre mouvement hostile dans ce paisible paysage. Aucune trace des Saxons. Avec ou sans ses habitants, Caer Loew pouvait être sauvée, si l'armée de Ryderc les rejoignait à temps.

Le grondement sourd de la cavalerie les rattrapa et les dépassa, gonflant leur cœur d'un sentiment de puissance irrésistible. À leur droite, la bande de Cadwallaun galopait en une masse confuse, hérissée de lances frappées de flammes rouges qui sifflaient dans le vent de leur chevauchée. En arrière, le détachement de Sawel allait en bon ordre, par escadrons d'une vingtaine de chevaux formés en carrés, à la mode romaine. Et à leur gauche s'alignaient les cavaliers du Rheged, attendant leur chef. Owen se tourna sur sa selle vers les hommes de son escorte, sourit et les jaugea un court instant. Ils étaient dix, constituant sa garde rapprochée, tous aussi jeunes que lui, aussi braves et aussi fous que des chiens de guerre. Parmi eux, il croisa le regard de son barde Dygineleoun qui, comme lui, avait connu l'honneur des Triades. L'un des trois bardes de l'île de Bretagne portant un épieu rougi, était-il écrit… D'un geste, il lui fit signe de le rejoindre.

— Mon frère, tu vas pouvoir faire preuve de tes talents… Prends deux hommes et essaye de voir qui commande encore à Caer Loew. Dis-leur que nous sommes là et que les secours arrivent. Puis galope jusqu'à l'armée du roi, nuit et jour s'il le faut. Informe mon père que la ville n'est pas tombée et qu'en faisant assez vite on pourra arrêter les Saxons ici, une bonne fois pour toutes…

Le barde poussa son cheval jusqu'à Owen et lui tendit la main. À voix basse tout d'abord, puis assez fort pour que tous l'entendent, il déclama une ode de Taliesin autrefois écrite pour le prince :

— *J'ai vu les guerriers blêmes, égarés.*

Les vêtements souillés de sang, vite

Reprendre rang, reprendre rang toujours dans la bataille.

Pas de fuite, quand le prince de Rheged dirige le combat !

Owen hocha la tête en souriant, puis piqua des deux, suivi de ce qu'il restait de son groupe, vers la cavalerie du Rheged qui attendait ses ordres.

Dygineleoun les regarda partir, achevant son chant à pleine voix pour ceux qui pouvaient l'entendre :

— *J'ai vu la compagnie des guerriers nobles autour d'Urien*

Quand il a attaqué l'ennemi à la Pierre blanche.

Il a taillé en pièces les armures

Que les guerriers portaient dans la mêlée.

Puisse l'ardeur du combat demeurer dans le cœur d'Urien !

Sans ralentir son allure, Owen contourna la troupe et, d'un mouvement du bras, la lança au galop derrière les deux autres colonnes. Ce fut une chevauchée de courte durée. Ils durent même descendre de selle pour soulager leurs montures en abordant les pentes escarpées des hautes collines des Cotswolds. Sans qu'ils se soient concertés, les trois chefs de guerre resserrèrent leur dispositif, au fur et à mesure qu'ils s'approchaient de la crête. Les hommes s'étaient rangés en batailles d'une centaine de cavaliers chacune, encadrées à distance de flanqueurs portant des enseignes d'étoffes vives, afin de signaler à distance toute présence ennemie. Il n'y en eut pas, jusqu'à ce qu'ils atteignent le versant est. À cet instant, cinq ou six éclaireurs de pointe brandirent en même temps leurs gonfanons.

Owen remonta en selle et les rejoignit à bride abattue. Il sauta à bas de sa monture et courut les dernières toises, puis s'accroupit à leur côté, à l'abri d'un affleurement rocheux aussi clair que du sable, dominant la vallée, en contrebas.

La guerre était là, pareille à un dragon sommeillant sur des braises. À moins d'une lieue, Caer Geri se consumait sous de sombres volutes de fumée qui semblaient ne pouvoir s'élever et rampaient dans ses ruelles calcinées, noircissant ses remparts abattus et jusqu'à la campagne alentour. Plus proche, on devinait les tentes des Saxons et le grouillement de leur piétaille disséminée sur une surface formidable, autour de centaines de feux. De petits escadrons de cavaliers sillonnaient la plaine, mais aucune défense n'avait été organisée, ni fossé ni palissade, comme si Cuthwin et son maître de camp ne pouvaient même imaginer qu'on puisse les attaquer.

Le jeune prince du Rheged leva les yeux vers le ciel. Le soleil était encore haut. Il devait rester cinq ou peut-être six heures de jour... De quoi batailler fièrement avant la tombée de la nuit. Surprendre ces porcs, en tuer le plus possible, puis fuir avant qu'ils ne s'organisent et revenir de nouveau, par un autre côté, jusqu'à ce qu'ils perdent pied et cherchent refuge dans la ville incendiée. De quoi en tout cas les clouer là jusqu'à l'arrivée de Ryderc.

Alors qu'il observait la disposition des feux ennemis, un bruit de cavalcade attira son attention vers la vallée de la Sabrina. Il reconnut la tignasse rousse de Sawel bien avant qu'il ne puisse distinguer ses traits et, tandis que le chef de guerre mettait pied à terre et se courbait pour le rejoindre sur la ligne de crête, il recommença à étudier la disposition des Saxons sous les collines des Cotswolds.

Sawel s'abattit à son côté, accepta d'un signe de tête reconnaissant l'outre d'eau fraîche que lui tendait l'un des éclaireurs et, quand il eut retrouvé son souffle, se redressa derrière les roches claires.

— Par les Mères, murmura-t-il, il y en a bien plus que je ne l'aurais cru…

Les Saxons avaient rassemblé leurs chevaux dans un enclos cerné de cordes, à flanc de colline. Il devait y en avoir un bon millier, sans compter les patrouilles de cavalerie qui sillonnaient les abords de leur campement. Celui-ci paraissait incohérent et désordonné, à première vue. Mais la dispersion même des Saxons, autour de leurs enseignes à têtes animales, empêchait qu'on puisse charger de front autre chose que l'une ou l'autre de ces unités de piétaille, laissant ainsi le temps au gros de leurs troupes de se regrouper et de faire face. Sawel jura entre ses dents et, tournant le dos à l'ennemi, s'assit contre le rocher.

— Il faut revenir à Caer Loew, décida-t-il. Ils n'ont visiblement pas l'intention d'attaquer aujourd'hui.

Owen le regarda avec des yeux ronds, puis se porta vivement jusqu'à lui.

— Mais enfin, regarde-les ! Aucune défense, aucune ligne de bataille ! Ils ne se doutent pas qu'on est là. En une charge, on peut traverser leur camp et disperser leurs chevaux. Sans cavalerie, il leur faudra plus d'une journée pour atteindre Caer Loew.

Sawel le dévisagea d'un air mauvais, puis poussa un long soupir.

— Je sais ce que tu ressens, petit. Mais ce ne sont pas des paysans, là en dessous. Le temps qu'on les atteigne, même au triple galop, ils auront formé leurs lignes. Alors oui, on pourra en tuer quelques-uns. Mais avant d'arriver jusqu'à leurs chevaux, on aura une forêt de lances contre nous, et tous leurs archers… Tu les as comptés ?

Owen ne répondit pas, contenant difficilement sa rage et sa frustration.

— Je vais te dire combien ils sont, poursuivit Sawel. Autour de chaque enseigne, il faut bien compter cent hommes. Regarde toi-même… J'ai vu une cinquantaine de fanions, au bas mot. Et il doit y en avoir autant de chaque côté de la ville… Je dirais dix mille hommes, peut-être moins, peut-être plus. Et nous sommes à peine cinq cents. Tout ce qu'on réussirait en chargeant c'est à nous faire tuer, ce qui n'est pas grave, mais à perdre du même coup le plus gros de notre cavalerie. Alors on repart vers Caer Loew, on prend position dans les bois et on prévient Ryderc, en espérant qu'ils attaquent le plus tard possible. Tu m'as compris ?

Le jeune prince resta silencieux, les yeux fixés devant lui, respirant fortement et le visage empourpré.

— Tu m'as compris ? insista Sawel plus rudement.

Owen se tourna vers lui, l'air outragé. Au moment même où il allait parler, une clameur formidable résonna dans la vallée. Ils n'eurent que le temps de se retourner pour voir la bande de Cadwallaun gravir les collines au galop, franchir la crête et charger, lance baissée. Owen bondit sur ses pieds, sans craindre désormais de se démasquer. Cadwallaun et ses cavaliers dévalaient la pente droit vers Caer Geri en hurlant comme des diables. Devant eux, les Saxons se dispersaient dans le plus grand désordre, comme une volée de moineaux. La charge submergea l'un de leurs campements, emportant une enseigne et laissant derrière elle une traînée de cadavres, puis elle obliqua vers l'enclos des chevaux. Ils n'en étaient plus qu'à une portée de flèche, et seul un mince rideau de troupes, hâtivement alignées, leur faisait obstacle. Ce fut suffisant, pourtant, pour briser leur élan. Les yeux écarquillés d'horreur, Owen voyait se refermer tout autour d'eux une marée d'hommes en armes, dans la poussière de cendres levée par leur empoignade.

— Il faut aller les aider ! cria-t-il en se tournant vers Sawel, accroupi à quelques coudées de là.

— Tu sais bien que non. Ils sont déjà morts, de toute façon…

En bas, un groupe de survivants parvint à se frayer un chemin hors de la mêlée. Aucun d'eux n'avait gardé sa lance. Contournant la masse des Saxons, ils galopèrent encore vers l'enclos, mais une ligne d'archers s'était mise en position et les accabla de traits. La gorge serrée et les yeux brillants de larmes, Owen les vit battre en retraite, pourchassés par une horde de cavaliers saxons, franchir les collines et fuir droit devant eux.

À la tombée du jour, Edwin le Saxon les rattrapa alors qu'ils tentaient de traverser la Sabrina en amont du village de Digoll, et l'eau du fleuve fut souillée de leur sang.

Bercé par le pas indolent de la mule sur laquelle il s'était juché, Merlin s'était abîmé dans le sommeil, sans s'en apercevoir. Peu après le lever du jour, un brusque écart de l'animal l'éveilla en sursaut. Durant quelques secondes, il oscilla entre les limbes de ses cauchemars et les brumes de la tourbière, sans parvenir à reprendre pied. Il s'était agrippé instinctivement à la crinière du baudet, la serrant si fort que l'animal se mit à braire, achevant ainsi de le réveiller.

Le cœur battant, l'enfant sauta à terre et s'accroupit, les jambes encore chancelantes, le temps de retrouver ses esprits. Un brouillard épais l'entourait, suintant du marais par fumerolles, qu'un soleil pâle et froid irisait de lueurs roses ou mauves. Autour de lui s'élevaient quelques buissons d'ajoncs, couverts de toiles d'araignées étincelantes de rosée. L'espace d'un instant, alors que les voiles de brume se défaisaient, il aperçut la silhouette altière et sombre d'un grand chêne, tranchant comme une potence dans le petit matin. L'espace d'un instant seulement, avant que le frimas givrant ne se reforme et ne l'engloutisse, comme tout le reste. Alors qu'il restait là, interdit et imbécile, le renâclement d'un cheval l'arracha à sa torpeur, suivi presque aussitôt de l'appel d'une voix familière :

— Hé ho, ça va ? Tu es tombé ?

Merlin trempa ses mains dans une flaque d'eau glacée toute proche, s'aspergea le visage et se remit sur ses pieds, alors que Bradwen poussait vers lui sa monture.

— Je m'étais endormi, avoua-t-il en faisant un effort pour lui sourire. Tu sais où nous sommes ?

— Je n'en ai pas la moindre idée ! répondit Bradwen en s'esclaffant, comme si cette perspective l'enchantait. On a marché plein est durant toute la nuit, du moins je l'espère…

Merlin le regarda d'un air surpris, tandis qu'il sautait à terre et délestait ses fontes de quelques provisions de bouche.

— Ce sont les mules qui nous ont guidés, ajouta-t-il en voyant son expression. Il y a aussi des marais, par chez moi. Les bêtes ont un pied plus sûr que le nôtre, dans ce genre de pays… Et puis je crois que je me suis endormi comme toi.

Tous deux rirent de bon cœur et s'installèrent sur une roche plate pour partager une galette de pain, tandis que le soleil dissipait peu à peu les miasmes de la nuit. Bientôt, ils devinèrent devant eux un paysage de hautes collines boisées, sombre et dense, auquel s'attachaient encore quelques bancs de brume. Bradwen mangeait en silence, les yeux perdus dans le vague. Peut-être songeait-il à Erle, au regard qu'ils avaient échangé avant qu'il le tue. Peut-être pas… Merlin, lui, avait à peine entamé son quignon, la gorge serrée par des émotions contradictoires alors que se révélait sous ses yeux l'orée de la grande forêt. C'était là, sous cette mer de frondaisons, que se nichait le secret de sa naissance, parmi ces lutins et ces korrigans qui effrayaient tant les hommes de Battha. Là, dans ce pays sans frontières, sans routes, sans villages, ce désert végétal que nul n'osait pénétrer, si proche à présent. Le bout de sa longue pérégrination... Et pourtant, sans l'intervention de Bradwen, sans doute se serait-il laissé mener jusqu'à Carohaise, au risque d'y être jugé en sorcellerie, emprisonné, peut-être même pire, tant il est plus facile de subir que d'oser, d'affronter un destin prévisible, fût-il néfaste, que de faire face à l'inconnu... En s'imposant insidieusement à lui, comme une révélation de sa propre lâcheté, cette pensée le ramena à Blaise, seul aux mains de Cetomerinus et des gardes de Withur. Blaise qui l'avait suivi jusqu'ici, aux frontières du monde, et qu'il avait dû abandonner, sans même pouvoir lui dire adieu... Merlin éprouvait certes de la gratitude envers Bradwen, mais le détestait tout autant pour ce qu'il avait fait.

Brusquement, l'enfant se releva, jeta au loin son morceau de pain et chercha ses besaces, comme pour se remettre en route. Mais il n'avait plus de besaces, plus d'armes, même plus son arc. De tout cela on l'avait dépouillé. Tant mieux. Il faut être nu pour renaître.

— Je ne t'ai pas encore remercié, dit Merlin lorsqu'il sentit que Bradwen l'observait, sans parvenir cependant à le regarder en face.

Le guerrier poussa un soupir amusé, se leva et vint lui frapper l'épaule d'une bourrade.

— N'aie pas peur, tu ne me dois rien... J'ignore ce que tu cherches ici, mais je sais que je n'ai rien à faire dans ta vie.

Puis il se détourna, rangea son couteau et ce qu'il lui restait de pain dans l'une des sacoches accrochées au bât de la mule. D'un mouvement de tête, il rejeta ses cheveux noirs en arrière, avant de lisser sa barbe, d'un geste familier.

— Je crois même que c'est moi qui suis ton débiteur, marmonna-t-il. Tu m'as débarrassé d'un bagage bien lourd à porter.

Merlin, cette fois, osa le dévisager et sourire, à la fois soulagé par ce que le guerrier venait de dire et désireux d'effacer la froideur que ses remerciements empruntés avaient laissé paraître.

— Alors nous sommes quittes, Bradwen.

— Ouais, nous sommes quittes…

D'un air dégoûté, le Breton parcourut des yeux les marécages qui les entouraient.

— Ce n'est pas encore ici qu'on pourra se reposer. Je propose qu'on continue ensemble jusqu'à ce qu'on trouve une route ou un sentier, quelque part dans ces bois.

Merlin acquiesça et ils se mirent en route, l'enfant sur l'une des mules et le guerrier sur son solide roncin, traînant derrière lui à la longe la plus chargée de ses bêtes. Rapidement, la tourbière brumeuse céda la place à une brousse d'ajoncs et de bruyères, puis à une lande sèche grimpant en pente douce vers les roches noires qui barraient comme un rempart l'accès au Huel Goat, la haute forêt. Ils chevauchaient côte à côte, savourant à chaque inspiration l'air vif de ces contreforts, après les remugles oppressants des marais. Il leur fallut de longs détours pour atteindre la forêt, entre les escarpements rocheux, les cours d'eau et les massifs d'ajoncs hérissés d'épines. Comme un présage heureux, un rayon de soleil troua les nuages au moment où ils s'enfonçaient sous la voûte des arbres.

Ils firent halte au bord d'un ruisseau pour laisser boire les bêtes et s'installèrent confortablement à l'abri de fougères qu'une chaude lumière, tamisée par les frondaisons, faisait chatoyer. Toute la fatigue de la nuit s'abattit bientôt sur les épaules de Merlin, qui se laissait suavement glisser dans le sommeil lorsque la voix grave de Bradwen l'arracha à son endormissement :

— Elle est belle, cette forêt… C'est d'ici que tu viens ?

L'enfant réprima un bâillement et se força à sourire.

— Et toi, où vas-tu aller ? demanda-t-il. Tu avais parlé d'un village, non ?

— Oui, Nuiliac, dans le Léon… J'irai peut-être, après tout. On m'a parlé aussi d'un chef de guerre, Waroc, qui bataille contre les Francs, dans le Sud. On verra…

Merlin opina distraitement. Sous le soleil, la forêt semblait reprendre vie. Tous ses sens se repaissaient du concert de couleurs et de sons qui sourdait du sous-bois. Mille merveilles diffuses, insaisissables, changeantes au moindre souffle de vent dans la ramure des chênes. Le chant des oiseaux, le bruissement des fougères, le clapotis du ruisseau formaient une musique apaisante, et pourtant, quelque chose, à présent, éveillait en lui une appréhension, comme si ce murmure contenait un message. Durant un moment, il tendit l'oreille, essayant vainement de distinguer ce qui pouvait ainsi l'alerter, puis il y renonça en croisant le regard inquiet de Bradwen.

— Qu'est-ce qu'il y a ?

— Ce n'est rien, fit-il. J'ai cru… Ce n'est rien. J'ai perdu l'habitude de la forêt, je suppose.

— Je sais ce que tu veux dire. On entend des choses, on voit des choses… Crois-moi, quand j'étais seul dans les marais, c'était pire.

— J'imagine, oui… À propos, c'était une bonne idée, cet air de flûte. Ça les a vraiment retournés.

Bradwen eut une expression de parfaite incompréhension.

— Quel air de…

Son visage se crispa subitement, au beau milieu de sa phrase, puis il s'abattit, d'un bloc, sans un mot, sans une plainte, le nez dans l'herbe. Merlin le regarda sans comprendre, tandis que son sourire se figeait. À pas comptés, il s'approcha de lui et retint un cri d'effroi. De minuscules flèches, cinq ou six, s'étaient fichées dans ses bras, son dos, sa nuque, aussi fines que des aiguilles, longues et noires, avec un empennage de plumes blanches qui ne ressemblait à rien de ce que pouvaient utiliser les archers de Bretagne. L'une d'elles, en le frappant au cou, s'était brisée sous le choc et semblait ne s'être enfoncée que d'un demi-pouce dans sa chair. D'autres s'étaient détachées quand il avait roulé à terre, laissant d'infimes entailles, d'où s'écoulait un jus noir et gluant.

Le hennissement soudain du cheval lui fit faire volte-face et il les vit, trois ou quatre êtres longilignes, couverts de capes à capuchon d'une couleur indéfinissable et changeante, regroupés autour des montures. Alors qu'il reculait, cherchant déjà une arme, deux autres apparurent à côté de lui, pâles, avec des yeux immenses, de longs cheveux noirs et ce même manteau couleur de sous-bois. De saisissement, il se rejeta en arrière, mais le plus proche tendit la main et toucha son cou. Aussitôt, un voile noir le submergea.

X

Glevum

LE JOUR s'effaçait lentement, sous un crachin qui faisait luire le dallage régulier des ruelles. Dans le silence fantomatique de la ville désertée, les pas d'Owen résonnaient lugubrement tandis qu'il remontait, seul, vers la basilique. Ses toits de tuile rouge et sa taille, dépassant tout ce qu'il avait pu voir jusqu'alors, avaient attiré son attention dès qu'ils avaient franchi les portes de Glevum, et à présent que ses hommes avaient pris position sur les remparts au côté de la maigre garnison bretonne restée sur place, il s'était éclipsé, laissant Sawel organiser la défense. De loin en loin, une maison encore habitée diffusait un peu de lumière par les interstices de ses volets clos, éclairant chichement des venelles dépeuplées, dont le tracé rectiligne, à la romaine, s'était effacé avec le temps sous d'innombrables constructions récentes, échoppes et boutiques, masures à toit de chaume ou même enclos pour le bétail empiétant sur la rue au point, parfois, d'en barrer le passage.

Il n'avait croisé personne, depuis qu'il avait quitté le mur d'enceinte. Seul un chien était venu à lui en geignant et le suivait depuis, docilement, en levant vers lui un bon regard dès que le prince jetait un coup d'œil dans sa direction. Plus d'une fois, des silhouettes furtives aux bras chargés s'étaient enfuies à son approche. Des pillards, laissant derrière eux des portes enfoncées et les débris de leur cupidité, vaisselle, vases ou armes abandonnés dans leur précipitation, jonchant le sol des demeures éventrées. Plus d'une fois, c'est lui qui avait fait un détour pour éviter une bande plus hardie, prête à en découdre. Peu lui importait qu'on pille Caer Loew. Dans quelques heures ou quelques jours, les Saxons seraient devant ses murs, et si l'armée de Ryderc ne les avait pas rejoints d'ici là, ce seraient eux qui mettraient la ville à sac avant de l'incendier… Cela ne valait pas la peine de se battre, encore moins de mourir.

Alors que la nuit s'abattait sur la cité et qu'il avait dû chercher une torche afin d'éclairer son chemin, Owen déboucha sur une artère plus large, séparée en son milieu par un caniveau charriant les eaux usées vers la ville basse, et bordée de hautes demeures à étages, parfois ornées d'une volée de colonnades, de mosaïques ou de bas-reliefs. Encore quelques pas et il parvint sur le forum, une vaste place dallée entourée d'échoppes et de bâtisses récentes, que dominaient les masses imposantes de la basilique et des thermes. Ceux de Caer Vaddon, l'antique Aquae Sulis des Romains, étaient célèbres pour leurs sources d'eau chaude et leur luxe, mais Owen ne pouvait imaginer qu'un endroit au monde puisse surpasser la munificence de l'édifice. C'était ainsi qu'il s'était représenté les temples des Anciens, avec ses colonnes accouplées de marbre clair, ses jardins, ses alcôves masquées par de longues étoffes soyeuses. Les feux étaient éteints, mais les piscines étaient toujours remplies d'une eau transparente, dévoilant dans le fond des mosaïques figurant des poissons, des sirènes ou des figures féminines bien plus impudiques. Et dans tout cela plus un être vivant, plus une lumière, plus un son. Tout juste les vestiges honteux d'une fuite précipitée, partout sur le sol. La basilique elle-même était déserte. Les moines avaient emporté leurs croix, leurs images et leurs dorures, ne laissant que des bancs de bois alignés et un autel de marbre, dans la nef immense. Il n'y avait certes rien de comparable dans le Rheged, ni dans aucune des villes du Nord qu'Owen avait pu connaître, mais la pluie, la déréliction et le silence de plomb ôtaient toute beauté à ces merveilles. Les masses étaient imposantes, mais aussi froides qu'un linceul. Celui d'une ville déjà morte, d'une époque révolue, une tombe privée d'âme que seules les flammes pourraient réveiller.

Soudainement saisi de rage et de dégoût, le prince tourna les talons et, toujours suivi du chien, repartit à grandes enjambées vers les fortifications. Là, au moins, dans l'odeur des tavernes et des écuries, il y avait encore de la vie.

Au-dehors, la nuit était complète. Des rafales de vent, tourbillonnant dans les ruelles, le cinglaient de pluie, au point que sa cape fut bientôt trempée et sa torche noyée. En passant devant une maison restée ouverte et où brillaient des lampes à huile, Owen aperçut un coffre éventré, rempli de vêtements et de fourrures. Il entra, défit l'agrafe d'or qui retenait son manteau alourdi de pluie et se pencha sur les étoffes éparses. Alors qu'il venait de choisir une peau d'ours parfaitement tannée et assez large pour l'envelopper entièrement, le chien se mit à gronder en retroussant les babines.

— Qu'est-ce qu'il y a ? demanda Owen avec un sourire amusé. C'est ta maison ?

Mais l'animal ne le regardait pas. Posté devant un escalier de bois, le poil hérissé sur toute la ligne du dos, il se mit à aboyer. Des voix bourrues lui répondirent, à l'étage, puis le cri d'une femme, aussitôt étouffé.

Le prince retint sa respiration. Lentement, il acheva d'agrafer la peau d'ours à son cou, en rejeta les pans en arrière et dégaina son épée, dans un long crissement d'acier. On entendait des mouvements, là-haut, sourds et étouffés, que les aboiements du chien rendaient impossibles à localiser précisément.

— Paix ! lui lança Owen.

Puis, se tournant vers l'étage :

— Il y a quelqu'un ?

Nulle réponse ne lui parvint, mais il perçut une agitation, des paroles assourdies, un piétinement confus. Alors qu'il avait déjà gravi quelques marches, une porte s'ouvrit brusquement sur un homme à demi nu, tenant à la main un poignard plus proche du couteau de boucher que de la dague.

— Qu'est-ce que tu veux, toi ?

Avant qu'Owen n'ait pu répliquer, la femme cria de nouveau, appelant cette fois distinctement à l'aide.

— Je veux que tu partes, dit-il en montant lentement les derniers degrés. Toi et les autres. Dehors !

Quand il fut arrivé sur le palier, l'homme recula, hésitant devant la carrure du prince, sa longue épée et son haubert, puis désigna la chambre d'un mouvement de menton.

— T'énerve pas, grogna-t-il. Il y en a assez pour tout le monde…

Owen n'était plus qu'à quelques coudées de lui. Un cadavre gisait sur le plancher, en haut des marches, recroquevillé dans ses robes, sans qu'on puisse voir s'il s'agissait d'un homme ou d'une femme.

— Ramasse tes affaires et va-t'en.

Comme l'autre reculait toujours, il atteignit le niveau de l'embrasure et jeta un coup d'œil dans la chambre. Il n'eut que le temps d'apercevoir la forme claire et nue d'une femme sur un lit avant de se jeter en arrière, par réflexe, à l'instant même où une massue ferrée s'abattait sur son bras. Le coup dévia sur la cape de fourrure, mais lui meurtrit durement l'épaule et le projeta contre la rambarde, en lui coupant le souffle. L'autre était déjà sur lui, avec son couteau de boucher. Il le maniait mal, comme une lance et non comme une épée, et frappa de haut en bas de toutes ses forces, si bien que d'une simple esquive du buste Owen s'effaça de sa trajectoire. Emporté par son élan, l'homme heurta à son tour la rambarde, en plein déséquilibre. Quand il se retourna, l'épée du prince lui fendit le visage, le cou et le torse, tranchant l'artère et les éclaboussant tous deux de son sang. Il s'écroula avec un gargouillement ignoble, pas tout à fait mort, tandis qu'Owen se ruait à l'intérieur. Il n'y en avait qu'un autre dans la chambre, un gandin d'une quinzaine d'années avec un long visage émacié, vêtu seulement d'une chemise qui lui tombait jusqu'aux genoux. Il recula, sa massue tenue à deux mains devant lui, l'air parfaitement terrifié, tremblant de tous ses membres. Guère plus digne de mourir que de vivre… Owen baissa son épée et fit face au lit. La femme ne s'était pas couverte. Aussi pâle que sa literie, elle le dévisageait, les yeux écarquillés d'épouvante et les jambes ballantes de part et d'autre de la couche, révélant le triangle sombre de son sexe. Owen détourna les yeux, rougissant malgré lui. À terre, il aperçut un second cadavre, celui d'une femme âgée, le crâne défoncé et baignant dans une mare de sang déjà noir. Le gandin s'était servi de sa massue ferrée.

— Pitié, seigneur… Ne me tuez pas…

Le jeune prince le considéra, les tempes battantes et le cœur révulsé. Sa main était moite sur la garde de son épée. La peau d'ours avait glissé et pesait à son cou. Il la dégrafa d'un geste, puis s'essuya le visage. Du sang, mêlé à sa propre sueur.

— Seigneur, pitié…

Le bruit de la massue s'abattant sur le plancher, puis celui des pleurs de l'adolescent, pitoyable et secoué de spasmes, prêt à mourir de peur sans qu'il ait à lever la main.

— Va-t'en, murmura Owen.

L'autre ne bougea pas, trop terrifié pour quitter son recoin et oser passer devant lui. Le prince secoua la tête d'un air écœuré, rengaina son épée et, lui tournant le dos, se dirigea vers la malheureuse, qu'il recouvrit de son manteau. De nouveau, leurs regards se croisèrent, furtivement, avant qu'elle baisse la tête. Elle n'était plus très jeune, mais son visage était beau, malgré les larmes et les ecchymoses. Ramenant le manteau contre sa lourde poitrine, elle se redressa contre la tête du lit avec une grimace de souffrance, et quand elle eut ainsi retrouvé un peu de dignité, elle osa lui faire face, avec l'ébauche d'un sourire, auquel Owen allait répondre lorsqu'il la vit sursauter. Il fit volte-face, la main sur la garde de son épée, juste à temps pour voir s'enfuir l'adolescent, qui dégringola les marches quatre à quatre et fila sous la pluie, dans la nuit noire.

— Vous… Vous l'avez laissé partir, souffla-t-elle.

Ce n'était pas une question. Tout au plus un constat. Le prince s'assit à l'autre bout du lit, avec un sourire fatigué.

— Il va mourir de toute façon, dans la nuit ou demain.

Et nous aussi, se retint-il d'ajouter. *À quoi bon tuer ce qui est déjà mort ?* Serrant d'une main la cape de fourrure, elle écarta de l'autre les cheveux collés par la sueur sur son front et ses joues. De longs cheveux blonds, tressés en une lourde natte que la lutte avait à demi défaite. Les lambeaux ravagés de ses vêtements gisaient autour d'eux sur le plancher. Il se pencha pour ramasser à terre une chemise de lin bleu à peu près intacte et la lui tendit. Dans le mouvement qu'elle eut pour s'en vêtir, la fourrure glissa, dévoilant les rondeurs de ses seins, et Owen se sentit une nouvelle fois rougir.

— Cette femme, dit-il, en se tournant vers le cadavre au crâne fracassé. C'était votre mère ?

— Ma mère est morte, mais il y a longtemps de cela…

Elle parvint tout juste à jeter un coup d'œil vers le corps et se prostra aussitôt.

— Elle s'appelle Meleri. Elle était... ma servante. Elle et Eudaf ont essayé de les empêcher, mais ces... ces porcs les ont...

— C'est fini.

Il se leva gauchement et s'avança jusqu'au cadavre ensanglanté qu'il saisit précautionneusement dans ses bras.

— Je vais la porter dans la rue, un peu plus loin. Puis je viendrai chercher les autres. Comme ça vous ne serez pas inquiétée...

Owen était en nage quand il eut terminé sa macabre manutention, le dos brisé et les jambes vacillantes, trempé jusqu'aux os par la pluie battante qui inondait la ville. Elle l'attendait en bas, à peine couverte de sa simple cotte bleue, les pieds nus sur le dallage du vestibule, le corps tout entier secoué de tremblements incoercibles. Le prince referma derrière lui et s'adossa à la porte, le temps de reprendre son souffle. Qu'un groupe de pillards vienne à passer dans la rue et la voie ainsi, le pire serait à craindre.

Un long silence s'installa entre eux, dans le scintillement ambré des lampes à huile et le martèlement de la pluie contre les volets de bois. Owen n'osait pas lever les yeux sur elle et ne pouvait cependant se résoudre à partir. Sans doute aurait-il dû parler, mais il ne savait que dire. Le silence prolongé était d'ailleurs suffisamment éloquent. Dès qu'il fit mine de s'en aller, elle accourut vers lui et vint se blottir dans ses bras.

— Ne me laisse pas, murmura-t-elle.

La voûte des feuilles, loin au-dessus de lui, chatoyait de reflets changeants, du vert le plus sombre au jaune étincelant, dans le silence du vent. Parfois, une trouée l'éblouissait d'un scintillement de soleil. Parfois, les frondaisons devenaient si denses, si touffues, que n'en filtrait plus qu'une obscure phosphorescence, proche des ténèbres. Son cœur s'accélérait alors, et la peur de sombrer parvenait presque à l'éveiller tout à fait. Puis un éclat de lumière embrasait son champ de vision, le nimbait de chaleur et apaisait son angoisse. Il était par instants assez lucide pour prendre conscience du lent balancement de la civière sur laquelle il était couché, pour sentir sous ses doigts le tressage serré des fougères qui le retenaient, pour entendre les trilles des passereaux ou le chant lancinant de l'un des porteurs. Il voulait tourner la tête, mais son corps ne lui obéissait plus. Tout effort devenait insensé, alors qu'il suffisait de se laisser aller. De s'abandonner à la béatitude. De dormir, enfin en paix…

La pluie avait cessé. Toute la nuit, elle avait battu les volets, par rafales, et ce silence inhabituel éveilla Owen en sursaut. Il lui fallut quelques instants pour reprendre ses esprits, pendant lesquels il inspecta la pièce sans comprendre ce qu'il faisait là, nu à côté d'une femme dont il ne savait même pas le nom, dans ce lit trop mou, sous ces draps de lin qui ne les recouvraient qu'à peine. Puis il se souvint et se sentit submergé de honte, comme un ivrogne dégrisé au petit matin. Qu'elle se soit offerte à lui ne changeait rien au fait qu'il avait abusé d'elle, de sa peur, de sa solitude, de son désir d'être protégée et qu'il avait obtenu, dans cette maison inconnue, ce que d'autres étaient venus y chercher par la force. Retenant son souffle, il se glissa lentement hors de la couche et ramassa ses vêtements éparpillés, ses armes et son haubert, en essayant de ne pas faire grincer le parquet. Elle s'éveilla, pourtant, alors qu'il venait d'entrouvrir la porte.

— Tu t'en vas ?

— Je dois rejoindre mes hommes.

— Tu reviendras ?

— Non.

Elle était belle, douce et ronde, la peau si blanche sous ses longs cheveux défaits, ondulant jusqu'à la naissance de ses seins. Comment avait-il pu ne pas même lui demander son nom ?

— Il faut que tu partes, toi aussi, dit-il en enfilant sa chemise et ses hauts-de-chausses. Cette ville est impossible à défendre. Tôt ou tard, elle tombera.

— Je ne peux pas.

Owen allait répondre, mais une rumeur sourde, provenant de la ville basse comme une menace indistincte, lui fit brusquement tourner la tête vers les volets clos. Un rai de lumière filtrait d'un interstice entre les deux battants, illuminant un paisible ballet de particules de poussière en suspension. Le jour était déjà haut. Ils devaient le chercher depuis la veille… Tenant ses bottes et le reste de ses vêtements à la main, il acheva d'ouvrir la porte de la chambre et s'arrêta sur le seuil. Elle n'avait pas bougé et semblait n'avoir aucune intention de le faire.

— Qu'est-ce qui te retient ici ?

— Mon mari, répondit-elle sans un regard. Il commande une décurie, à la garde de la porte de l'ouest.

Le prince eut l'impression que son visage se vidait de son sang. Incapable de proférer un mot de plus, mortifié, ravagé par le déshonneur et le dégoût de soi, il se retira, s'habilla à la hâte dans le couloir puis dévala l'escalier et vida les lieux. Dès qu'il fut dehors, la rumeur qu'il avait perçue dans la chambre se mua en un tumulte qu'il ne connaissait que trop. Clameurs, hurlements, chocs sourds contre la muraille... On se battait déjà. Les Saxons avaient attaqué.

Achevant tout en courant de lacer son haubert et de boucler son ceinturon, il se précipita jusqu'aux fortifications. D'autres, heureusement, se hâtaient dans la même direction, soldats, archers ou bourgeois armés de bric et de broc, et il se contenta de les suivre. Le glacis, au pied des remparts, bourdonnait d'une foule désordonnée, fuyant les combats ou s'y ruant, s'affairant à coups de seaux d'eau ou de couvertures autour de plusieurs départs d'incendie, et tout cela dans un vacarme assourdissant. Ses chevaux étaient là, plusieurs centaines, dans un simple enclos tendu de cordes, et qu'une poignée d'hommes harnachaient à la hâte. Il croisa l'un de ses cavaliers, livide, chancelant à chaque pas, la main crispée sur l'empennage d'une flèche fichée profondément sous sa clavicule.

— Où est Sawel ? hurla-t-il en l'empoignant. Où sont les autres ?

L'homme le dévisagea d'un air égaré, comme s'il ne le reconnaissait pas, mais il tendit sa main valide vers la barbacane qui défendait la grand-porte. Owen l'aida impatiemment à rejoindre une margelle où il l'assit et, dégainant son épée, s'élança vers un large escalier de pierre qui menait aux courtines. À l'instant où il prenait pied sur le chemin de ronde, un archer s'effondra devant lui, transpercé d'un coup de lance. D'un même regard, il vit une échelle posée sur un créneau, la main robuste d'un Saxon agrippée au dernier barreau, le grouillement des corps à corps tout autour de lui et, par-delà les fortifications, la masse hurlante des assaillants, sous une mer de boucliers ronds peints de couleurs vives. Brandissant son épée à deux mains, il courut jusqu'à la trouée et abattit sa lame avec un han ! de bûcheron, tranchant à la fois le bras et le barreau. Le Saxon poussa un cri affreux, vacilla puis disparut dans le vide. Dans son élan, Owen se pencha au créneau. Une ligne d'archers, en arrière de la mêlée, décochait une volée. Il se jeta en arrière quelques instants à peine avant qu'un essaim de flèches vienne se briser contre la muraille. À l'abri du merlon, il reprit son souffle, alors qu'un nouvel assaillant se hissait sur les remparts. L'homme tenait devant lui son bouclier, une grossière targe de bois peint, pas même recouverte de cuir. Owen attendit qu'il se découvre et frappa d'estoc, à deux mains, d'un coup de boutoir qui emporta une partie de son visage et le bascula dans les fossés. Avisant une fourche à terre, il rengaina son épée et la ficha sur l'un des montants de l'échelle. Nul n'aurait pu repousser seul une longue échelle alourdie du poids d'une demi-douzaine d'hommes en armes. Owen s'employa donc à pousser latéralement, pour qu'elle glisse sur le côté. Il s'acharna un long moment, le visage congestionné par l'effort, sans résultat jusqu'à ce que d'autres, à côté de lui, se saisissent de la fourche. L'échelle frémit de quelques pouces à peine, puis céda d'un seul coup, percutant dans sa chute une échelle voisine, et précipitant à terre, dans la masse grouillante des Saxons, les corps hurlants des guerriers.

— Aux fourches ! tonna-t-il.

Ordre inutile. Tout le long du mur, les échelles avaient été renversées, brisées à coups de pierre ou de hache, et les quelques Saxons qui avaient réussi à déborder les défenses et prendre pied sur la courtine luttaient désespérément pour leur vie, cernés par des dizaines de soldats.

— Seigneur, protégez-vous ! fit une voix, près de lui.

C'était l'un de ses cavaliers du Rheged, un solide rougeaud aux cheveux tressés, dont le gambisson de cuir clouté était éclaboussé de sang depuis le bras jusqu'au col, et qui lui tendait un casque de fer.

— Personne ne saura qui je suis, si je cache mes cheveux, dit Owen avec un sourire. Trouve-moi plutôt un bouclier en bon état…

D'un même mouvement, ils se jetèrent à couvert, alors que vrombissait au-dessus d'eux une salve de flèches enflammées.

— On les a repoussés, pas vrai ?

Owen ne répondit pas. Prudemment, il se pencha au-dessus du créneau, risqua un coup d'œil et s'accroupit aussitôt à l'abri du mur.

— Ce n'était qu'une diversion ! s'exclama-t-il. Ils sont en train de faire mouvement vers le sud… Rassemble des hommes à nous et suis-moi. On y va.

Sans l'attendre, le prince s'élança sur le chemin de ronde. À son passage, les cavaliers du Rheged reconnaissaient ses cheveux rouges dressés en épis, brandissaient leurs armes ou montraient leurs blessures.

Beaucoup lui emboîtèrent le pas, formant bientôt derrière lui une troupe considérable.

L'enceinte romaine de Glevum était garnie de tours carrées saillant des murailles et percées de meurtrières. Par l'une d'elles, Owen suivit la progression des hordes ennemies. C'était à la porte sud, en vérité, que se portait leur attaque. Ceawlin devait avoir assez d'espions dans la place pour ne rien ignorer de leur faiblesse et tenter un assaut brutal, sans aucune des machines de guerre requises pour un siège en règle. Il n'y avait là ni beffroi ni catapulte. Tout juste quelques troncs d'arbres rapidement dégrossis faisant office de béliers, pas même protégés par des mantelets. Une charrette de foin et de poix avait été poussée contre les portes et brûlait en répandant une fumée noire, épaisse, aveuglante. Et les madriers dont il avait entendu les chocs sourds résonner jusque dans la ville haute martelaient ses battants en flammes, couverts par un toit de boucliers. Des dizaines de corps gisaient à terre, percés de flèches ou écrasés par les pierres lancées du haut des remparts.

— On ne peut rien faire ici, annonça Owen en faisant face à ses hommes. Et puis ce n'est pas notre façon de nous battre…

— Alors on prend les chevaux, seigneur ? demanda l'un d'eux.

— On prend les chevaux et on piétine ces porcs jusqu'au dernier ! Allez !

Tandis que les cavaliers faisaient demi-tour et se ruaient vers l'enclos, le prince retint celui qui venait de parler.

— Trouve Sawel Ruadh, celui qui commandait la cavalerie de Ryderc. Dis-lui de rassembler ses hommes et de charger avec nous.

— Seigneur, je sais qui est Sawel. Il est mort…

Pour la seconde fois de la journée, le prince sentit la honte le submerger. Sawel était mort pendant que lui, Owen, sommeillait auprès de la femme d'un compagnon d'armes, peut-être mort déjà, lui aussi, ou ne valant guère mieux.

— Va.

Lorsqu'il fut seul, ou du moins sans aucun de ses hommes, il se prit la tête entre les mains et laissa couler ses larmes, en silence. Peu importait que les archers de Glevum le prennent pour un lâche cédant à la terreur. La vérité était bien pire, à ses yeux. Seuls les inconscients ou les novices ne connaissaient pas la peur, le vertige et les haut-le-corps ravageant toute personne sensée devant les horreurs indicibles d'une mêlée. Mais perdre l'honneur était une déchéance insupportable, qui souillait à jamais la mémoire d'un guerrier et celle de son clan. Seule une mort honorable, à la tête de ses cavaliers, pourrait effacer l'opprobre dont il s'était couvert. Mourir, oui, pour ne pas devoir avouer sa faute. Mourir avant le soir, dans une dernière charge, et que tout s'écroule après eux, que tout brûle sous les torches saxonnes. Il prit une profonde inspiration et, découvrant ses mains rougies de sang, s'en macula le visage. C'est ainsi, effrayant à voir, qu'il rejoignit ses hommes sur le parvis.

Alors qu'il s'avançait vers eux, l'un des cavaliers sauta à terre et courut vers lui. Owen ne le reconnut qu'au dernier instant. C'était Dygineleoun, le visage déformé par l'effroi et tendant déjà les mains vers lui pour le secourir.

— Seigneur, tu es blessé ! cria-t-il. Il faut te faire soigner, tu ne peux pas…

— Ce n'est pas mon sang, jappa Owen en le repoussant, plus fermement qu'il ne l'aurait voulu.

Il lui fallut quelques instants pour reprendre ses esprits, tant l'irruption de son barde l'avait surpris. À cette heure, Dygineleoun aurait dû être en train de chevaucher vers l'armée de Ryderc, au mieux de revenir vers Caer Loew à bride abattue à la tête d'un détachement. Sa présence ici ne pouvait avoir qu'une explication…

— L'armée du roi est là ? s'enquit-il en saisissant son ami par les épaules. Ils sont prêts à attaquer ?

— Pardonne-moi, murmura le barde. J'ai laissé les autres partir sans moi. Il y avait tout à faire, ici. Les quelques troupes qui restaient étaient prêtes à fuir. Je leur ai dit que tu étais là avec la cavalerie, que Ryderc s'approchait à marche forcée…

— Tu as bien fait.

Owen lui tapota l'épaule et s'obligea à sourire, tant pour Dygineleoun que pour ses hommes massés sur le parvis. Nombre de chevaux n'étaient pas montés, mais ils formaient malgré tout une troupe imposante, hérissée de lances et frémissante d'impatience.

— Je te cherche depuis hier soir, reprit le barde d'un ton hésitant.

Le prince ne répondit pas. Ensemble, ils rejoignirent la cavalerie bretonne, alors que le guerrier qui avait abordé Owen sur les remparts se pressait au-devant de lui en tirant par ses rênes un alezan de belle allure et tenant de l'autre main un écu.

— Seigneur, c'est tout ce que j'ai trouvé, fit-il, en lui tendant un bouclier rond de petite taille, mais correctement ferré.

— C'est bien.

Il sauta en selle, passa son bras gauche dans les énarmes de son bouclier et saisit ses rênes, puis dégaina son épée de la dextre. Il cherchait ses mots, conscient que la troupe assemblée attendait une harangue, lorsqu'il vit Dygineleoun talonner sa monture et volter pour leur faire face. La tête renversée en arrière, hurlant à s'en déchirer le cou afin que tous l'entendent, il entonna un chant que chacun d'eux connaissait, et qu'ils reprirent bientôt d'une seule voix :

Désirable aux guerriers est la lumière de l'aube
Désirable le cri de bataille du roi
Désirable la multitude des chevaux vigoureux,
La charge des champions sur leurs chevaux.
Désirable, parmi les cris des combattants,
Le cri de ralliement du fils de Nud Hael à la grande province
Si j'obtiens un sourire de mon prince pour moi,
Il rendra les bardes toujours heureux,
En attendant que meurent les fils de Lloegr
Patrie des ennemis du doux pays d'Urien[1].

Owen ne sourit pas, mais affermit sa prise sur son épée et partit au petit trot vers la barbacane de la porte ouest, suivi par les rangs serrés de sa cavalerie. Ils la franchirent dans un bruit de tonnerre, piétinant les

1. D'après *Ode BT 62 bis*, Taliesin.

morts et les blessés amassés sous les murailles. La terre gronda sous leurs sabots quand ils s'élancèrent au galop, sans un ordre, sans un cri, droit vers la masse confuse de l'armée saxonne, surgissant brusquement sur leur flanc à l'instant même où la grand-porte cédait sous les chocs de leur bélier. Ils s'y enfoncèrent aussi vivement qu'une faux dans les blés, avec un élan tel que rien n'aurait pu les arrêter. Owen hurlait à pleine gorge, pareil à un diable surgi des enfers, frappait comme un dément, sans regarder, les crânes, les dos ou les bras, insensible aux lames qui entaillaient ses membres, poussant sa monture affolée toujours plus avant parmi la piétaille saxonne, les cris d'agonie, les hurlements et les insultes. Alors qu'il avait presque franchi leurs lignes confuses, un coup de taille brisa son épée sur le bouclier de fer d'un cavalier saxon et le laissa désarmé, comme nu, le bras engourdi par la violence du choc. Il virevolta pour s'arracher à la mêlée, lança son alezan au galop à travers la plaine et se pencha bas sur sa selle pour saisir à la volée une lance plantée en terre. Comme il faisait demi-tour, une intolérable brûlure lui déchira la cuisse. Un Saxon haut comme une tour, les yeux fous de terreur ou de rage, venait de le frapper de sa longue hache. Le fer avait dévié, emportant un morceau de chair large comme la paume au lieu de lui trancher la jambe, et avait traversé sa selle pour se ficher dans le flanc de l'alezan, dont le brusque écart faillit le jeter à bas. Le cheval, fou de terreur, se cabrait au point qu'Owen dut se cramponner à ses rênes, tandis que chaque ruade de l'animal lui arrachait un cri de douleur. Sans doute allait-il verser, vidé de toute force, lorsqu'une main ferme se saisit de ses rênes et l'entraîna à l'écart de la bataille. Owen voyait danser des points blancs devant ses yeux et ne tenait plus en selle que par la force de sa volonté. Ses jambes ruisselaient de sang, mêlé à celui de son destrier sur ses flancs luisants de sueur.

Ils parvinrent ainsi à l'abri d'un bosquet, sur une petite hauteur, bientôt rejoints par une poignée de cavaliers. Au prix d'un effort qui lui mit le cœur au bord des lèvres, le prince arracha les rênes de sa monture à son sauveur et parvint à lui faire faire volte-face. L'épieu, au bout de son bras, était agité de tremblements incontrôlés.

— Owen, c'est fini ! cria Dygineleoun en se portant à son côté, le bras droit ballant et ensanglanté. Regarde ! Ils sont entrés dans la place. On ne peut plus rien faire.

— On peut encore mourir...

Le prince ne vit pas le regard qu'échangeaient ses hommes. Vacillant sur sa selle, il poussa son alezan en avant, mais Dygineleoun le rejoignit et lui barra le chemin.

— Il n'y a pas d'honneur à mourir ici, Owen.

— Écarte-toi.

Le barde détourna les yeux et fit un signe de tête. À l'instant où Owen se retournait, un cavalier le frappa sèchement au visage du plat de son bouclier et il s'effondra, sans connaissance, sur l'encolure de son cheval.

XI

L'anathème

LE VENTRE noué, Blaise repoussa son écuelle à peine entamée, s'essuya la bouche du revers de la main et cracha. Les quelques cuillerées du gruau tiède et gluant qu'on lui avait servi lui pesaient sur le cœur. Il était seul dans le vaste réfectoire de l'abbaye, assis à une table de vingt pieds de long encore encombrée des restes du repas avalé à la hâte par les novices, avant les psaumes de tierce. « *Délivrez mon âme des lèvres du mensonge et de la langue trompeuse* »... Le chant n'aurait pu être mieux choisi, en la circonstance. Il avait dû attendre dans le couloir, sous la garde muette du frère cellérier, jusqu'à ce qu'ils sortent, pareils à une volée de moineaux, en se poussant du coude et en jetant vers lui des regards dérobés, avec des chuchotements et des rires parfaitement explicites. Il était le pénitent, l'anathème que les évêques réunis allaient juger tout à l'heure, coupable déjà de ridicule avec sa robe de bure effrangée, sa barbe en bataille et son crâne entièrement rasé, sans la couronne de cheveux propre à la tonsure de saint Pierre qu'arboraient les moines de Gaule et d'Armorique. L'ensemble lui donnait l'allure d'un galeux. Ce n'était certes pas la mise des frères de l'abbaye…

Le cellérier lui avait tendu son écuelle avant de refermer derrière lui à double tour, sans un mot, suivi de ses aides, le réfectoriste et le chevecier[1]. Depuis, nul n'avait reparu, et la matinée s'écoulait lugubrement. Des rafales de pluie cinglaient le toit d'étain et les fenêtres à croisillons. Blaise se leva, essuya les carreaux embués et jeta un œil au-dehors. Par ce temps de chien, les rues semblaient désertes, aussi sombres et vides qu'elles lui étaient apparues au matin de leur arrivée à Carohaise.

La ville ne possédait plus de fortifications dignes de ce nom, tout juste une enceinte de palissade et un fossé, là où se dressaient les remparts de Vorgium, l'ancien camp romain, du temps d'Aetius. Bâtie à la croisée des routes romaines menant de Gwened à Sulim[2] et au district minier du Poher, Carohaise avait retrouvé un peu de sa gloire passée en devenant la capitale de la Domnonée[3], à l'époque de l'usurpateur Conomore. Mais depuis la chute de sa maisonnée, la ville n'avait cessé de décliner. La forêt gagnait chaque

1. L'intendant.

2. Aujourd'hui Vannes et Castennec.

3. Le plus grand royaume de Bretagne armoricaine, comprenant toute la partie septentrionale de la péninsule. Le roi Commore ou Conomore, appuyé par le roi franc Childebert, mit à mort le souverain légitime, Jonas. Le fils de ce dernier, Judual, reprit le pouvoir grâce à l'aide de saint Samson. Conomore fut peut-être également souverain de la Domnonée britannique.

jour sur les terres cultivées, recouvrait peu à peu les voies romaines et les mines qui avaient fait sa prospérité. Où que se porte le regard, on ne voyait plus que des arbres, ce qui avait valu au prince Judual, souverain légitime, le surnom de Rex Arboretanus, « le roi des bois ». De cette mer végétale, les hautes collines du Poher émergeaient comme des îles tristes et rases, battues par le vent et la pluie, auxquelles s'accrochaient des villages naufragés. Et de Carohaise elle-même il ne demeurait que le Plou Caer, la paroisse fortifiée autour de laquelle se tassaient les chaumières encore habitées.

Blaise frissonna, l'humeur assombrie par le spectacle de cette désolation. Il se rapprocha de l'âtre où couvait un feu de tisons, s'assit sur un tabouret et s'abîma dans une contemplation fascinée des braises. Il aurait voulu prier, mais la prière lui semblait vide de sens. Les mots venaient sans âme, tandis que, toujours, l'image de Merlin s'imposait à lui, et le souvenir de leur long voyage, depuis qu'ils avaient quitté Dun Breatann. Rien de ce qu'il avait vu, à ses côtés, ne pouvait s'expliquer à moins de croire en son essence divine, ou diabolique. Comme l'enfant n'avait pas reçu le baptême, le simple fait d'envisager qu'il puisse avoir été touché par la Grâce était une hérésie. Ne restait donc que le diable… Mais cela, Blaise ne pouvait le concevoir. Quel que soit le père réel de Merlin, il n'avait rien de diabolique, même s'il était plus facile de l'admettre, et même s'il devait tout perdre plutôt que se ranger à cette niaiserie, tout juste bonne à effrayer des novices…

En ce moment même, Cetomerinus devait instruire son procès en dressant de lui le portrait d'un moine égaré, aveuglé par les artifices du Malin, d'un hérétique nourri de pélagianisme, incapable désormais de discerner le chemin de Dieu.

Le pire, aux yeux de Blaise, était qu'il avait peut-être raison.

Ils étaient sortis de la forêt. De cela, au moins, Merlin était certain. Durant ses rares moments de veille, il parvenait désormais à tourner suffisamment la tête pour discerner autour de lui un paysage de bruyères mauves et de rochers saillants, semblable à celui qu'il avait traversé avec Bradwen. Le travois de branches et de feuilles tressées sur lequel il était allongé, attelé à l'une des mules, glissait en silence sur l'herbe rase d'une sente étroite serpentant entre les buissons. Il entendait le renâclement du baudet, le grincement de l'attelage et, parfois, le cri rauque d'un busard, mais rien, plus un son, plus un murmure provenant de ses ravisseurs, comme s'ils avaient disparu après l'avoir étendu sur cette civière, comme si la mule allait seule vers son but inconnu. Il arrivait qu'il s'éveille en pleine nuit, sous la voûte des étoiles. Pour un instant, alors, il prenait conscience de l'écoulement du temps et du défilement des jours depuis sa capture, mais il sombrait invariablement dans l'endormissement avant de parvenir à éclaircir ses idées au point d'en établir le compte. Tout juste gardait-il en mémoire quelques bribes de ces intervalles de veille. Ils avaient quitté la forêt. Il n'avait ni faim ni froid. La mule semblait ne jamais s'arrêter. C'était tout. Et il en fut ainsi jusqu'à l'orage.

Ce jour-là, un coup de tonnerre tout proche l'arracha brutalement à sa léthargie. La mule affolée s'était mise au trot et les brusques cahots de l'attelage le secouaient durement, sous des trombes d'eau qui, pour un temps, l'aveuglèrent. Il faisait jour, assez pour qu'il devine, à travers les secousses et le rideau de pluie, les silhouettes de ses guides. Trois, quatre, peut-être plus, courant à ses côtés, le visage et le corps enveloppés dans de longs manteaux couleur de forêt. Cramponné à sa civière, Merlin, le cœur battant, s'efforça de rester immobile pour qu'ils ne remarquent rien. Leur course effrénée s'interrompit soudain. De nouveau, ils avaient rejoint l'abri des arbres. Et à l'instant même où l'enfant en prit conscience, il les vit, penchés sur lui, tout ruisselants de pluie, la peau si pâle et lisse qu'on aurait dit des statues de marbre, s'ils n'avaient eu ces longues chevelures sombres et ces yeux immenses.

— *Restan, Lailoken*, prononça l'un d'eux, d'une voix grave et paisible. *Restan mid Sleah maith...*

— Je ne comprends pas, gémit Merlin. Je ne comprends pas...

Ses larmes se mêlèrent à la pluie, débordant de son cœur broyé de chagrin. Cette langue étrange résonnait pourtant en lui comme un souvenir diffus. Ce mot, encore, *Lailoken*. Et puis, tout à coup, il se souvint. Ces êtres pâles étaient les mêmes que ceux qui l'avaient secouru dans la forêt d'Arderyd, après la bataille. Leur langage était le même, et leurs manteaux moirés. Ces mots, aussi, *Slea maith*, les « bonnes gens », ainsi que les nommaient les contes de bonne femme. Merlin tendit une main tremblante vers celui qui avait parlé, toucha son visage.

— Vous êtes des elfes, murmura-t-il.

— *Restan mid lyft leod...*

L'elfe sourit, hocha la tête et, doucement, retira la main de l'enfant. Il la posa sur son torse, releva jusqu'à son menton le manteau de moire dont ils l'avaient couvert et, d'un geste lent, posa les doigts sur son cou, pressa une veine. Aussitôt, Merlin sombra dans le sommeil.

La matinée était déjà bien avancée, plus proche de sexte que de tierce[1]. Le rituel du chapitre aurait dû prendre fin une heure plus tôt, au moins, pour que chacun puisse vaquer à ses tâches ; mais, malgré la présence du roi Judual et des évêques Félix, Victurius et Samson – ou à cause de celle-ci –, le père supérieur de l'abbaye de Carohaise semblait prendre un malin plaisir à prolonger la séance. Toute la communauté des moines, chanoines et prébendiers s'était entassée sur des bancs disposés par séries de trois rangs se faisant face, le long des murs transversaux, tandis que ses hôtes prestigieux s'étaient installés sous les hautes fenêtres de verre dépoli garnissant le mur oriental et occupaient les chaises habituellement réservées au prieur, à l'aumônier et aux doyens. Au fond de la salle capitulaire, face à eux, les novices, oblats et donats assistaient au chapitre debout. Certains œuvraient depuis laudes et titubaient de fatigue. Les moines, pour leur part, étaient assis et pouvaient somnoler à l'abri de leurs capuchons. La lecture de l'Évangile et son commentaire, puis l'interminable

1. Respectivement la sixième (onze heures et demie) et la troisième (neuf heures) heures du jour.

reddition des comptes par les officiers camériers, s'étaient prolongées au-delà du raisonnable, et lorsque enfin on aborda la partie disciplinaire au cours de laquelle pouvaient être soulevées les questions qui réunissaient ici les princes de l'Église, il fallut encore subir l'affligeante litanie des coulpes. Moines et moinillons, tête baissée et rougissant d'effroi sous la présence redoutable des évêques et du roi, vinrent tour à tour avouer leurs fautes anodines, se faire chapitrer par l'assemblée et recevoir leur pénitence. Pour s'être endormi durant l'office, une génuflexion. Pour avoir laissé tomber son écuelle au réfectoire, une « satisfaction », simple inclinaison de la tête. Être arrivé en retard à la messe ou aux travaux, s'être trompé durant le chœur, avoir parlé de choses futiles… Il ne s'agissait pour la plupart que de *poena levis*, de fautes légères n'entraînant que des pénitences symboliques et qui accablaient d'ennui l'assistance tout entière, en plus des pénitents eux-mêmes. Il n'y eut ce jour-là qu'une *poena gravis*, infligée à un jeune moine décharné et triste, que le maître des novices accusa du péché d'*acedia* : la langueur, le manque d'enthousiasme et de joie, péché grave dans une communauté baignée de la lumière de Dieu, puisqu'il ne pouvait résulter que d'un manque de ferveur religieuse. Pas de quoi néanmoins réveiller l'attention des évêques.

Durant tout ce temps, Cetomerinus était resté coi, les yeux clos et les mains posées à plat sur ses genoux, dans une attitude de recueillement ou de raideur qui décourageait rapidement les regards glissant jusqu'à lui. Il ne bougea pas davantage lorsque le maître des novices renvoya ses ouailles, les moines convers ainsi que les laïcs à leurs travaux. Il frémit cependant lorsque les portes de la salle capitulaire se refermèrent derrière eux, isolant du monde le synode des moines et marquant enfin le début des choses sérieuses.

Depuis une semaine déjà, les évêques Félix de Nantes et Victurius de Rennes tentaient d'instruire le roi Judual, souverain de la Domnonée armoricaine, des canons du concile de Paris qui venait de se tenir à l'initiative du roi franc Chilpéric, sous l'autorité bienveillante de l'évêque Germain. Cetomerinus les avait écoutés en silence, sans tout comprendre des enjeux qui se jouaient ici. Il n'était que trop apparent que Judual supportait mal les remontrances cauteleuses de ces évêques chamarrés, aux doigts chargés de bagues et aux manières de patriciens romains, mais aussi qu'il semblait tenu, malgré sa puissance et le soutien du saint évêque Samson de Dol, à écouter jusqu'au bout leur sermon. Les évêchés bretons d'Alet, de Landreger, de Quimper, de Dol, de Vannes ou du Léon n'avaient pas, loin s'en faut, la puissance de ceux de Rennes ou de Nantes, eux-mêmes dépendants des diocèses Cenomanensis et Turonencis [1] ayant autorité sur la péninsule armoricaine. Les deux grandes villes frontalières constituaient en outre les premiers bastions militaires des marches de Bretagne, dans lesquelles s'amassaient à cet instant même des troupes franques venues de la Neustrie tout entière sur ordre de Chilpéric et de la reine Frédégonde, depuis que les chevauchées guerrières du comte Waroc dans le Vannetais menaçaient le fragile équilibre de la région. Il s'agissait aussi, pour le roi de Neustrie, de s'assurer par l'intermédiaire de ses évêques du soutien ou tout au

1. Évêchés du Mans et de Tours.

moins de la neutralité de Judual dans le conflit qui s'annonçait entre Waroc et les armées franques.

Dans ce contexte, la nomination du successeur de Paul Aurélien à la tête de l'évêché du Léon prenait une tournure politique inattendue pour l'aumônier. Depuis qu'il avait été admis à assister au synode, il devenait de plus en plus clair à ses yeux que les évêques de Gaule refuseraient l'élection simple, par acclamation *a clero et populo*, d'un candidat qui n'aurait reçu l'aval de Chilpéric, et que ses origines bretonnes ne pouvaient leur inspirer que de la défiance. Tout semblait les opposer. D'un côté la maigreur et l'ascèse d'un *miles Christi* élevé dans la rigueur des monastères celtiques, de l'autre l'opulence de prélats régnant en maîtres sur des villes puissantes. Le « soldat de Dieu » n'avait d'autre choix que de composer avec eux.

Durant des jours et des nuits, Cetomerinus avait rédigé en latin puis appris par cœur une allocution savante, alternant flatteries et citations bibliques, apte à démontrer à la fois l'étendue de sa culture et sa docilité envers l'épiscopat. Mais en présence du roi Judual, les débats se déroulaient en langue vulgaire, ce qui non seulement privait l'aumônier de ses plus beaux effets de style, mais surtout rendrait évidents ses efforts de compromission. Or, Judual, même s'il n'avait aucune autorité sur la nomination des évêques bretons, restait le roi de la Domnonée, suzerain du comte Withur, du monastère de Battha et de l'évêché du Léon. Il n'était pas pensable de s'opposer à lui pour obtenir les grâces des évêques francs, pas plus que de tenter de passer outre le consentement de ces derniers.

Au fil des heures, Cetomerinus était passé de l'exaltation à l'abattement le plus complet, puis à un regain d'espoir tandis que lui apparaissait l'unique voie possible, le don de Dieu miraculeusement survenu pour faire preuve de sa compétence. Il s'efforça de revenir dans le débat, alors que, une fois de plus, le ton montait entre les évêques de Gaule et le roi Judual, cette fois autour de l'existence des *conhospitae*, ces femmes partageant la vie des prêtres bretons et célébrant la messe à leur côté, de village en village. Tout à coup, perdant son calme, le roi frappa son accoudoir du plat de la main et se dressa brusquement.

— Au nom de Dieu, où vous croyez-vous ? s'écria-t-il. Combien d'églises, combien de basiliques avez-vous vues en venant jusqu'ici ? Vous, Félix, le savez bien puisque vous faites bâtir une cathédrale à Nantes sur vos propres deniers ! Il n'y a rien, ici. Chaque jour, il arrive de nouveaux émigrants de Bretagne, qu'on envoie défricher la forêt et les landes, relever les villages en ruine, construire de nouvelles implantations. Et quand il n'y a pas d'église, il faut bien que nos clercs se rendent au-devant des populations, d'autant que nombre d'entre eux ne sont pas même chrétiens. J'ai besoin de prêtres pour répandre la foi de Dieu à travers le royaume, et je n'en ai pas assez. Alors, si ces saintes femmes peuvent nous aider, qu'elles le fassent !

— Sire, les femmes ne peuvent dire la messe, intervint prudemment l'évêque Victurius. Et un serviteur de Dieu ne peut…

— Qu'allez-vous nous dire ? trancha Judual. Qu'un ecclésiastique ne peut vivre avec une femme ? Qu'en penserait votre épouse, ou votre fille Domnola ? Et vous, Félix, qui entretenez sur votre domaine de Cariacum une foule de domestiques asservis et de favorites, qu'avez-vous à redire ? Et ne parlons pas de l'évêque Eunius de Vannes, cet ivrogne qui cuve son vin en pleine messe !

Le roi prit une longue inspiration pour retrouver son calme, vit la moue réprobatrice de Samson et, comprenant qu'il avait été trop loin, reprit d'une voix posée :

— Pardonnez-moi, messeigneurs, mais nous sommes ici en terre bretonne et non en Neustrie. Nos usages sont parfois différents… Je sais ce que je dois aux rois de Paris, mais je ne crois pas que Chilpéric ait de leçons à nous donner en matière religieuse !

L'évêque Félix leva une main apaisante.

— Le roi est fort versé dans la religion, murmura-t-il. Il a composé des messes et des hymnes. Il a même, dit-on, écrit un traité sur la Trinité…

— L'avez-vous lu ? intervint Samson.

Les prélats de Gaule évitèrent son regard chargé d'ironie.

— C'est dommage, poursuivit-il. Le roi Chilpéric y développe des idées intéressantes. Il estime par exemple qu'il est indigne de la majesté divine qu'on la divise en trois personnes…

Un murmure d'indignation, devant ce qui apparaissait comme une scandaleuse hérésie, parcourut les bancs de l'assemblée des moines, auquel mit fin la voix puissante de l'évêque Victurius :

— Mes frères, je vous en prie, nous nous égarons ! Ainsi que l'a clairement formulé le saint évêque Germain, les diocèses de Bretagne sont soumis à l'autorité romaine de l'évêque Grégoire, à Tours, ville qui dépend du roi Sigebert d'Austrasie, et non de Chilpéric. Ne nous fourvoyons donc pas dans une querelle qui ne nous concerne guère, mes frères, puisqu'il reviendra à notre frère Grégoire de trancher cette question.

Calmement, il posa les yeux sur Judual et attendit que ce dernier reprenne place avant de poursuivre.

— Et puisque nous avons fait le tour de la question, je suggère que nous laissions la parole à notre frère Cetomerinus. Nous sommes tous dans l'affliction de la perte de notre cher frère Paulus Aurelianus, qui nous voit et nous juge. Le Leonensis [1] doit bien sûr retrouver au plus vite un guide, digne de la sainteté de son prédécesseur... Toutefois, il ne nous appartient pas, depuis le concile de Tours [2], de donner la consécration épiscopale à un Breton ou à un Romain sans l'assentiment du métropolitain ou des évêques de la province, réunis en synode. Nous ne pourrons donc ici qu'examiner sa succession de façon informelle...

— Il semblerait que notre frère Paul vous ait désigné, intervint Félix de Nantes, en toisant l'aumônier d'un regard teinté de méfiance. Ou du moins qu'il vous ait désigné pour venir nous informer de son rappel à Dieu.

— Monseigneur, notre frère est mort en odeur de sainteté, ainsi que le comte Withur et moi-même pouvons l'attester, répondit Cetomerinus. Il a laissé des lettres dont il a bien voulu me confier la charge, mais je vous implore de les considérer avec indulgence. Ses derniers jours ont été une longue souffrance, et son amitié à mon égard exagère mes capacités, qui sont bien moindres qu'il ne le prétend. Pour ma part, messeigneurs, sire Judual, je n'aurais

1. Diocèse du Léon, évêché de Kastell Léon.
2. En 567.

pas l'audace de briguer une telle investiture. Je souhaite simplement poursuivre ma tâche, dans notre chère province du Léon soumise à tant de dangers depuis quelque temps...

— À quoi faites-vous allusion ? demanda le roi.

Baissant la tête devant l'assemblée des évêques, tout d'humilité et de contrition, Cetomerinus parut n'obéir qu'avec réticence, comme s'il en avait déjà trop révélé et qu'il ne rêvait que de regagner l'abri de son monastère.

— Sire, comme vous l'avez dit, il arrive chaque jour davantage de réfugiés de l'île de Bretagne sur nos côtes...

— Vous en fûtes un, grommela Samson. Et moi aussi !

— Monseigneur, les moines qui les accompagnent n'ont pas toujours votre sagesse... ni la rigueur de votre foi.

— Continue...

— Le comte Withur m'a confié la charge de convoyer jusqu'à vous l'un de nos frères égarés, que je vous supplie d'entendre afin qu'il soit soumis à votre jugement.

Félix et Victurius échangèrent un regard de contentement qui n'échappa guère à l'aumônier.

— Qu'avez-vous à lui reprocher ? s'enquit l'évêque de Nantes.

— Ma science est trop mince pour pouvoir l'affirmer avec certitude, mais l'intérêt que porta notre frère à un barde convaincu de sorcellerie m'a fait douter de sa foi en la grâce divine, en dehors de laquelle, par le saint sacrement du baptême, il ne peut y avoir de salut.

En aparté, Judual se pencha vers l'abbé-évêque de Dol.

— Mais de quoi parle-t-il ?

— D'hérésie, je le crains, murmura Samson.

— Qu'on me permette de citer les Écritures, continuait Cetomerinus, puisant dans sa mémoire l'un des passages du texte qu'il avait préparé : « Si ton frère a péché, va et reprends-le entre toi et lui seul. S'il t'écoute, tu as gagné ton frère. Mais s'il ne t'écoute pas, prends avec toi une ou deux personnes, afin que toute l'affaire se règle sur la déclaration de deux ou trois témoins. S'il refuse de les écouter, dis-le à l'Église… »

— « … Et s'il refuse aussi d'écouter l'Église, acheva l'évêque Victurius avec une satisfaction manifeste, qu'il soit pour toi comme un païen et un publicain [1]. » Je comprends. Ces moines égarés… Sont-ce là les dangers dont vous parliez, mon frère ?

Cetomerinus acquiesça d'un hochement de tête.

— Vous avez bien fait… L'Église de Bretagne a ses particularités, bonnes ou moins bonnes, plus ou moins différentes de l'usage romain, mais dont nous avons à cœur de discuter, de même que notre très saint père, le pape Jean, l'a fait avec les chrétientés d'Orient. Les hérétiques, en revanche, doivent être combattus et punis, cela va sans dire.

L'évêque sollicita cependant, d'un haussement de sourcils, l'approbation du roi et de l'abbé-évêque de Dol, lesquels ne pouvaient le contredire.

— Notre frère égaré est-il présent ?

1. Matthieu, 18.

— Monseigneur, il est sous la garde des sergents de l'abbaye, à votre disposition.

— Alors, qu'on le fasse entrer.

Durant un long moment, la salle capitulaire bourdonna des commentaires fiévreux murmurés par les moines, à la faveur de cette interruption. Puis la porte du fond s'ouvrit en grinçant et le silence revint, tandis que Blaise remontait seul l'allée centrale, entre les bancs occupés par la congrégation, jusqu'au-devant de ses juges.

— Mon frère, clama Victurius en se levant, vous êtes ici par le privilège du for[1], au tribunal de votre conscience et sous l'autorité de l'Église, pour répondre du péché mortel d'hérésie, sous la *delatio* de notre bien-aimé frère Cetomerinus. Qu'il parle et expose vos errements, afin que nous jugions de votre pénitence.

Blaise resta un instant interdit, impressionné malgré lui par cet évêque, immense avec sa mitre et sa crosse, dressé devant lui comme une statue descendue de son socle. Il fut presque soulagé de reconnaître dans l'assemblée le visage de son accusateur, lorsque ce dernier s'avança vers lui.

— Notre frère Blaise a débarqué sur l'île de Battha en compagnie d'un enfant qu'il nomme Merlin, connu dans toute l'île de Bretagne pour son commerce avec le démon et qu'on surnomme le « fils du diable », ce dont il ne se défend pas et semble même tirer orgueil. Loin de chercher à arracher cette âme mauvaise à l'emprise du Malin, notre frère a osé affirmer, en

1. Disposition rendant les clercs justiciables uniquement devant des tribunaux ecclésiastiques. Le for intérieur est la conscience de chacun, le for extérieur la décision de l'Église.

présence du comte Withur qui peut en attester, qu'il tenait ce sorcier pour un envoyé de Dieu, un nouveau messie venu racheter nos péchés, alors que ce Merlin n'est même pas baptisé, ce qui le rend indigne de la grâce divine. Je tiens, moi, cette aberration pour une hérésie, inspirée des doctrines effroyables de Pélage, que notre maître Augustin a si vertement combattues et qui ont rencontré, mon cœur peine à l'avouer, tant d'écho sur l'île de Bretagne.

— Un messie, vraiment ? murmura Samson.

— Cet enfant, demanda Victurius, a-t-il effectué des miracles ? Porte-t-il les stigmates ? Connaît-il les Écritures ?

— Monseigneur, il les connaît ! s'exclama Blaise. Et sans jamais avoir appris le latin, il peut en citer des passages entiers !

— Si cela est vrai, c'est assurément un prodige… Il faudrait nous l'amener.

— Ce démon s'est enfui, excellence ! intervint Cetomerinus avec un peu trop d'empressement. Après avoir tué de ses mains deux soldats bien plus forts que lui, entraînés et bien armés, il a fui, rejoignant les pestilences du marais qu'on nomme Yeun Elez, et que les gens d'ici tiennent justement pour l'une des portes de l'enfer !

À ces mots, l'assemblée des moines, jusque-là silencieuse et attentive, éclata en un vacarme d'exclamations indignées, d'imprécations et de cris d'effroi, que le père abbé ne parvint à endiguer qu'en menaçant de renvoyer la congrégation à ses travaux quotidiens. Les évêques eux-mêmes et le roi commentèrent longuement entre eux les révélations de l'aumônier, d'autant plus effrayantes, en vérité, que l'accusé ne les récusait pas. Pis encore, qu'il semblait les confirmer par son absence de réaction.

— Mon frère, reprit l'évêque Félix avec un signe bienveillant de la main à l'intention de Cetomerinus, il faut remercier le Ciel de t'avoir mis sur le chemin de cet envoyé du diable.

— Monseigneur, pardonnez-moi, mais il n'en est rien ! s'écria Blaise. Celui que l'on nomme Merlin, le prince Emrys Myrddin, fils d'Ambrosius Aurelianus et de la reine Aldan de Dyfed, n'a rien d'un démon. Je ne sais pas ce qui s'est produit dans le Yeun Elez, mais personne ne peut sans preuve l'accuser formellement d'avoir tué ces gardes. Il a disparu, c'est un fait. Mais après tout, peut-être a-t-il été aussi tué par ceux-là qui souhaitaient sa mort !

Cetomerinus eut un hoquet offusqué, mais Blaise leva les mains en signe d'apaisement.

— Je ne désigne personne, dit-il. Je veux simplement dire que le saint évêque Paul, membre lui aussi de la lignée des Auréliens, a reconnu la pureté de Merlin et qu'il est mort en lui demandant pardon pour ses offenses, ce que notre frère (il se tourna vers l'aumônier) ne pourra nier. Le comte Withur a envoyé l'enfant vers vous, messeigneurs, pour que vous puissiez juger de sa nature, et non pour qu'il soit condamné d'avance. Hélas, Merlin a été soustrait à votre jugement, et il m'appartient de le défendre, face aux accusations de notre frère… À l'écouter, Merlin ne viendrait que du Mal. Est-ce vrai ?

— Sur ma foi, j'en atteste ! s'exclama Cetomerinus.

— Je ne suis qu'un simple moine, indigne d'une aussi savante assemblée… Mais que penser d'un clerc qui estimerait que le Mal vient du Mal, et non d'une perversion du Bien ? Le Mal serait-il une entité propre, en dehors de Dieu, ainsi qu'ont osé l'affirmer les manichéens ?

L'évêque Samson, amusé tant par la contre-attaque de Blaise que par la réaction de l'aumônier, à la fois outré et désorienté, fit mine de l'applaudir.

— Je vois que notre frère a des notions de théologie, marmonna Félix, lui aussi amusé par la tournure de la controverse. Cependant, s'il est juste et véritable que le Mal vient du Bien, il ne peut s'agir du Bien suprême et immuable. Il vient des biens inférieurs et muables. Ces maux ne sont pas des natures, mais les vices des natures. Cependant, nous ne pouvons pas les considérer en eux-mêmes, ce qui fait que le Mal n'est autre chose que l'absence du Bien, ainsi que l'écrivit saint Ambroise.

— Ainsi donc, excellence, la privation du Bien est la racine du Mal. Mais que l'on comble cette absence. Tout homme ne pourrait-il se hisser vers le Bien ?

— Je vois où vous voulez en venir, concéda Félix. Mais restez un peu sur l'origine de cette absence. Où la trouver, comment l'expliquer si ce n'est dans telle ou telle nature ? La volonté mauvaise, par exemple, doit être nécessairement la volonté d'une nature. L'ange, l'homme et le démon sont des natures… De laquelle parlons-nous, frère Blaise ?

— Excellence, je ne sais… Ce que j'ai vu de Merlin, depuis des mois que je l'accompagne, ne peut l'associer au démon. Pour moi, c'est un être bon, même si je ne peux comprendre les raisons de ses pouvoirs. Mais je ne peux croire qu'il y ait de pouvoir sur cette terre en dehors de Dieu.

L'évêque de Nantes se leva, contourna Blaise sans le regarder et s'avança lentement dans l'allée centrale, entre les bancs occupés par les moines.

— Votre Merlin serait donc un envoyé de Dieu, puisqu'il est bon ?

— Je… je ne sais pas…

— Mais si, voyons ! Tout homme n'est-il pas, par nature, une créature à l'image de Dieu, ainsi qu'il est écrit dans la Genèse ?

— Cela, on ne peut le nier.

— Eh bien ? s'étonna Félix en faisant demi-tour et en revenant vivement vers l'accusé, un être créé à l'image de Dieu ne pourrait-il être touché par la grâce et choisir la voie du Bien par la seule force de son âme ? N'est-ce pas ce que vous venez vous-même de suggérer ? Réfléchissez bien, mon frère… Car ce Merlin que vous défendez n'est pas baptisé, de sorte que, s'il ne peut être touché par la grâce par la force seule de ses propres mérites et ainsi relever de Dieu, c'est qu'il procède du Mal, ainsi que le croit notre frère Cetomerinus…

— Si, murmura Blaise. Si, je le crois…

— Que croyez-vous, mon frère ?

— Que Merlin a été touché par la grâce.

— Je comprends…

Félix le toisa en hochant la tête d'un air désolé, puis adressa un sourire de connivence à l'évêque Victurius et revint s'asseoir.

— … Alors, pourquoi le fils de Dieu est-il mort sur la croix ? s'exclama ce dernier.

Blaise le dévisagea sans comprendre, parfaitement désorienté par ce brusque raccourci.

— Oui, dans quel but serait-il mort, puisqu'il n'était – à vous entendre – pas nécessaire de nous racheter du péché d'Adam ? Puisque chaque être sur cette terre, fût-il le dernier des païens, fût-il un sorcier, même, pourrait accéder à la grâce par ses seuls mérites, en dehors du sacrement du baptême ?

— Il est perdu, chuchota l'évêque Samson à l'oreille du roi Judual.

— *Ne evacuetur crux Christi* ! lança Victurius d'une voix vibrante. Dans sa lettre aux Corinthiens, le très saint Paul nous a déjà mis en garde contre ceux qui nieraient le péché originel et le sacrifice du Christ sur la croix. Le péché d'Adam a fait de l'humanité tout entière une *massa damnata*, que seule la grâce divine peut arracher au péché ! Et à tous ceux qui croiraient qu'il peut y avoir du Bien en dehors de la grâce, je dis ceci : croyez-vous qu'un enfant mort en bas âge possède la vie éternelle ?

Blaise, refermé en lui-même, ne répondit pas, même lorsque l'évêque le secoua par le bras en répétant sa question.

— Nierez-vous les paroles de l'apôtre, qui affirme : « Nous tous, qui avons été baptisés en Jésus-Christ, nous avons été baptisés dans sa mort », pour mieux dire que tout homme baptisé est réellement mort au péché, comme Jésus-Christ est mort dans sa chair ? Or, pour quel péché un enfant pourrait-il mourir, un enfant innocent, ne sachant pas même parler, s'il n'a pas contracté le péché originel ? Nierez-vous que, si tous sont morts en Adam, tous revivront en Jésus-Christ, qu'il est absolument certain que Jésus est le Sauveur et que ceux qui ne sont rachetés par lui, dans sa chair et son sang, ne peuvent avoir la vie éternelle ?

Durant un instant, il guetta une réponse, mais Blaise avait abdiqué toute volonté de défense et n'attendait plus que sa sentence.

— Mes frères, conclut Victurius en se retournant vers l'assemblée des moines, nous vous recommandons au nom de notre seigneur Jésus-Christ de vous éloigner de tout frère qui vit dans le désordre et non selon les instructions que vous avez reçues de nous [1]. Croire en un faux messie est un aveuglement, regrettable pour un clerc, mais que l'on peut tout au moins comprendre, car les œuvres du diable sont puissantes. Mais professer qu'un païen pourrait être touché par la grâce sans l'intercession du baptême revient à nier le sacrifice de Christ Notre Seigneur, et cela nous fait horreur. Notre frère Cetomerinus a vu juste, et nous lui savons gré de sa clairvoyance. Cet homme (il tendit un doigt accusateur vers Blaise) s'est retranché lui-même de la communion de l'Église par son anathème et professe en conscience l'hérétisme de Pélage. La seule sentence pour cette abomination doit être l'excommunication.

Blaise serra les poings pour ne pas défaillir et s'effondrer sous leurs yeux. Il ne réagit pas plus lorsque l'évêque Victurius, citant de nouveau les Écritures, le toucha à l'épaule.

— Mon fils, ne méprise pas le châtiment du Seigneur et ne perds pas courage lorsqu'il te reprend. Car le Seigneur châtie celui qu'il aime et il frappe de la verge tous ceux qu'il reconnaît pour ses fils. Supportez le châtiment : c'est comme un fils que Dieu vous traite...

1. 2 Thessaloniens 3 : 6.

Puis, la main du prélat s'écarta, et Blaise se sentit saisi aux bras par des sergents qui l'emmenèrent hors de la salle capitulaire.

XII

Le fardeau

UN VENT léger soufflait du Levant. L'air était si pur, le ciel si dégagé qu'on voyait à des milles. Ryderc avait dormi deux ou trois heures à peine. Il se sentait vieux, perclus de courbatures et secoué de frissons, les yeux brûlants de fatigue à force de scruter l'horizon que le point du jour embrasait. Là-bas, à moins de trente lieues, Caer Loew était en flammes et chacun de ceux qui entouraient le riothime avait la même impression absurde de voir dans l'aurore le brasier qui consumait la ville. Ils ne disaient mot, ce n'était plus le temps des palabres, mais probablement ressentaient-ils tous la même honte, le même remords, sans doute formulaient-ils tous le même reproche. Deux jours plus tôt, au lieu de continuer vers le sud, Ryderc avait ordonné que l'armée oblique à l'ouest, en direction de l'ancien camp romain de Caerleon, où devaient les attendre les renforts rassemblés par Daffyd dans le Gwynedd. Ils n'y étaient pas, et les guetteurs postés le long de la côte, à l'embouchure de la Sabrina, n'avaient toujours pas signalé la moindre flottille. Le roi avait agi sagement, mais sa prudence passait désormais pour de la pusillanimité, bientôt pour de la lâcheté. On ne demandait pas à un chef de guerre d'être prudent. On lui demandait des victoires.

Quelques heures plus tôt, au cœur de la nuit, les messagers envoyés par Owen avaient fini par les rejoindre, après les avoir vainement cherchés vers le nord, sur la route de Caester, là où ils auraient dû se trouver. Et alors que l'ost royal, enfin averti de l'urgence de la situation, s'apprêtait à faire mouvement pour se porter au secours de Caer Loew, d'autres messagers étaient venus annoncer la chute de la ville.

D'Owen, de Sawel et de la cavalerie, on ne savait rien. Ryderc avait lancé des escadrons à leur recherche, et depuis il veillait, juché sur un promontoire rocheux hors des murs de Caerleon, vacillant de fatigue et de fièvre à force de guetter leur retour. Jamais encore, il ne s'était senti aussi seul.

Jamais le torque d'Ambrosius n'avait pesé aussi lourd à son cou, lourd comme un joug, lourd du poids écrasant des espérances déçues et de l'échec de sa campagne. Il n'aurait pas dû se séparer de Daffyd et de Sawel, ses plus proches chefs de guerre, ses compagnons depuis toujours. Sans eux, il avait le sentiment d'être privé de soutien, environné de suspicion ou d'hostilité, constamment sous le regard d'Urien dont la plupart des autres attendaient l'avis à chacune de ses décisions, comme s'il n'était pas le grand-roi, seul chef légitime des armées bretonnes, seul habilité à commander ! La chute des trois villes était une nouvelle terrible, bien sûr, mais pouvait-on vraiment l'en rendre responsable ? Ils avaient marché des jours et des semaines pour se porter à leur secours, et si ces imbéciles n'avaient pas autant tardé à les prévenir, tout aurait pu être sauvé ! Et puis d'ailleurs la guerre n'en était pas perdue pour autant. Les Saxons Ceawlin et Cuthwin devaient être affaiblis par ces assauts, fussent-ils victorieux. Les villes qu'ils brûlaient n'offraient plus aucune protection et leurs troupes, chargées de butin, devaient être dispersées sur plusieurs milles, de Caer Vaddon à Caer Loew, encombrées de prisonniers et de blessés, à la merci d'une attaque résolue. Que Daffyd arrive enfin, à la tête ne serait-ce que d'une centaine de guerriers, et les hommes reprendraient espoir. Avant peu, l'une ou l'autre de ses patrouilles retrouverait la trace de la cavalerie et dès le lendemain, avec l'aide de Dieu, ils pourraient venger les trois villes martyres !

— Seigneur, on signale une voile en approche.

Ryderc sursauta, tant il s'était laissé emporter par ses songes. Un sergent d'armes se tenait près de lui, le visage cramoisi et le souffle court.

— Une seule voile ?

Le messager opina de la tête, en silence.

— Alors, que m'importe ! C'est une flotte que nous attendons, tu m'entends ? Une flotte entière ! Dix, vingt vaisseaux romains chargés d'hommes et de chevaux ! Qu'on ne me dérange plus pour de telles…

Ryderc suspendit sa phrase. Son visage crispé par la colère se détendit tout à coup et, pointant du doigt un nuage de poussière au loin, il se tourna vers le petit groupe de dignitaires qui l'accompagnait.

— Les voilà ! cria-t-il. Regardez ! C'est notre cavalerie ! Qu'on aille au-devant d'eux et que Sawel, Owen et Cadwallaun nous rejoignent ici au plus vite. Faites prévenir Urien de Rheged et les autres. Nous tiendrons conseil ici même. Je veux que l'armée soit en marche avant midi !

Le soleil était haut, à présent. Ils mangèrent et burent, assis en cercle, bientôt rejoints par tout ce que l'armée comptait de princes et de chefs de guerre, retrouvant pour un temps un brin d'espoir et de confiance. Ce temps fut bref. Lorsqu'un groupe de guerriers grimpa vers eux, chargé d'une civière où gisait le prince Owen tout juste conscient, leurs sourires se flétrirent et un silence de plomb s'abattit sur le promontoire où ils étaient assemblés.

Le vieux Urien arriva à ce même instant. Le visage décomposé, il se précipita au-devant de son fils, saisit sa main et lui parla à voix basse. Quand il revint vers eux, il devait s'appuyer au bras de l'un de ses hommes pour ne pas s'effondrer.

— Il est vivant, mais il a perdu beaucoup de sang, murmura-t-il.

— Et les autres ? fit Ryderc rudement. Où est Sawel ? Où est la cavalerie ?

Urien releva vers lui un regard haineux.

— Tu ne comprends pas ? grogna-t-il. Sawel est mort ! Et Cadwallaun ! Et tous les autres !

D'une brusque secousse, il se débarrassa des gardes qui le soutenaient.

— Ces hommes sont tout ce qui reste de la cavalerie ! Voilà où nous mènent tes hésitations !

Ryderc blanchit sous l'insulte et recula d'un pas.

— Tu oses m'accuser de lâcheté ?

— Lâcheté, oui ! Couardise ! Hier encore, la ville tenait bon. Nos cavaliers nous attendaient, Ryderc ! Ils nous attendaient et nous leur tournions le dos, par ta faute !

— *Ma* faute ?

Ryderc prit à témoin les autres, massés sombrement en arrière.

— Ai-je donné l'ordre à Owen d'attaquer les Saxons ? La vieillesse t'a usé, Urien ! Ils avaient ordre, bien au contraire, d'éviter l'affrontement à tout prix et de nous attendre ! Par la faute de ton fils, nous voilà privés de cavalerie, incapables de poursuivre Ceawlin et de l'écraser ! Je dis, moi, que le prince Owen devra répondre de son insubordination !

Il y eut un instant suspendu, durant lequel tout aurait pu arriver. Les deux rois, face à face, tremblaient de rage et paraissaient prêts à se jeter l'un sur l'autre, à coups de poing ou d'épée. Le vieux Urien de Rheged céda le premier, vaincu tant par la honte que par le chagrin, et baissa la tête devant le riothime, porteur du torque d'or d'Arthur.

— Si tu dis vrai, les armées des Terres cultivées ne sont plus dignes de ton commandement, grommela-t-il sans lever les yeux vers lui. Mais si tu te trompes, s'il s'avère qu'Owen, Cadwallaun et ton propre baron, Sawel, n'ont pas failli, alors c'est toi qui ne seras plus digne de nous commander.

C'est à ce moment-là que le messager qui, un peu plus tôt, avait annoncé l'approche d'une voile fit irruption sur le promontoire à la tête d'un détachement en armes escortant ce qui leur sembla de prime abord être un gardien de chèvres, à en juger par ses vêtements crottés et son allure. Mais l'homme portait, sous sa veste de peau, une robe de bure, avec une croix en sautoir. Le sergent, n'osant intervenir, guetta le regard du riothime. Dès qu'il se posa sur lui, il fit un pas en avant.

— Sire, cet homme apporte des nouvelles du seigneur Daffyd.

— Enfin ! s'écria Ryderc, en dévisageant l'homme à la veste de peau. Je te connais... Tu es le chef de la délégation des moines qui l'accompagnait.

— Sire, je suis le frère Morien, prieur du monastère de Cambuslang, sur la Clyde.

— C'est cela ! Je me souviens de toi... Eh bien ? Où sont les troupes de Daffyd ?

Le moine ne répondit pas tout de suite, et à voir son visage tous comprirent qu'il était porteur de mauvaises nouvelles. Celles-ci, pourtant, étaient pires encore que ce qu'ils pouvaient imaginer, et lorsqu'il eut fini de raconter leur long périple dans les montagnes du Pays Blanc, les embuscades tendues par les troupes du nouveau roi Rhun, la mort de Daffyd et des siens, le sac de la ville de Dinorben et l'incendie des vaisseaux du seigneur Elidir par la bande de Gurgi, un silence effaré s'abattit sur l'assemblée des princes. Pâle comme un cadavre, Ryderc ne pouvait détacher ses yeux du prieur, comme si ce dernier pouvait encore ajouter quoi que ce soit pour atténuer l'horreur de son récit. Mais le moine se contenta de jeter à ses pieds la musette d'or que lui avait confiée Daffyd. Brisé par les épreuves qu'il avait endurées, il tomba à genoux, ploya la nuque et se mit à pleurer, sous le regard consterné de l'assistance. Les sanglots de cet homme robuste et dur auraient découragé les plus vaillants, tant ils semblaient marquer la fin de tout espoir et l'échec complet de leur campagne.

Ryderc ferma les yeux. D'abord Sawel, et maintenant Daffyd… Écrasé de chagrin et de fatigue, il dut lutter pour ne pas s'effondrer en pleurs, comme le moine. Que lui restait-il, maintenant que ses deux chefs de guerre l'avaient laissé ? La reine Languoreth, sa femme, s'était retirée dans sa forteresse de Cadzow, avec leur nouveau-né. Sa sœur Guendoloena était plus loin encore, sur les rivages désolés du Dal Riada. Même l'évêque Kentigern lui faisait défaut. Il n'y avait plus autour de lui que des valets ou des alliés de circonstance. Personne pour partager le fardeau de ce collier d'or, si lourd à porter…

Conscient d'être le point de mire de chacun des guerriers et des princes rassemblés sur ce promontoire, il s'efforça de se ressaisir et de ne pas laisser son désarroi prendre le pas sur sa raison.

Tout n'était pas perdu, loin de là ! Amputée de la meilleure part de sa cavalerie, privée de tout renfort, l'armée des Bretons restait puissante et pouvait certes encore marcher vers l'ouest à la rencontre des troupes saxonnes, mais le jeune roi savait qu'une telle succession de revers avait déjà semé l'ivraie du doute parmi ses troupes. Les clans bretons ne s'étaient joints à lui que dans la perspective d'une chevauchée glorieuse et non pour une campagne longue et hasardeuse, au risque de tout perdre. On pardonne tout à un chef, y compris la défaite et la mort, mais pas une malchance aussi manifeste.

En menant l'ost breton aussi loin vers le sud, il avait compté sur un soutien, même symbolique, du royaume de Gwynedd. Sans pour autant s'en ouvrir à Daffyd, il n'avait pas écarté la possibilité d'un refus d'assistance, mais l'hostilité déclarée du jeune roi, un pantin dans les mains de Gurgi qui le haïssait personnellement, ouvrait un abîme sous ses pieds. L'armée s'était trop avancée. Son propre royaume du Strathclyde était désormais à la merci de ses ennemis… Tout n'était pas perdu, mais la guerre ne pouvait se poursuivre ici. Il fallait rentrer.

Sentant le poids de leurs jugements muets, le jeune roi se ressaisit et, au prix d'un effort considérable sur lui-même, leur fit face.

— Nous avons été trahis ! lança-t-il d'une voix forte. Vous l'avez entendu comme moi : tandis que nous marchions vers l'ennemi, le roi Rhun nous a frappés dans le dos. Par sa faute, nous ne pouvons poursuivre Ceawlin et le châtier, car ce serait risquer que ces porcs du Gwynedd attaquent nos convois ou, pire, s'allient aux Saxons contre nous ! Je dis, moi, qu'il faut remonter vers le nord, venger la mort de Daffyd et d'Elidir ! Que les Gwynedd payent cette félonie de leur sang !

Parmi l'assemblée des rois et des chefs de guerre, quelques-uns lui répondirent par des acclamations. Pour la plupart, des barons de Cumbrie ou du Powys qui eux aussi, sans doute, se sentaient trop loin de leurs terres. D'autres demeurèrent silencieux ou baissèrent les yeux pour ne pas croiser son regard. Quant à Urien, il toisa le riothime avec un mépris à peine voilé et se détacha du groupe pour s'avancer jusqu'à lui.

— Ainsi que je l'ai dit, Ryderc, une armée doit être digne d'être commandée, et un chef doit se montrer digne de ce commandement. Les Angles de

Northumbrie et de Bernicie menacent nos frontières. C'est là que nous nous sommes battus jusqu'à présent. C'est là que nous nous battrons désormais.

Et, sans attendre une réponse, bousculant le jeune roi au passage, il quitta le promontoire, aussitôt imité par la plupart d'entre eux.

Blaise s'éveilla en sursaut, avec un cri de frayeur, alors que résonnait encore le coup de tonnerre qui l'avait arraché à son sommeil. Le cœur battant, il se rassembla sur sa couche, dans le coin de la cellule qu'on lui avait attribuée. La pièce, minuscule, n'était ni pire ni meilleure que celle des autres moines de Carohaise, si ce n'est qu'on en avait ôté tout mobilier en dehors du lit et que la porte, non munie de verrou, était gardée par deux sergents. Il faisait si sombre qu'il crut tout d'abord s'être réveillé en pleine nuit, puis un nouvel éclair suivi du fracas assourdissant de la foudre le précipita vers le soupirail à barreaux qui éclairait de haut, à peine, son réduit. D'une traction, il put se hisser quelques instants, assez pour distinguer une cour pavée fouettée par la pluie et, au-delà, les formes indistinctes des bâtisses du monastère. Il faisait jour, encore. Un jour d'orage, triste et froid, sans âme qui vive alentour.

Blaise se laissa retomber et inspecta la pièce d'un air dégoûté. Sur le sol de terre battue jonchée de paille, on avait disposé une cruche d'eau, ainsi qu'une écuelle remplie de légumes sur laquelle il se précipita mais qu'il ne put identifier ni par la vue ni par le goût. Il les engloutit avidement sans parvenir à calmer sa faim puis revint se pelotonner dans un angle, serra ses genoux contre lui et y enfouit son visage. À cet instant même, la porte grinça. Il n'eut que le temps d'apercevoir l'un des hommes d'armes, qui jeta un coup d'œil indifférent vers lui et referma aussitôt. Puis il perçut quelques grommellements, le claquement de bottes ferrées s'éloignant dans le couloir et le silence, de nouveau, hormis le crépitement de l'averse au-dehors. D'un geste familier, Blaise passa la main sur son crâne. Il n'avait plus eu l'occasion de se tonsurer depuis longtemps et la repousse crissait sous sa paume, plus drue que jamais. Sans doute avait-il dormi davantage qu'il ne le croyait. Que faire d'autre, maintenant qu'il ne lui restait plus qu'à subir ? La fatigue accumulée depuis des jours, la tension de son procès en excommunication, l'isolement, le désespoir... Tout cela avait fini par le vaincre. Était-ce là, le bout du chemin ? Cette cellule vide, cette pénombre lugubre, ce froid humide ? Serait-ce cela, sa vie, désormais, loin de la lumière de Dieu et du réconfort des hommes ? Blaise étendit ses jambes sur sa couche et se vit tel qu'il devait apparaître aux autres : sale, terne, fatigué. Sa robe de bure autrefois noire était constellée d'accrocs, moisie et piquetée de débris végétaux. Le confesseur de la reine Aldan, habile et bien nourri, s'était mué en ce fantôme de lui-même, perdu aux yeux de Dieu pour avoir suivi le pas de Merlin au bout de ses rêves impies. Anathème, excommunié, il lui était désormais interdit d'administrer ou même de recevoir les sacrements. Au jour de sa mort, il ne pourrait avoir de sépulture religieuse et si d'ici là il osait pénétrer dans une église pour assister à une messe, le prêtre devrait cesser l'office. La cloche qu'on avait fait sonner au terme de son jugement résonnait encore lugubrement à ses oreilles, bien davantage que les malédictions dont on l'avait accablé. L'un après l'autre, douze prêtres porteurs de torche avaient jeté devant lui leurs flambeaux à terre et les avaient foulés aux pieds, puis on avait couché la croix, enlevé tous les vases et ornements de l'autel avant de le chasser ignominieusement des lieux saints. On lui avait même ôté le crucifix de bois qu'il portait autour du cou, ainsi que son chapelet. Depuis, il n'était plus rien.

Qu'importait ce qu'ils feraient, à présent que sa vie avait perdu son sens. L'être pour lequel il avait tout perdu, ce faux messie en lequel il avait cru de toute son âme s'était enfui en l'abandonnant. Alors, oui, qu'importait ce qu'ils feraient…

À la tombée du jour, la porte s'ouvrit de nouveau, avec le même grincement. Croyant qu'on lui apportait à manger, Blaise ne releva pas même la tête, mais une main vigoureuse le secoua par l'épaule et il se retrouva face à l'évêque Samson. Le prélat était vêtu d'une simple coule brune à capuchon et d'une chape claire sur laquelle se détachait une croix de bois, semblable à celle dont on l'avait privé. C'était un homme âgé, portant une couronne de cheveux gris autour des tempes, avec un visage sec, profondément ridé, et des yeux d'un bleu pénétrant. Il lui sourit brièvement puis s'écarta jusqu'au mur opposé, avec un signe de tête à l'intention d'un moine en robe brune, qui entra, referma sur eux la porte de la cellule et s'adossa contre elle en croisant les bras.

— Voici le frère Méen, dit l'évêque d'une voix grave et douce. Il vient de l'île de Bretagne, comme nous.

Blaise se leva et recula jusqu'au mur opposé, dans l'espace étroit de son réduit.

— Vous êtes venus m'annoncer ma sentence ?

— Dans un sens, oui, fit Samson avec un sourire. Sais-tu que tu as dormi près de quarante heures d'affilée ? Pardonne-moi si je t'ai réveillé, mais je dois partir avant la tombée du jour et je voulais te parler…

Il sembla un instant attendre une réponse de Blaise, qui ne réagit pas.

— J'ai obtenu que ton excommunication soit médicinale et non mortelle, reprit-il. De sorte que si tu t'amendes, la censure qui te frappe pourra être levée. Comprends-tu ce que je dis ?

Blaise leva les yeux vers lui et hocha la tête.

— J'ai donné ma parole que tu ferais retraite et pénitence dans un lieu isolé, loin des hommes et du monde, jusqu'à ce que tu puisses recevoir l'absolution et revenir au sein de l'Église. Voilà pourquoi notre frère Méen m'accompagne ici. Sur ma recommandation, le synode des évêques a accepté de l'envoyer à la rencontre du comte Waroc afin de négocier une trêve et mettre fin à la guerre qui ravage le Vannetais. Comme, par ailleurs, le seigneur Cadvan demande avec insistance l'installation d'un établissement religieux dans son domaine de Guadel [1], un petit groupe de frères doit l'accompagner jusque-là et fonder un monastère dans la désolation de la forêt. Tu partiras avec eux et obéiras en tout point aux ordres de Méen, pour le salut de ton âme. Il lui appartiendra de juger de la sincérité de ta repentance. Acceptes-tu de le suivre ?

1. Aujourd'hui Gaël.

— Monseigneur, oui, murmura Blaise. De toute mon âme, oui…

— Lui obéiras-tu en stabilité, humilité, pauvreté, charité et chasteté, selon la règle ?

— Monseigneur, oui, j'en fais le serment devant Dieu.

— Tu ne peux plus prêter serment, intervint Méen.

Blaise se tourna vivement vers lui mais se ressaisit aussitôt et, alors qu'il cherchait ses mots, le disciple de Samson quitta la porte à laquelle il s'était adossé.

— Donne-moi la main, dit-il en s'avançant d'un pas vers le reclus. Ça me suffira…

En serrant cette main tendue, Blaise se sentit bouleversé au plus profond de lui-même, sur le point de s'effondrer en pleurs.

— Mon maître a dû s'engager personnellement pour t'éviter l'excommunication mortelle, murmura Méen. Ne le déçois pas…

— Ma vie vous appartient, articula péniblement Blaise.

— Ta vie est entre les mains de Dieu, rectifia l'évêque. Et le salut de ton âme ne dépend plus que de toi, maintenant. Une dernière chose… Ce messie dont tu as parlé, celui que Cetomerinus prend pour un sorcier et qu'il accuse du meurtre de ce sergent…

— Merlin, Monseigneur.

— Merlin, oui… Qu'est-ce qui a pu te faire croire qu'il était un envoyé de Dieu ?

Blaise pâlit encore davantage.

— Monseigneur, j'étais aveuglé, je…

— Tu as déjà été jugé, l'interrompit Samson. Je ne cherche pas à te confondre davantage. Je veux simplement savoir.

Les yeux bleus du saint homme étaient fixés sur lui avec tant d'insistance, tant de gravité que Blaise prit le risque de lui faire confiance.

— Excellence, il y a chez cet enfant des forces telles qu'elles ne peuvent émaner que de Dieu. Chez nous, on dit qu'il est le fils du diable, mais je n'en crois rien. Je l'ai suivi jusqu'ici parce qu'il voulait retrouver les siens dans la grande forêt, en un lieu qu'il nomme Brocéliande. Je ne sais pas au juste quel est ce peuple auquel il dit appartenir, je ne sais pas même si ce sont des hommes, des démons ou des créatures de Dieu, mais tout le monde, ici, semble croire à leur existence. J'ai vu des soldats aguerris trembler à l'idée de traverser un marais infesté selon eux de ce qu'ils nommaient des lutins.

— Des lutins, oui, murmura Samson. Les esprits des bois, les elfes… C'est vrai que tout le monde y croit, par ici. Moi-même, j'ai vu dans ces contrées des choses dont on ne parle pas dans les Écritures… Alors, tu penses que ce Merlin est encore en vie, n'est-ce pas ?

Sans le quitter des yeux, Blaise acquiesça.

— Je doute que la forêt puisse le tuer.

— Et tu crois donc que ces êtres sont des créatures de Dieu ?

— Monseigneur, le diable lui-même n'est-il pas une créature de Dieu ? Je ne sais s'ils prient comme nous, si même ils nous ressemblent, mais si ces êtres existent, pourquoi la grâce divine ne leur aurait-elle pas été accordée, comme à nous ?

Comprenant tout à coup qu'il était allé trop loin, Blaise ne put réprimer un mouvement de recul craintif.

— Pardonnez-moi, souffla-t-il en tombant à genoux devant l'évêque.

— Relève-toi, dit Samson. Là où tu vas, je te souhaite de trouver les réponses que tu cherches…

Lentement, il se dirigea vers la porte de la cellule, que Méen s'empressa d'ouvrir. Sur le seuil, il se retourna vers Blaise et le bénit du signe de la croix.

— Je prierai pour que tu les trouves, mon fils.

XIII

Gwydion

LE GRONDEMENT sourd de la pluie éveilla lentement Merlin de son long sommeil. Il ouvrit les yeux dans une pénombre rougeoyante baignée d'une entêtante odeur d'herbe coupée et de menthe. En redressant le torse, il découvrit qu'il était nu, allongé sur un matelas de mousse, au pied duquel ses vêtements et ses bottes avaient été soigneusement disposés. Puis il distingua autour de lui les contours d'une chambre en forme de cloche, entièrement couverte d'un clayonnage d'osier et dont le sol paraissait être fait d'un épais tapis de fougères. Au milieu, sur un feu de braises contenu par de grosses pierres blanches, un minuscule brasero diffusait un ruban de fumée parfumée. Quelques marches de bois menaient à une trouée masquée par un rideau de cuir, que le vent agitait mollement. Il n'y avait aucune autre ouverture.

L'enfant se leva, trop brusquement sans doute. Ce simple mouvement fit danser devant ses yeux des myriades de points blancs et le mit au bord de la nausée. Il lui fallut un moment pour dissiper le vertige qui avait failli le jeter à bas, et c'est d'un pas encore hésitant qu'il gravit les quelques degrés jusqu'à l'embrasure. S'agenouillant sur la dernière marche (car la porte était si basse qu'on ne pouvait la franchir debout), il écarta le rideau et risqua un coup d'œil au-dehors. Tout d'abord, il ne vit rien qu'une confusion de feuilles mortes, de branchages, d'herbes folles et de fougères roussies formant juste devant son trou une sorte de conduit haut de deux coudées à peine et guère plus large. Au-delà, on devinait sous l'averse le décor grisâtre d'une forêt de chênes et de hêtres. Réalisant qu'il ne s'était pas habillé, Merlin hésita un instant, mais la curiosité fut plus forte et il s'avança, nu et rampant comme un ver, jusqu'au seuil de cette étrange tanière. Là, couché sur le sol détrempé par la pluie, il scruta les alentours. Les bois étaient denses, encombrés d'un fouillis de broussailles, d'orties et de ronces d'où s'élevait une vieille futaie d'arbres vénérables. Et rien, dans tout cela. Pas la moindre présence. Les elfes n'étaient pas là.

Merlin se sentait si faible et si triste, au milieu de cette désolation, qu'il n'eut pas même la force de faire demi-tour vers son abri. Durant un long moment, il resta ainsi prostré puis, à force de scruter le sous-bois, il lui sembla apercevoir quelques trouées dans la végétation, identiques à celle dont il émergeait. L'ondée confondait tout, les buissons, les rochers couverts de mousse et les troncs mangés de lierre dans le même enchevêtrement grisâtre, mais plus il fixait ces brèches dans la végétation, plus il avait l'impression de distinguer des filets d'une fumée rase s'échapper de la plupart d'entre elles. Peut-être y avait-il là d'autres abris souterrains.

Malgré le froid et la pluie qui l'engourdissaient, l'enfant demeurait là, immobile, le souffle court, n'osant s'aventurer plus loin mais incapable de quitter son observatoire pour regagner son refuge, ne fût-ce que le temps de s'y vêtir, dans l'espoir d'apercevoir quelqu'un dans ce qui pouvait être une sorte de village souterrain, sous l'abri des broussailles. Longtemps, il s'usa les yeux à guetter le moindre signe de vie, en vain. Ces trouées qu'il avait cru voir n'étaient peut-être que des terriers de blaireaux ou de renards, et la fumée qu'une illusion… Mais si vraiment il était seul, pourquoi les elfes l'avaient-ils transporté jusqu'ici, au lieu de l'abandonner à son sort, à la lisière de la forêt ? La mort dans l'âme, il contemplait la lente lamentation des hautes branches malmenées par le vent, majestueuse et morne comme le ressac sur la grève, lorsque, tout à coup, une vision furtive le fit sursauter. L'espace d'un instant, une risée plus forte avait soulevé leurs frondaisons, révélant un entrelacs diaphane de lianes tendues entre les arbres et, il l'aurait juré, une silhouette féminine assise sur ce pont infime. À dix pieds au-dessus du sol, aussi nue et lisse qu'une lame, elle le regardait, la tête penchée sur le côté. Le cœur battant, il scruta les feuillages sans la revoir, ni elle ni qui que ce soit d'autre. Le vent avait faibli et n'agitait plus guère les hautes cimes. Bientôt, les gros nuages noirs s'éloignèrent – à une vitesse d'ailleurs inhabituelle – et la forêt ruisselante commença à s'illuminer sous les rayons d'un soleil renaissant. Aussitôt, un éclat de voix enfantines jaillit des feuillages, suivi d'appels joyeux et de rires. Merlin n'osait plus respirer ni faire le moindre geste. Et soudain, comme s'ils avaient subitement surgi de terre ou dévalé des troncs, des dizaines et des dizaines de silhouettes luisantes apparurent entre les arbres.

L'enfant se tassa sur lui-même, instinctivement, avant de se risquer à regarder de nouveau. Cette fois il ne rêvait pas. Cette fois il était bien éveillé et pouvait enfin les contempler à loisir.

Les elfes.

Les elfes, enfin !

Il y en avait des dizaines. Hommes, femmes et enfants. Certains étaient vêtus de tuniques moirées aux reflets brun-vert semblables à celle que leurs congénères de la forêt d'Arderydd lui avaient laissée, d'autres allaient nus, avec leurs cheveux noirs dégoulinants de pluie. Leur peau était si pâle qu'elle en paraissait bleutée, leurs corps parfaitement glabres, en dehors de leur longue chevelure que d'aucuns portaient tressée. Ils étaient minces sans maigreur, beaux sans nul doute et pourtant effrayants, même aux yeux de Merlin qui leur ressemblait tant. Leurs gestes, leur démarche, leurs regards semblaient davantage animaux qu'humains. À tout instant, ils se frôlaient ou se touchaient du bout des doigts, comme pour apposer leur empreinte les uns sur les autres. Certains évoluaient en groupes compacts, par mouvements apparemment dénués de toute logique. On aurait dit un vol d'étourneaux. D'autres restaient à l'écart, accroupis dans les broussailles ou les orties, absolument immobiles. L'ensemble exhalait une sensation de puissance et de peur mélangées, comme ces hardes de cerfs que Merlin traquait dans les hautes collines de Cumbrie avec Guendoleu et le vieux Ceido, il y avait des siècles de cela…

Les enfants, tout à coup, se mirent à pousser des cris aigus en montrant le ciel et tous s'attroupèrent pour contempler avec une joie manifeste un spectacle que Merlin ne pouvait distinguer. Alors il s'arracha à la gangue de boue qui l'engluait et se risqua hors du conduit. Ce n'était qu'un arc-en-ciel, mais leurs visages en étaient illuminés, comme s'ils n'en avaient jamais admiré de plus beau. Leur joie était telle qu'il s'avança encore un peu pour mieux le contempler. Ce qu'il vit fut une paire de bottes lacées, des jambes recouvertes d'une étoffe moirée, un long manteau et, se découpant sur le ciel éblouissant, un visage penché sur lui, auréolé de cheveux blancs.

— Je me demandais si tu sortirais un jour, fit une voix lente et grave.

Sous le coup, l'enfant se jeta en arrière avec un cri de frayeur, battit en retraite précipitamment et dévala les marches de son abri souterrain. C'était stupide, bien sûr, mais irrépressible, et ce n'est qu'une fois terré sur son lit de feuilles, le cœur battant et le corps enfiévré, qu'il prit conscience du ridicule de cette fuite animale. Plus tard encore, alors qu'il attendait que son souffle s'apaise, il se rendit compte que l'être aux cheveux blancs lui avait parlé dans sa langue. Pour la première fois, un elfe s'adressait à lui sans utiliser ce langage étrange, incompréhensible, dont ils s'étaient servis à chacune de leurs rencontres. Merlin se vêtit rapidement et s'efforça de sortir aussi dignement que possible.

L'elfe n'avait pas bougé. Assis sur une souche, il fumait une pipe de terre cuite, les bras croisés, et l'observait sans mot dire, tandis que le jeune barde s'extirpait de son refuge. Quand il se redressa pour lui faire face, l'enfant réalisa avec stupeur que les autres s'étaient esquivés, aussi soudainement et silencieusement qu'ils étaient apparus.

— N'aie pas peur.

— Je n'ai pas peur, fit Merlin, avec moins d'assurance qu'il l'aurait souhaité.

En découvrant le visage de son interlocuteur, l'enfant tressaillit. Ce fut comme s'il se regardait dans un miroir vieillissant. Les mêmes cheveux blancs, longs et raides. La même tunique moirée. Les mêmes yeux ironiques, les mêmes traits, presque féminins, la même pâleur. Seules les rides innombrables de son visage les différenciaient. Le sourire que Merlin s'efforçait d'afficher s'était mué en un pauvre rictus que démentait son regard bouleversé. La gorge nouée, il ne pouvait émettre un son, alors que sa stupeur première laissait peu à peu place à une vive émotion. Une telle ressemblance pouvait-elle s'expliquer autrement que par les liens du sang ? Était-ce celui qu'il avait tant cherché ? Était-ce son père ?

Le vieil elfe se pencha vers l'enfant, saisit ses mains et l'attira à lui.

— Je ne suis pas Morvryn, dit-il, comme s'il avait entendu ses pensées. Ton père est mort depuis bien des lunes. Je me nomme Gwydion et je suis l'aîné de la forêt, le gardien de cette partie des bois qu'on nomme *Cill Dara*, « l'ermitage des chênes », au pays d'Eliande…

— Mon père est mort ? répéta Merlin en déglutissant péniblement.

— Il est sorti de la forêt, murmura Gwydion.

Un voile de tristesse passa sur son visage, mais il se reprit aussitôt et serra avec chaleur les mains de l'enfant, qui lui répondit par un pauvre sourire.

— Alors, tout ce que j'ai fait n'aura servi à rien, dit-il. Je ne saurai même pas à quoi il ressemblait…

— Regarde-moi… Ses cheveux étaient noirs, et il n'était pas ridé comme une vieille écorce, mais il me ressemblait, autant qu'à toi. Morvryn était ton père, Morvryn était mon fils.

Merlin tremblait de la tête aux pieds. Sans doute se serait-il effondré si Gwydion ne lui avait tenu les mains. Doucement, ce dernier serra l'enfant contre lui et enfouit ses sanglots dans l'étoffe de son manteau.

— *Leofian mid beorn lyft leod, Lailoken*, chuchota-t-il à son oreille. Tu reviens enfin parmi les tiens…

Avec le temps, la voie romaine reliant Rennes à Carohaise n'était plus que l'ombre d'elle-même. Faute d'entretien, la chaussée s'était effondrée par endroits et les herbes folles avaient descellé le pavement, quand celui-ci n'avait pas été emporté par les villageois des environs pour bâtir des murets délimitant leurs enclos à bétail. Le bruit des énormes roues de bois cerclées de fer des deux chariots à bœufs qui constituaient le convoi de Méen était tel et les cahots si éprouvants que les moines allaient à pied, en arrière des attelages et de leur maigre escorte armée. Méen et Blaise cheminaient côte à côte, à l'écart des autres, conversant dans le dialecte du Gwent, que les Bretons continentaux entendaient mal. Leur défiance réciproque avait fondu au fil des heures, tout d'abord grâce au soin qu'ils mettaient tous deux à éviter les sujets délicats, ensuite car ils découvrirent qu'ils avaient passé leur enfance à quelques milles de distance, sur les côtes sud du pays de Galles. À une telle allure, ce serait un voyage de dix jours, au moins, jusqu'à Guadel, où ils retrouveraient le seigneur Cadvan, puis au Plebs Arthmael [1], qu'on disait aux mains du comte Waroc et de ses cavaliers. Dix jours à travers la forêt, le long de cette route défoncée, près de laquelle ne subsistaient plus que quelques hameaux faméliques. Ils avaient déjà couvert plus de quinze lieues depuis leur départ de Carohaise, l'avant-veille, et il en restait trois fois autant, sous une forêt de plus en plus dense.

Alors qu'ils franchissaient un cours d'eau, à l'est de Locduiac [2], et que les deux hommes attendaient sur l'autre rive que les chariots ferrés traversent le gué, le silence s'abattit autour d'eux. Cela ne dura que quelques instants, pendant lesquels il n'y eut plus un chant d'oiseau, plus un frémissement dans la forêt. Les soldats et les moinillons s'acharnant à aiguillonner les bœufs, à forcer le passage des roues ou à pousser les carrioles, faisaient bien trop de bruit pour avoir perçu ce mutisme soudain de la nature, mais tous deux échangèrent un regard alarmé, puis un soupir de soulagement lorsque les bois reprirent vie.

— Que crois-tu que c'était ? murmura Méen en scrutant le rideau des arbres. Un loup ?

1. Aujourd'hui Gaël et Ploërmel.
2. Aujourd'hui Loudéac.

— Je ne sais pas, dit Blaise. J'ai déjà connu cette impression, dans le Yeun Elez... Mais c'était peut-être un loup.

Plus tard, alors que leur convoi reprenait sa marche brinquebalante et que les moines s'étaient éloignés, deux silhouettes se détachèrent des feuillages auxquels elles s'étaient confondues, couvertes de leur manteau de moire. D'un même mouvement, les elfes rejetèrent le capuchon qui masquait leurs longs cheveux noirs puis passèrent leur arc en sautoir. Sans un mot, l'un d'eux sortit de sa besace un petit éclat de bois sur lequel il grava de la pointe de sa dague quelques runes oghamiques – une succession d'entailles droites ou penchées, par séries d'une à quatre – tandis que l'autre disparaissait dans les fourrés, dont il revint en serrant doucement contre lui un faucon crécerelle au plumage blanc et roux, tacheté de noir. Les elfes fixèrent soigneusement le message à la patte de l'oiseau puis le libérèrent. Durant quelques instants ils suivirent son vol rapide, puis s'enfoncèrent sous la voûte des arbres.

La lune était pleine. Il n'y avait pas un souffle de vent et cependant la forêt bruissait du froissement des feuilles mortes et du craquement des brindilles, comme si toute une troupe se déplaçait dans le sous-bois. Merlin s'était assis au seuil de sa tanière, à l'affût du moindre mouvement dans la pénombre argentée de la nuit. Ses yeux de chat, depuis toujours, lui permettaient de percer les ténèbres, mais il ne voyait rien. Tout au plus parvenait-il à sentir un frémissement parfois, entre les arbres, l'ombre d'un passage, l'oscillation d'une branche. Les elfes étaient là, alentour, invisibles et pourtant présents. Croyant que, peut-être, ils avaient peur de lui, l'enfant s'était résolu à se montrer et à ne pas bouger, jusqu'à ce que l'un d'eux ose l'approcher ou jusqu'à ce Gwydion revienne.

Il ne se souvenait pas de son départ ni de la fin de leur conversation. De nouveau, il s'était réveillé dans sa hutte souterraine, couché sur son lit de fougères. Quelqu'un avait laissé près du feu de braises une gourde de peau remplie d'eau fraîche, quelques pommes et un bol de terre cuite rempli d'un gruau indéfinissable qu'il goûta d'abord du bout des lèvres avant de le dévorer d'un bel appétit et qui le rassasia si bien qu'il ne put en avaler qu'une moitié. Nul doute que ce quelqu'un était Gwydion lui-même, son grand-père... Dans l'obscurité frémissante, l'enfant aux aguets ressassait les quelques paroles qu'ils avaient échangées, si inattendues, si décevantes... Tant de chemin parcouru pour aboutir ici, dans cette forêt encombrée de ronces et de fougères si denses qu'il pourrait à peine s'y frayer un chemin, parmi ce peuple évanescent ; tant de chemin pour apprendre la mort de son père, pour ne retrouver qu'un aïeul aussitôt disparu ! Merlin avait été seul toute sa vie, rejeté par les autres enfants puis par les hommes, écarté par sa mère elle-même. Et voilà que les elfes l'évitaient, eux aussi, comme un étranger peut-être digne d'attention, mais pas de leur amitié. Pour eux, il avait quitté ou perdu les seuls êtres auxquels il tenait vraiment. Blaise, abandonné sur la route sans même un adieu. Guendoleu, qui était mort dans ses bras en lui confiant son torque de commandement, que Merlin n'avait su conserver. Guendoloena, enfin, et ce fils né loin de lui, qu'il ne verrait probablement jamais… Et que dire de Bradwen, tué par les elfes à l'orée de la forêt ? Était-ce pour cela qu'il les avait sacrifiés, pour cette futaie embroussaillée, pour cette solitude désespérante ?

— « Tu reviens parmi les tiens », marmonna-t-il entre ses dents. Et où sont-ils, les miens ?

D'un bond, mû par un brusque accès de révolte, il se releva et se mit à hurler à pleins poumons.

— Montrez-vous ! Par les Mères, montrez-vous ou disparaissez de ma vie !

Le sous-bois sembla se pétrifier. Plus un son dans la nuit, plus un craquement. Il entendit au loin l'appel sinistre d'un engoulevent, un froissement d'ailes.

— Il y a encore de la colère en toi, énonça près de lui la voix grave de Gwydion. La peur et le chagrin de la mort… C'est pour cela qu'ils n'osent t'approcher.

— Tu es revenu !

— Je ne t'ai jamais quitté, petite feuille… Tu ne m'as pas vu, c'est tout.

Le vieil elfe désigna la forêt d'un mouvement de menton.

— Eux non plus, tu ne les vois pas. Ils sont là, pourtant… C'est parce que tu les regardes encore avec tes yeux d'homme.

Gwydion eut un ricanement amusé.

— Quoiqu'un homme n'aurait rien vu du tout… Tu as beaucoup de choses à apprendre et beaucoup de choses à oublier, mais tu es vraiment l'un des nôtres… Tu sais comment ils t'appellent ?

Merlin commença par secouer la tête, puis se souvint de ce mot, si souvent revenu dans la bouche des elfes, quand ils s'adressaient à lui. Ce mot que son grand-père lui-même avait utilisé quelques heures plus tôt…

— *Lailoken*, murmura-t-il.

— *Lailoken*, oui. Ça veut dire… quelque chose comme ami, ami proche ou parent… C'est le mot qu'utilisent les clans entre eux.

— Alors il y a plusieurs clans ?

Gwydion tendit la main pour lui faire signe de venir s'asseoir à son côté, et par ce simple geste, le premier depuis qu'il lui avait parlé, Merlin se rendit compte que ce qu'il avait tout d'abord pris pour la silhouette du vieil elfe ne devait être qu'une souche. Malgré la lueur de la lune, son grand-père était à ce point confondu aux buissons dans son manteau moiré qu'il ne l'avait pas vu, à moins de trois pas… Sur son poing nu se tenait, immobile, un faucon crécerelle de petite taille dont le duvet blanc et roux parsemé de taches sombres luisait comme un halo spectral. Gwydion acheva de fixer à sa patte une petite tablette de bois, puis prit l'enfant par l'épaule, quand il s'assit près de lui.

— Il y a bien des clans, oui, répondit-il de sa voix grave. Ceux que les hommes appellent elfes se nomment *Dain*, ou bien *Lyft leod*, « le peuple de l'air ». Ceux du Nord, dans l'île de Bretagne, *Sleah maith*, « les bonnes gens »… Ceux des marécages, que les gens d'ici prennent pour des lutins ou des diables, sont surnommés *Genip firas*, mais ne leur donne pas ce nom si tu les vois un jour…

— *Genip firas*… Pourquoi, grand-père ? C'est une insulte ?

— Non, non, fit Gwydion en riant. Rien qu'un surnom… Ça signifie… disons : « ceux qui vivent dans le noir ». Mais eux-mêmes s'appellent le « peuple musicien ». Tout ça parce qu'ils se taillent des flûtes dans les roseaux ! Quand ils en jouent, on dirait une chouette qu'on étrangle, si tu veux mon avis…

— Je les ai entendus ! s'exclama Merlin (et son éclat de voix fit fuir le faucon, qui disparut dans l'obscurité). C'était dans le marais, oui, la nuit où…

L'enfant s'interrompit, sourit et haussa les épaules.

— … C'est une longue histoire, murmura-t-il.

— Tant mieux. J'aime les longues histoires, et j'avais peur que tu ne me racontes pas la tienne.

Alors Merlin parla, toute la nuit durant, jusqu'aux premiers feux de l'aurore. Quand il en fut venu à la tourbière du Yeun Elez et à l'air de flûte qui les avait tant alarmés, Gwydion secoua la tête tristement.

— Ce n'est jamais bon signe quand des hommes entendent cette flûte. Tes compagnons doivent pourrir au fond du marais, à l'heure qu'il est. Ce moine, Blaise, c'était ton ami, n'est-ce pas ?

— Oui…

— Avant, quand je n'étais qu'une petite pousse, comme toi, les hommes croyaient aux arbres, aux pierres, aux fontaines… Pas comme nous, parce qu'ils ne savaient pas leur parler, qu'ils ne savaient pas lire la forêt et parce qu'ils ont toujours tué les bêtes, au lieu de les comprendre, mais au moins sentaient-ils la force de la vie. Depuis qu'il y a des moines, ils ne croient plus qu'en leur Dieu unique, qui les traite comme des esclaves mais les persuade qu'ils doivent dominer la nature. Et chaque jour, ils abattent des arbres, encore et encore…

— Celui-là n'était pas comme ça, dit Merlin. Il y a aussi des hommes bons, tu sais.

— Oui, sûrement.

— Et des moines, aussi…

Gwydion le regarda en souriant, puis se leva et s'étira, avec un long soupir. La nuit avait passé vite. L'aube teintait déjà de rose les brumes du petit matin et faisait naître les premiers chants d'oiseaux.

— Viens avec moi, murmura-t-il.

— Où allons-nous, grand-père ?

— Au cœur de la forêt, petite feuille. Là où nous vivons.

— Mais je croyais…

Gwydion était déjà parti en direction du soleil levant, sans un bruit, et Merlin dut courir pour le rattraper.

— Toutes les créatures sont bonnes et mauvaises, reprit le vieil elfe lorsqu'il l'eut rejoint. Un loup peut être bon pour ses petits et cruel pour les autres habitants de la forêt. Certains hommes ne sont bons que pour eux-mêmes, d'autres se dévouent pour les leurs, ce qui n'en fait pas pour autant nos amis…

— C'est pour cela qu'ils ont tué Bradwen ?

Gwydion s'arrêta et le fixa d'un air d'incompréhension étonnée qui, tout d'abord, troubla l'enfant avant qu'il ne se ressaisisse.

— C'est grâce à lui si je suis ici, reprit-il d'un air buté. Il a pris des risques pour me sauver. Tout ce qu'il voulait, c'était traverser la forêt pour rejoindre les siens, et ils l'ont tué.

L'elfe acquiesca en silence, puis haussa les sourcils en faisant la moue.

— Toutes les créatures, Merlin, sont bonnes et mauvaises. Cela vaut aussi pour le peuple de l'air. Les hommes ont raison de nous craindre. Le pays d'Eliande leur est interdit, désormais. Malheur à ceux qui l'ignorent…

Il se remit à marcher, de ce pas nonchalant qui, pourtant, obligeait Merlin à trottiner pour se maintenir à son côté.

— Ma mère est venue se réfugier dans ces bois, insista-t-il. Vous ne l'avez pas tuée.

— C'est vrai, admit Gwydion en souriant de nouveau. Sinon, tu ne serais pas ici, n'est-ce pas ?

Il se mit à rire, passa un bras autour de l'enfant et reprit sa progression à travers les arbres.

— C'était une autre époque, murmura-t-il. Bien des choses ont changé, depuis. C'est elle qui m'a appris la langue des hommes, tu sais ?

— Tu m'apprendras celle des elfes ?

— Tu la connais déjà, petite feuille. Si ce n'était pas le cas, tu ne l'entendrais même pas. Tu l'as oubliée, mais elle est en toi… Ne t'en fais pas, tu comprendras ces choses quand nous aurons atteint le cœur de la forêt.

— Parle-moi d'eux, demanda Merlin.

— Des elfes ?

— Non… De ma mère, quand elle était ici. De Morvryn…

L'aîné de la forêt poussa un long soupir. C'était une histoire triste, que les elfes s'efforçaient d'oublier. L'histoire des temps troublés, pleine de violence et de confusion. Mais l'enfant avait le droit de savoir.

L'aîné parla ainsi :

— « Au-delà des mers, les hommes étaient en guerre et se tuaient en masse. Chaque jour, des dizaines d'entre eux traversaient les eaux pour se réfugier ici, et chaque nuit des dizaines des nôtres en faisaient autant, fuyant eux aussi les combats qui ravageaient les forêts et les tertres. Au début, les hommes restaient sur les rivages, dans les landes ou dans les villes anciennes bâties par les légions de Rome. Certains d'entre eux furent soignés par des elfes, et s'il y eut parfois des drames, des blessés ou des morts de part et d'autre, il y eut aussi des rencontres. J'en ai connu un, un petit homme appelé Gwyon. Les elfes écoutaient ses histoires des jours entiers et lui enseignaient nos chants. Nous l'appelions *Tal Iesin*, "le front rayonnant"...

« Puis il y eut une défaite ou une tuerie quelconque, plus terrible que les précédentes, et toute une foule de Bretons débarqua sur les côtes, emmenant des moines avec eux, et la guerre à leurs bottes. Il y eut des combats et des crimes, des villages incendiés, des femmes et des enfants jetés dans les rivières, des princes égorgés dans leur lit, une mer de haine, pendant des mois... Parmi ces gens, il y avait un chef qu'ils appelaient Arthur Uter Pendragon, "l'ours à la terrible enseigne de dragon", et sa jeune femme, Aldan. Il semble qu'ils fuyaient un roi nommé Vortigern. Ils trouvèrent refuge auprès du comte de la Cornouailles, le Breton Budic Mur. La reine resta là, dans la cité de Kemper, et lui repartit faire la guerre au-delà des flots. Puis Budic mourut et un évêque défroqué, Macliau, s'empara de ses terres. La reine s'enfuit, poursuivie par les troupes de Macliau. C'est ainsi qu'elle entra sous la forêt, et eux derrière. C'était une période effroyable. Les nôtres étaient décimés, chassés de leurs terres partout où les Bretons s'installaient, percés de flèches, brûlés dans leurs bois. Il fallait se battre et occire sans pitié tous ceux qui pénétraient dans le pays d'Eliande. Heureusement, ils se tuaient beaucoup entre eux… Ton père, Morvryn, traqua avec les siens tous ceux qui s'étaient aventurés sous les arbres, mais il ne put se résoudre à tuer Aldan. Je faisais alors la guerre, moi aussi, contre les Francs, contre les Bretons, contre les moines, et quand je fus de retour, on me dit qu'il avait quitté les siens et qu'il s'était caché avec elle, durant un temps, mais je ne savais pas où. Les elfes l'apercevaient parfois, et la nommaient Gwenwyffar, « le blanc fantôme »… Puis cet Arthur revint la chercher et elle s'en alla. Plus tard, nous apprîmes qu'elle t'avait mis au monde. Morvryn… Morvryn voulut te retrouver et il quitta l'abri des arbres.

Nous ne l'avons jamais revu. »

Le soleil, déjà haut, asséchait les buissons couverts de rosée. Le sous-bois exhalait des odeurs d'humus et d'herbe fraîche, tout au long d'une sente sinueuse encombrée d'une végétation touffue qui semblait s'ouvrir littéralement sous les pas du vieil elfe. Merlin, le souffle court et le visage en sueur, peinait à le suivre. Les yeux rivés au sol pour ne pas trébucher sur chaque racine ou chaque rocher, il s'était accroché à la robe moirée de son grand-père, comme aspiré dans son sillage. Alors qu'ils avaient atteint le sommet d'une petite colline couverte de pommiers sauvages et qu'ils s'étaient arrêtés pour qu'il puisse se reposer et se nourrir de quelques fruits, l'enfant bondit soudain sur ses pieds.

— Là-bas ! cria-t-il, le doigt tendu vers les troncs lisses et droits d'une hêtraie. Tu l'as vue ?

— Quoi donc ?

— Là, entre les arbres !

Merlin n'avait détourné les yeux que l'espace d'un instant pour alerter son grand-père. Quand il fit de nouveau face à l'alignement des hêtres, aussi droits et hauts que les piliers d'un temple, il n'y avait plus rien.

— Eh bien ? fit Gwydion.

— Il y avait... Il y avait quelqu'un. Une fille, je crois. Je l'ai déjà vue. Elle était... Enfin, elle n'avait pas de vêtements... Je crois.

Le vieil elfe se mit à rire en secouant la tête. Il choisit deux pommes parmi celles qu'ils avaient cueillies, les frotta contre sa manche et en lança une à son petit-fils.

— Tu sais, j'ai rarement vu des animaux habillés.

— Ce n'était pas un animal, grand-père ! C'était une elfe !

— Oui, c'est ce que je voulais dire...

Il se leva, lui tapa affectueusement dans le dos et, avec un signe de tête en direction de Merlin, se remit en marche.

— Ne t'en fais pas, tu la reverras... Cette petite curieuse nous suit depuis le début. Le contraire m'aurait étonné d'elle.

— Tu la connais ?

— Oh oui... C'est Gwendyd ! Ça veut dire « blanche journée »... Et c'est ta sœur.

XIV

La sororité des Bandrui

Il n'avait cessé de pleuvoir depuis le matin. Une pluie grasse, tombant droit, sans un souffle de vent pour gonfler les voiles détrempées des barques de pêche. Cylid avait dû s'éloigner du rivage à la rame, et ce simple effort l'avait épuisé. Grelottant, trempé jusqu'aux os par l'averse, il avait rapidement amarré son filet avant de le jeter à la mer et de se réfugier sous la bâche huilée tendue d'un bord à l'autre de son embarcation, en guise d'abri. Et là, il s'était mis à boire, comme tous les jours, d'abord pour se réchauffer le corps, puis pour se réchauffer l'âme. Son village, à l'embouchure de la Clyde, faisait face aux sombres collines occupées par les Scots, sur la rive septentrionale. C'est là, à moins de cinq lieues à vol d'oiseau de la citadelle royale de Dunadd, qu'il avait été pris, dix ou quinze ans plus tôt, et réduit en esclavage. Et c'est là qu'il était revenu, croyant retrouver sa vie passée.

Mais en dix ou quinze ans, les choses changent. Sa femme l'avait cru mort et s'était remariée. Son fils était un homme, à présent, marié lui aussi et flanqué de toute une volée de marmaille dont il n'avait pas retenu les noms. Il lui avait donné asile selon le droit du sang, tout en reconnaissant à peine ce père disparu en mer dans sa tendre enfance, ce vieillard affaibli, pas même capable de hisser seul sa barque sur les galets de la rive. Un étranger. Une gêne. Voilà ce qu'il était devenu… Rapidement, Cylid avait quitté la demeure de son fils, le temps de se faire bâtir une maison par le charpentier du village, avec la bourse que lui avait remise la reine.

Il savait qu'on murmurait dans son dos, à propos de cet argent comme du reste. Au bourg, personne n'avait cru en son histoire. Pas même Leri, sa propre épouse, accrochée désormais au bras de ce Edern Mor Feusag, si fier de sa longue barbe brune, de son gros ventre et de sa barque à deux mâts. C'est à peine si elle l'avait regardé, tandis qu'il racontait, devant le village réuni dans la longue hutte servant de salle commune, sa capture, ses longues années de servitude à Dunadd, l'arrivée du roi Ryderc et le mariage de sa sœur, la princesse Guendoloena. Leri avait vieilli, bien sûr. Sa peau s'était tannée et ridée au fil des ans, ses cheveux avaient grisonné, mais il l'avait trouvée belle, pareille qu'en ses souvenirs. C'est à peine si elle l'avait regardé.

Une gêne. Un étranger…

En y repensant, plus tard, Cylid s'était rappelé Edern à l'époque où il n'était qu'un jeune homme pataud servant dans la forge de son père. Lorgnait-il déjà sur elle, à l'époque ? L'avait-elle trompé, quand il partait en mer ? Edern était devenu un homme influent, assez riche – autant que l'on pouvait l'être dans ce misérable hameau de pêcheurs – pour entretenir une famille et s'assurer le soutien des Anciens. Aucun d'eux ne lui avait donné raison quand, à l'issue de son récit, il avait demandé qu'on lui rende sa femme, sa maison et ses quelques possessions. C'est tout juste s'ils lui avaient accordé cette vieille barque et un filet, de quoi ne pas mourir de faim sous leurs yeux.

Cylid avait fait le chemin jusqu'au village voisin, où les moines de l'évêque Kentigern avaient bâti une église en pierre, dans l'espoir qu'on lui fasse justice. Mais son mariage avec Leri n'avait pas été consacré – à l'époque, les moines n'étaient pas arrivés jusque-là – et n'existait donc pas à leurs yeux, d'autant moins qu'un prêtre avait béni l'union de son épouse et d'Edern. Peut-être aurait-il dû pousser jusqu'à Dun Breatann, demander audience au roi, se faire reconnaître de lui. Ryderc n'aurait eu qu'un mot à dire pour que tout lui revienne : sa femme, ses biens, sa vie… Mais ce n'était pas à lui que la reine Guendoloena l'avait envoyé. Et même s'il avait failli à sa parole, même si, depuis des semaines, il s'accrochait à ce bout de rivage au lieu d'obéir aux ordres de sa maîtresse, ce qui lui restait d'honneur lui interdisait de la trahir encore davantage en allant voir le roi, son frère. À moins que ce ne fût la peur de devoir avouer son manquement.

Soudain, une saute de vent fit claquer la bâche huilée tendue à quelques pouces au-dessus de lui, l'arrachant à sa torpeur morbide. Quelques clapotis commençaient à secouer son embarcation. Cylid la sentit dériver en grinçant. Tant bien que mal, il s'extirpa de son abri et leva les yeux vers le ciel pommelé, chargé de nuages moutonnants. Une brise s'annonçait. Il fallait remonter le filet, mettre à la voile. Péniblement, il se traîna jusqu'au bastingage, plongea une main dans l'eau et s'en aspergea le visage, puis redressa sa vieille carcasse percluse de rhumatismes avec un grognement de douleur. Un pied contre la lisse, il hissa son filet à bord. La pêche était bonne. Une dizaine de poissons argentés frétillaient entre les mailles, au fond de la barque.

Épuisé par ce simple effort, le vieux pêcheur s'assit au banc de nage et regarda le ruban fixé à la pomme de mât. Le vent soufflait de terre, vers le chenal, vers le large. Du bout de sa botte, il releva le couvercle du coffre de bord. Il y avait de l'eau, assez pour un jour ou deux, une couverture et un bonnet de laine.

Autant partir. Abandonner le village, pour de bon cette fois. Faire voile vers le Dyfed, essayer de retrouver le prince Emrys Myrddin. Être au moins digne de la parole donnée à la reine, puisque tout le reste était perdu.

C'est ainsi que Cylid partit enfin à la recherche de l'enfant. Trop tard.

Merlin avait perdu le sens du temps. Les journées défilaient si vite, sous la forêt, qu'il ne pouvait en établir le compte. Son grand-père et lui marchaient de jour comme de nuit, dormaient de jour comme de nuit, parlaient des heures durant ou ne disaient mot, emplissaient leurs outres aux ruisseaux, chassaient quand ils avaient faim. L'enfant croyait connaître la forêt, mais le vieil elfe semblait mettre un point d'honneur à lui faire découvrir et goûter tout ce qui pouvait se manger sous la voûte des arbres. Ils se nourrirent de jeunes frondes de fougères au goût d'asperge, de barbe-de-bouc ou de trèfle, de noisettes et de mûres, de lapin ou de hérisson, que Gwydion lui apprit à faire cuire sur des braises après les avoir enrobés d'argile (quand la terre était dure, il suffisait de la casser pour les débarrasser de leur peau et de leurs piquants). Il lui montra comment recueillir la rosée du matin, comment reconnaître les champignons et les baies comestibles, comment faire du feu avec une drille, de l'herbe séchée et quelques copeaux d'écorce de bouleau, comment se protéger des loups ou des vipères durant leur sommeil.

Ils croisèrent d'autres villages elfiques, dormirent parfois dans des cabanes de branchages perchées en haut des arbres, parfois dans des huttes aménagées sous les buissons ou dans des terriers en cloche, semblables à celui dans lequel il s'était réveillé. Aucun de ces villages ne ressemblait aux bourgades édifiées par les hommes, tout d'abord parce que rien, de prime abord, ne les distinguait de la végétation environnante. Un fouillis de broussailles, un vallon couvert de hautes fougères, un entremêlement de branches sous les frondaisons, voilà ce qu'étaient leurs villes. On n'y voyait personne, jusqu'à ce que les elfes se montrent, à l'appel de Gwydion. Alors, ils surgissaient de partout, silencieux comme des biches, venaient les toucher en riant, caressaient les longs cheveux blancs de l'enfant comme s'ils n'avaient jamais rien vu de plus beau et les entraînaient vers leurs étranges demeures. Merlin les écoutait avec fascination parler dans leur langue chantante, jouait avec les petits tout nus qu'un rien faisait rire aux éclats, dévorait des yeux les jeunes elfes aux longues jambes élancées, impudiques et mutines, qui ne cessaient de le frôler. Parfois même l'une d'elles se glissait sous sa couche et se nouait à lui. Invariablement, elles avaient disparu au matin, quand ils reprenaient leur route, mais le souvenir de leurs étreintes et de leur parfum d'herbe fraîche ne le quittait plus.

Ils revirent Gwendyd à plusieurs reprises. Il suffisait, hélas, que Gwydion l'appelle – et à plus forte raison Merlin – pour qu'elle s'enfuie aussitôt.

Le plus souvent, pourtant, ils étaient seuls, au long d'un chemin que l'aîné de la forêt traçait sans hésitation, à travers les landes et les bois. Merlin le suivait sans poser de questions. Pour sa part, cette pérégrination pouvait bien durer toujours. Il ne semblait pas y avoir de danger, sous la forêt, pas de noires pensées, pas de démons ni de défunts pour venir le hanter. Ici, il n'était plus le prince Emrys Myrddin, plus le barde Merlin et encore moins un nécromant. Il était un enfant emboîtant le pas de son grand-père et s'émerveillant de tout. Son pied s'était affermi, au fil des lieues, et il pouvait désormais laisser son esprit vagabonder ou se repaître à loisir du spectacle de cette forêt sauvage, inviolée, sans risquer de trébucher à chaque pas. Il lui arrivait de repenser à Blaise, à Guendoloena ou à leur enfant. Il y songeait avec une infinie tristesse, non pas tant parce qu'il les regrettait, mais parce qu'ils étaient restés dans le monde gris, loin de la paix des arbres, et qu'il ne pourrait leur faire connaître ce simple bonheur.

Et puis soudainement, un jour de crachin avec un ciel bas et terne, Gwydion s'arrêta.

— C'est là, dit-il. Tu dois maintenant continuer seul...

L'enfant regarda autour de lui. Ils venaient de déboucher des bois et descendaient la pente douce d'un vallon couvert de hautes herbes, au centre duquel se dressait un bosquet et où coulait un ruisseau. Rien d'autre.

Il allait apostropher son grand-père, mais un simple regard de celui-ci effaça le sourire moqueur des lèvres de Merlin.

— Tu m'attendras ?

— Non. Ne t'en fais pas : quand tu sortiras de là, tu sauras où me trouver. Vas-y, maintenant, elles t'attendent.

— Elles ? Qui, « elles » ?

— La sororité du Sid. Les sept Bandrui, gardiennes du bosquet sacré.

— Je ne comprends pas, grand-père...

— Je sais.

Le vieil elfe hocha la tête, recula d'un pas sans cesser de le dévisager gravement, puis fit demi-tour et s'en alla, sans un mot de plus.

Merlin le suivit des yeux jusqu'à ce qu'il s'efface dans la bruine. D'un seul coup, il se sentait comme dégrisé, revenu brutalement à ses peurs et à sa solitude. N'osant s'avancer, il commença par scruter chaque pouce de la lisière broussailleuse qui entourait le vallon. La pluie fine l'aveuglait à demi, mais il savait qu'il n'y avait personne, ni elfes ni animaux. Tout juste le silence des arbres.

Vers l'est, là-bas, on distinguait le moutonnement des hautes frondaisons, derrière le rideau de pluie. La forêt s'étendait à l'infini, où que se porte le regard. Ici se trouvait le vrai terme de son long voyage. Le « cœur de la forêt », comme l'avait nommé Gwydion, était cette immense clairière, cernée de tous côtés par un océan d'arbres.

Achevant son tour d'horizon, l'enfant baissa les yeux vers le bosquet, en contrebas. Que pouvait-il avoir de sacré ? Ce n'était qu'un boqueteau, même si, à mieux y regarder, chacun des arbres qui le composait semblait différent. Alors il s'en approcha, lentement. Gwydion n'avait-il pas parlé de sept gardiennes ? En tout cas, il y avait sept arbres, en cercle, de sept essences distinctes : un aulne, un chêne, un buisson de houx, un saule, un pommier chargé de fruits, un noisetier et un bouleau, droit et blanc, dominant tous les autres. Au milieu jaillissait une source, formant un mince ruisseau qui s'écoulait dans le vallon.

Dès l'instant où ses yeux se posèrent sur le cours d'eau, Merlin ressentit une soif intense et l'irrésistible envie de s'y abreuver. Non, davantage qu'une envie, un besoin, une nécessité vitale, plus forte que sa peur. C'est cette soif qui le fit avancer vers le bosquet. Jusqu'à ce qu'il l'atteigne, jusqu'à ce qu'il pose sa main sur l'écorce rugueuse du chêne, il ne vit personne, ce qui l'effraya et le rassura tout à la fois.

Mais il toucha le tronc et elles furent là.

Sept femmes âgées, fées ou sorcières, enveloppées dans de longues robes noires sur lesquelles coulaient leurs cheveux gris. Surpris par l'apparition subite de la gardienne du chêne, tout à côté de lui, Merlin s'était écarté vivement et, sans même qu'il s'en soit rendu compte, avait pénétré au centre du cercle. Là, il ne pleuvait pas. Il ne faisait pas froid. Une lumière douce illuminait un poudroiement de pollens qui s'agglutinèrent bientôt sur sa peau et ses vêtements mouillés par l'averse. Les sept femmes s'approchèrent, toutes aussi dissemblables que les sept arbres dont elles émanaient, mais également effrayantes par leur mutisme et la lenteur de leurs gestes. Avec douceur, elles le dévêtirent entièrement puis l'une d'elles, pâle, mince et haute, le prit par la main et l'entraîna vers le bouleau, contre lequel elle l'adossa. De la manche de sa robe noire, elle sortit un petit bol de terre rempli d'une teinture sombre et visqueuse dans laquelle elle trempa son doigt avant de dessiner une longue ligne sur le côté gauche de l'enfant, depuis sa mâchoire, son cou et son épaule, jusqu'au bout de son bras et l'ongle de son pouce. Puis, trempant de nouveau son doigt dans le bol, elle traça un simple trait horizontal à la droite de la ligne, à hauteur du poignet. Un ogham. La rune de Beth, le bouleau, l'arbre de l'amour et de la renaissance à la vie dont elle était la gardienne.

— *Hlystan Beth, aetheling*, murmura-t-elle à son oreille. *Nethan mid healda treow.*

Le cœur battant si fort que tous ses membres en tremblaient, Merlin la contempla avec des yeux écarquillés. Il avait compris chacune des paroles qu'elle venait de prononcer. Chacun des mots : « Écoute le Bouleau, noble prince. Avance parmi les gardiennes des arbres. »

La tête penchée, elle le dévisagea de ses yeux gris, avec un sourire attendri, mais alors que Merlin ouvrait la bouche pour lui parler, il se sentit de nouveau saisi par le bras. Une autre, tout aussi grande mais à la peau sombre, l'entraînait vers son arbre, un aulne à l'écorce brunâtre, garni de petites feuilles rondes et de bourgeons rouges. Doucement, elle le poussa contre le tronc, puisa dans la manche de sa robe un bol de terre rempli de la même substance et stria le bras de l'enfant de trois traits horizontaux, toujours à droite de la ligne, mais juste sous la pliure du coude, cette fois. La rune oghamique de Fearn, l'aulne, symbole de force et de résistance parce que ses feuilles restent vertes jusqu'à leur chute.

— *Hlystan Fearn, anmod bearn...*, dit-elle. *Restan leas instylle for recyd Ban Drui.*

« Écoute l'Aulne, brave enfant... Repose-toi sans crainte parmi les druidesses du refuge. »

De même firent les fées ou les sorcières du houx, du saule, du noisetier et du chêne, l'une après l'autre traçant leur marque, d'abord sur son bras gauche, puis sur son bras droit.

Hlystan Tinne, eorl bearn... Brucan oferceald waeter. Merlin n'avait plus peur. Il ne tremblait plus.

Hlystan Saille, haele... Wrathu wyrtruma blod. Leurs incantations murmurées à son oreille, leurs regards affectueux, la caresse de leurs mains ridées, tout cela ressemblait à une danse, lente et sans musique, mais fascinante, presque hypnotique.

Hlystan Coll, hyrde... Byrnan blaed. Merlin avait soif, plus que jamais. L'écorce des arbres semblait brûlante, l'herbe sous ses pieds n'apportait aucune fraîcheur.

Hlystan Duir, modig nith... Tohiht treow wyrthmynde. Son corps entier n'aspirait plus qu'à se jeter dans le ruisseau, qu'à s'abreuver de cette eau glacée, à portée de main. Il chancelait, désemparé, presque enivré par la ronde des Bandrui autour de lui, leurs marmonnements indistincts et le froissement soyeux de leurs robes noires lorsque, soudainement, elles s'écartèrent. Merlin resta un moment interdit, le souffle court et la vue brouillée. Et quand il reprit ses esprits il découvrit face à lui la dernière d'entre elles, au pied de son arbre.

Un pommier.

Le pommier, bien sûr, l'arbre de la connaissance, de la révélation, l'arbre de l'Autre monde qui, selon l'enseignement des druides, réunit les trois sphères de l'existence. On disait que ses racines, en s'enfonçant dans le sol, participaient à la sphère inférieure, celle des morts et du passé. Son tronc, visible de tous, appartenait à l'Abred, le cercle vil de l'errance et du présent. Son feuillage et ses branches s'élevaient vers le Gwynfyd, la sphère supérieure, celle des dieux et des idées.

Là-bas, de l'autre côté du bosquet, la Bandrui du pommier n'avait pas bougé et le regardait fixement, avec dans les yeux une expression qui le décontenança. Elle semblait avoir peur, non pour elle-même, mais pour lui… Merlin se détacha un instant de ce regard, chercha les autres, mais elles avaient disparu. Les runes, pourtant, étaient toujours là, sur ses bras, prouvant qu'il n'avait pas rêvé, ou bien qu'il rêvait encore. Il ne restait plus qu'elle dans le bosquet, attendant calmement qu'il la rejoigne, de l'autre côté du ruisseau. L'enfant fit un pas et aussitôt poussa un grognement de douleur. Son corps était lourd, aussi raide que la pierre, aussi chaud que la braise. Les *Duili fedha*, les Éléments du bois tracés sur ses bras, se mirent à le brûler affreusement, comme des fers rouges plaqués sur sa peau, et les mots des sorcières commencèrent à résonner dans sa tête, de plus en plus fort.

Écoute le Houx, valeureux enfant... Abreuve-toi de l'eau glacée. L'eau était là, pure et fraîche, toute proche. Il fit un pas encore, mais l'herbe était devenue coupante et pointue comme un tapis de dagues. Un seul pas, et ses pieds étaient en sang. Haletant, il releva la tête et derrière ses larmes il vit la source, à moins de deux coudées. Elle jaillissait de grosses pierres moussues, entre lesquelles une racine de chacun des sept arbres s'était frayé un chemin. Les racines se rejoignaient et s'emmêlaient étroitement pour ne plus en former qu'une, qui trempait dans un chaudron de cuivre placé sous le jet de la source. L'eau en débordait pour se répandre dans un bassin, et de là couler vers le vallon. Boire à cette source... Apaiser ses souffrance !

Écoute le Saule, héros... Endure le sang des racines. Les voix des fées étaient devenues un vacarme assourdissant, insupportable. Il se remit en marche et aussitôt son corps tout entier fut comme cinglé d'épines. La douleur fut telle qu'il tomba à genoux en hurlant.

Écoute le Noisetier, gardien... Brûle du souffle de la vie. Merlin se remit sur ses pieds et, au prix d'un effort extrême, avança encore. Alors, les runes s'enflammèrent sur ses bras. Il ne voyait plus rien, il ne pouvait même plus crier tant la douleur était atroce. Une seule chose comptait : se jeter dans le bassin, éteindre ces flammes qui le rongeaient.

Écoute le Chêne, courageux mortel... Aie confiance dans l'honneur que te font les arbres. La voix du

Chêne parvint jusqu'à son cerveau torturé. Sa peau et ses cheveux grésillaient en répandant une puanteur effroyable, le sang de ses veines bouillait en lui et ravageait son corps de l'intérieur alors que sa gorge et ses poumons avaient pris feu à leur tour. Pourtant, il se redressa, ferma les yeux et alla de l'avant. Avoir confiance… Surmonter l'épreuve… Un pas, un autre pas, sans regarder l'eau. Un pas, un autre pas vers le pommier. Un autre pas… Un autre pas…

Une main le saisit doucement.

Merlin ouvrit les yeux, le visage encore déformé par les tourments qu'il venait de subir. La Bandrui lui souriait, petite et ronde comme une pomme. L'enfant tressaillit violemment et s'examina d'un coup d'œil. Le bras qu'elle tenait toujours ne portait aucune trace de brûlure, ni son corps ni ses cheveux. Ses pieds, ses jambes étaient intacts. Pas de sang, pas de blessure…

L'enfant tremblait de façon incoercible, mais la douleur s'était envolée, ne laissant d'autre trace que son abominable souvenir. Il se retourna sur le chemin parcouru. Un jet de pierre, à peine.

— *Hlystan Quert, earm hraw firas.*

Merlin eut un mouvement de recul et d'effroi. Il dévisagea l'ultime gardienne du Sid, mais ses yeux calmes confirmèrent ce qu'il avait bien cru comprendre. « Pitoyable cadavre vivant », ainsi l'avait-elle appelé. Était-il mort, alors ?

— *Brucan oferceald waeter*, murmura-t-elle. *Byrnan blaed. Wrathu wyrtruma blod.*

Boire l'eau, enfin, brûler du souffle de la vie, s'abreuver du sang des racines… Comme les autres, elle trempa son doigt dans un bol rempli de teinture, mais c'est sur son front qu'elle dessina l'ogham de

Quert, le pommier. Cinq barres, à gauche d'une ligne qu'elle traça de la racine de ses cheveux jusqu'à son menton. Puis, avec ce sourire si doux et si terrifiant, à vrai dire, après les horreurs qu'il venait de traverser, elle l'entraîna vers la source, le fit asseoir et puisa à même le chaudron.

L'eau miroitait au soleil, dans ses vieilles mains réunies en coupe. Merlin se pencha, vit son propre reflet, auréolé de ses cheveux aussi éclatants qu'un casque d'argent et marqué au front de la rune de Quert. Allait-elle prendre feu, elle aussi, le plonger de nouveau dans les affres du martyre ? Il but en tremblant, pour en finir, comme une reine antique buvant la ciguë, comme un désespéré se jetant du haut d'une falaise. Il but et se rejeta en arrière, avec un regard de défi. Elle se contenta de hocher la tête.

— *Hlystan Quert*, dit-elle en se levant. *Weorthan Dru Wid. Weorthan wita*... Deviens savant par les arbres [1]. Deviens celui-qui-sait.

Puis elle s'écarta de lui, retourna auprès de son arbre. Merlin hésita, voulut se lever et la suivre, mais il ne le put pas. Il s'était attendu à tout, la souffrance, l'illumination, la mort, mais pas à ça... Il avait bu, et il ne se passait rien.

Anéanti, l'enfant resta auprès de la source et pleura en silence, de honte, d'épuisement, de désespoir. Une larme coula sur sa joue, perla à l'angle de sa mâchoire et tomba dans le bassin. À l'instant même où elle toucha l'eau, le bosquet disparut. Il était dans l'eau. Il coulait avec elle. Il *était* l'eau, goutte parmi les

1. Traduction littérale du terme *Dru Wid*, à l'origine du mot « druide ».

gouttes, courant dans le courant, dévalant le lit du ruisseau, caressant les pierres et les algues, vif, glacé, limpide, infini… Plus loin, il glissa sur un goujon et devint poisson, nageant au fond du ruisseau, raclant le fond de ses barbillons à la recherche de larves d'insectes ou de mollusques. Le ruisseau prenait de la force, dévalait la rocaille et l'entraînait vers l'aval. Tout à coup, une loutre le saisit de sa patte griffue et palmée. Il fut la loutre et dévora le goujon, puis devint l'herbe contre laquelle l'animal se frotta, le nid, l'œuf et le moineau, le faucon chassant dans les airs, le nuage dérivant loin au-dessus de la terre des mortels, la pluie tombant sur les arbres, la sève, l'écorce et la racine. Il resta un arbre des jours durant, des semaines ou des mois, jusqu'à l'automne où il fut la feuille morte tournoyant, la pierre moussue qui la reçut, la terre gelée, la neige fondante, le brin d'herbe se frayant un chemin vers l'air libre. Un faon né dans l'année brouta cette herbe et il connut ses errances craintives à la lisière de la forêt. Il fut la mouche de l'été agaçant les bêtes, l'araignée tissant sa toile pour capturer les insectes, puis l'hirondelle fuyant un nouvel hiver.

Ainsi se passa la vie de Merlin, durant des années.

XV

Une nuit de neige

C'ÉTAIT un matin d'hiver, ni plus rude ni plus doux que les autres. La neige avait blanchi la forêt, les champs, les huttes des moines et le toit de l'église, un simple oratoire dédié à saint Jean-Baptiste. Ils étaient sortis admirer l'aurore, à la troisième heure de laudes, et s'étaient assis sur le muret de pierre entourant leur modeste potager en supant des bols d'un lait gras et chaud, tout juste trait. Ils étaient là, tous les quatre, deux novices, un moine en robe de bure noire et l'abbé, emmitouflés dans de grosses houppelandes de mouton retourné, la capuche de leur coule relevée sur leurs crânes tonsurés, savourant cet instant de paix avant une nouvelle journée de travail. S'occuper des bêtes dans l'étable, ramasser du bois mort, casser la glace à la rivière, aller visiter les malades au village et dire les psaumes, à prime, tierce, sexte, nove, vêpres et matines… Une journée comme une autre, dans la solitude et la prière.

Le soleil se leva dans un ciel mauve, au-dessus de la ligne sombre des arbres. La neige étincelait sous les premiers rayons, alors que les ombres de la forêt s'effaçaient peu à peu. Devant eux s'étalait leur domaine de Trefoss, la terre la plus pauvre et la plus retirée jamais consacrée à Dieu… Quelques bâtisses au plus profond de la forêt, traversées d'une route menant au village de Guadel et à la motte fortifiée du seigneur Cadvan. Un simple enclos monastique que Méen avait édifié de ses propres mains, bien des années plus tôt, avec l'aide du frère Blaise et de quelques autres, que la solitude et les dangers de la forêt avaient fini par faire fuir, ou qui reposaient à présent dans leur petit cimetière. Au-delà s'étendaient quelques arpents de terre déboisée, sur lesquels ils essayaient depuis des années de faire pousser du blé ou de l'avoine. En vain… Chaque été, au moment des moissons, des cerfs et des sangliers surgissaient de la forêt, renversaient les haies et dévoraient les épis sur pied. Chaque été pareillement. Et le reste de l'année, ils n'en voyaient pas un seul.

C'était l'une des raisons pour lesquelles la plupart des religieux avaient quitté l'endroit. L'une de ces raisons dont on ne parle pas, mais que chacun ressent au plus profond de lui-même. Pour quelque motif inconnu, les habitants de la forêt toléraient leur présence, mais détruisaient immanquablement leurs récoltes, ainsi que leurs ruches ou que le moulin qu'ils avaient voulu bâtir sur la rivière.

— Père Méen, regardez ! s'exclama tout à coup l'un des novices. Un cavalier vient vers nous !

Tout heureux, le novice se mit à lui faire des signes, aussitôt imité par le plus jeune, tandis que les deux moines plissaient les yeux en tentant d'apercevoir quelque chose dans le brouillard de leur vue défaillante.

— Tu le vois ? murmura Méen.

— Oui, ça y est... On dirait un soldat. Il a un second cheval avec lui. Soit il arrive de loin, soit il est venu chercher l'un de nous.

L'abbé saisit son compagnon par le bras.

— Blaise, mon ami, il faudrait peut-être que tu rentres...

— Après tout ce temps, je doute qu'il vienne pour moi, fit le moine en lui souriant. D'ailleurs, il nous a vus, c'est trop tard.

D'un geste, Blaise salua le cavalier juste avant qu'il ne pénètre, au petit trot, dans l'enclos monastique.

— Qu'est-ce qui t'amène sur la route alors que le soleil est à peine levé ? s'écria Méen tandis qu'il mettait pied à terre et confiait ses bêtes aux novices, ravis de cette distraction.

— Mon père, c'est le seigneur Cadvan qui m'envoie.

L'homme s'inclina devant l'abbé puis rejeta sur sa nuque le camail de fer tressé et de cuir qui lui recouvrait la tête.

— Je te connais, toi, dit Méen. Tu es le fils d'Elouan, le meunier !

— Herbot, mon père.

— Herbot, oui, c'est ça... Je ne savais pas que tu t'étais enrôlé.

Le jeune soldat sourit, puis haussa les épaules.

— Je n'ai pas vraiment eu le choix, mon père...

— Oui... La guerre, comme toujours. Dieu veuille me pardonner de n'avoir su ramener le comte Waroc à la raison. Dix ans qu'il ravage le pays...

— Mon père, cette fois ce sont les Francs qui nous attaquent. On dit que la reine Frédégonde a dépêché deux armées contre nous, menées par les ducs Ebrachaire et Beppolen. Il faut bien se défendre !

— Bien sûr. Et alors quoi ? Tu es venu nous enrôler, nous aussi ?

— Sainte Vierge, Dieu m'en garde ! s'exclama le soldat en riant de bon cœur. C'est le frère Blaise que je suis venu chercher.

Le sourire s'effaça du visage des deux religieux, qui échangèrent un bref regard alarmé. L'autre s'en aperçut, fronça les sourcils puis reprit :

— Un vieil homme est arrivé au village, hier soir. Dans un sale état, à ce qu'il paraît. Il a demandé le frère Blaise... Le confesseur de la reine Ida, ou quelque chose comme ça...

— Aldan, murmura Blaise sombrement.

— Peut-être bien. En tout cas il ne faut pas tarder. Et emportez les sacrements avec vous, mon père, je pense que le pauvre diable n'en a plus pour longtemps.

— Attends-moi, je ne serai pas long.

À grandes enjambées, Blaise regagna sa cellule, une hutte de pierre au toit de chaume, chaussa des bottes à la place de ses sandales et emplit une besace d'un crucifix, d'une bible et d'une étole de prêtre. Si c'était un piège, si cet Herbot était envoyé par quelque évêque sur la foi d'une dénonciation quelconque, alors il s'y ruait tête baissée. Après dix ans, peut-être même onze ou douze, passés dans cet enclos perdu en pleine forêt, son excommunication n'était plus qu'un souvenir lointain, presque oublié. Dès leur arrivée dans ce qui n'était encore qu'une clairière au milieu des bois, Méen l'avait traité comme un frère, dans tous les sens du terme. Et quand les autres religieux s'en étaient allés, les uns après les autres, quand ils s'étaient retrouvés seuls, bien près de disparaître à leur tour, Méen avait levé la sanction, ainsi que son maître Samson lui en avait donné le pouvoir. Pour autant, Blaise demeurait anathème aux yeux de l'Église, sinon de Dieu, tant que son pardon n'avait pas été accordé par un évêque consacré. Administrer les sacrements lui restait interdit, tout comme dire la messe, ou même pénétrer dans un lieu saint. Enfreindre cet interdit pourrait lui coûter bien plus qu'une nouvelle excommunication.

Quelle importance... Si vraiment le voyageur avait mentionné la reine Aldan, alors rien au monde ne l'empêcherait de se rendre à son chevet, quelles qu'en soient les conséquences. Ce nom le ramenait si loin en arrière, à l'époque où il était jeune, encore, et où sa vie semblait tracée dans les ors de l'Église. C'était avant qu'Aldan ne lui confie le sort de son fils Merlin, avant que son existence bascule...

Il sortit tout aussi vite, salua les novices et s'agenouilla pour recevoir la bénédiction de Méen, puis se hissa tant bien que mal sur le cheval. Blaise n'avait jamais été un bon cavalier, et l'âge tout autant que ces années loin du monde, n'avaient guère arrangé les choses. Il parvint néanmoins à se maintenir en selle, malgré les secousses d'un petit trot qui les mena en moins d'une heure au pied de la motte fortifiée du seigneur Cadvan. Les cuisses rougies par le frottement et les reins brisés, il se hâta à la suite d'Herbot jusque dans la salle commune, où l'on avait installé le voyageur, près de l'âtre.

Blaise se débarrassa de sa cape et s'assit à son côté.

C'était un vieil homme maigre et usé, le teint cireux, les yeux enfoncés et les lèvres craquelées, presque bleues. Le froid avait eu raison de lui. Il dormait la bouche ouverte, ressemblant déjà au cadavre qu'il serait bientôt. Doucement, le moine lui secoua l'épaule pour le réveiller.

— Tu as demandé à me voir, mon fils. Je suis le frère Blaise. J'étais autrefois le confesseur de la reine Aldan Ambrosia.

Le vieillard avait ouvert les yeux. Il lui sembla qu'il souriait.

— Tu es celui qui accompagnait Merlin ? murmura-t-il, d'une voix si faible que Blaise dut le faire répéter, croyant avoir mal entendu.

Penché au-dessus de lui, il se sentit agrippé par une main tremblante.

— Mon nom est Cylid, souffla le mourant. J'étais au service… de la reine Guendoloena… Où est… Merlin ?

— Je ne sais pas.

Cylid le dévisagea d'un air horrifié, puis ferma les yeux et se laissa retomber en arrière. Des larmes coulèrent sur son visage parcheminé, étincelantes à la lueur du feu couvant dans la cheminée.

— J'étais avec lui, dit Blaise, bouleversé par la détresse silencieuse du vieil homme. Je crois… je crois qu'il vit toujours, dans la forêt.

— Alors il faut le retrouver !

Cylid avait crié, assez fort pour que l'un des serviteurs travaillant dans la salle commune leur jette un coup d'œil intrigué.

— Dis-moi plutôt pourquoi tu le cherches, souffla Blaise. C'est la reine Guendoloena qui t'envoie ?

Le vieillard hocha la tête. Ses mains étaient agitées de tremblements, son regard devenait fixe. Blaise trempa prestement un linge dans une écuelle d'eau fraîche disposée au pied du grabat et l'appliqua en compresse sur son front, ce qui sembla le ranimer.

— La reine est en danger ?

Nouveau hochement de tête.

— Et… fils…

— Son fils ? Son fils est en danger ?

Cylid ne put que presser les paupières en signe d'acquiescement. Blaise suait sang et eau près du feu avec son manteau de mouton. Ne sachant que faire, il regarda autour de lui. Herbot était parti. Les serviteurs aussi. Il n'y avait plus qu'eux dans la salle commune. Alors il tira à lui sa besace, en sortit son étole, qu'il baisa avant de la passer autour du cou, puis le crucifix qu'il approcha des lèvres du mourant.

— Crois-tu en Dieu, mon fils ?

Pour toute réponse, Cylid écarta le crucifix d'un revers de la main, et fixa Blaise d'un regard implorant qui lui broya le cœur.

— La reine t'a envoyé chercher le secours de Merlin, pour elle et pour son fils… Pour *leur* fils, c'est bien cela ?

La tête du vieil homme commença à glisser, mais Blaise la retint, et le secoua.

— Écoute-moi ! Pense à lui. Pense à Merlin. Appelle-le. Pense à la reine, pense à leur fils ! Tu ne meurs pas pour rien, vieil homme. Il t'entendra. Au nom du Ciel, je t'en fais le serment. Pense à lui ! Pense à Merlin ! Pense…

Blaise s'interrompit. Parler n'était plus nécessaire.

Le visage en nage, tordu par un rictus effrayant, il se releva et s'écarta lentement du corps sans vie de Cylid. Ainsi, Merlin avait dit vrai, quand il avait senti la naissance de cet enfant, le jour même de leur arrivée sur l'île de Battha.

Des pas résonnèrent dans la salle, derrière lui. C'était l'intendant du seigneur Cadvan, venant aux nouvelles.

— C'est fini ? demanda-t-il après un simple coup d'œil vers le lit.

— Oui, murmura le moine. Il est mort en bon chrétien. Faites-le enterrer en terre consacrée. Il s'appelait Cylid…

— Vous ne restez pas, mon père ?

Blaise secoua la tête avec un bref sourire de remerciement. Il ramassa sa cape et sa besace puis sortit, retrouvant avec gratitude l'air vif du dehors.

Merlin… Avec le temps, il était parvenu à ne plus penser à lui chaque jour, à ne plus le voir derrière chaque arbre, à ne plus entendre son rire dans le vent. Il songea à Cylid, venu de si loin sur les pas de l'enfant pour obéir à une reine. Comme lui. Tout comme lui… Son âme volait-elle vers Merlin, en ce moment ? Lui avait-il déjà transmis tout ce qu'il savait ? C'était une idée bien peu chrétienne qu'il avait eue là, plus digne d'un sorcier que d'un homme de Dieu. Comment avait-il pu faire une chose pareille ? Au lieu d'assister le mourant, d'obtenir sa conversion et de lui administrer les sacrements, il l'avait poussé à implorer le nom de Merlin, comme si l'enfant pouvait l'entendre ! Comme s'il pouvait attirer l'âme de ce malheureux à lui et s'en repaître ! Les évêques avaient raison. Il n'était plus digne de porter l'habit, plus digne de la Croix.

Levant les yeux, il aperçut le cheval qui l'avait transporté jusque-là, toujours lié au porche. Sans réfléchir davantage, il se hâta vers lui, dégagea ses rênes et grimpa en selle. Puis il prit la direction de la forêt.

La neige recouvrait le pays d'Eliande. Givre et glace figeaient les arbres, les herbes et les broussailles. Sous un soleil pâle qui parsemait le sous-bois de taches de lumière, la forêt hibernait en silence. C'était un temps de loup, si dur que les meutes sortaient même en plein jour, à la recherche de proies trop rares, si froid que les ruisseaux avaient gelé et que les arbres nus craquaient avec des plaintes lugubres.

Accroupie au pied d'un hêtre aux branches torturées et à l'écorce couverte de lierre, confondue à lui dans sa cape moirée, Gwendyd retenait son souffle, les yeux fixés sur une harpaille de cerfs paissant à la lisière de la forêt. Un grand dix-cors aussi haut qu'un cheval, à la tête couronnée d'une ramure d'andouillers effilés comme des dagues, montait la garde, immobile et magnifique au milieu de la clairière. Deux autres, de moindre allure, étaient postés de part et d'autre de la harde, également prêts à intervenir. Auprès d'elle, un loup gémit et se lécha les babines, mais la petite elfe lui saisit fermement le museau et se tassa un peu plus dans l'ombre bleutée des broussailles enneigées. Heureusement, les cerfs n'avaient rien entendu.

Il fallait attendre. Tôt ou tard, un faon imprudent ou une biche trop avide s'avancerait sous les arbres à la recherche de glands ou d'un buisson encore chargé de feuilles. Alors, les loups attaqueraient. Sous le fouillis de branchages et d'arbustes, les grands mâles ne pourraient se servir de leurs bois. Sans doute n'interviendraient-ils même pas. Attendre, malgré la faim qui les tiraillait. Attendre en silence, jusqu'à ce que la neige les cache.

À la tombée du jour, un jeune daguet s'aventura sous les arbres. Quelques pas à peine. Assez pour que les loups l'encerclent et jaillissent soudainement, trois, quatre en même temps, mordant sa gorge et ses pattes. Gwendyd courut vers lui et l'acheva d'un coup d'épieu, tranchant net ses bramements affolés, alors que les fauves le dévoraient vif.

Puis elle partit, fuyant l'ignoble curée, et détala droit devant elle à travers les bois. Depuis qu'elle menait les loups, elle n'avait jamais pu s'y faire. Le sang, la puanteur des viscères, la frénésie obscène des bêtes fouaillant les chairs encore palpitantes…

Gwendyd courut ainsi jusqu'à ce que ses jambes ne la portent plus et qu'elle s'effondre en pleurant, le cœur au bord des lèvres. Puis elle s'endormit, recroquevillée au pied d'un chêne, indifférente au froid glacial de la nuit.

Quand elle s'éveilla, il tombait une neige fine, tourbillonnante, qui estompait les bruits de la forêt. Tout était blanc, gris ou noir, immobile, mort, triste. Ce matin-là, elle ne voulut plus être seule.

Contrairement aux autres elfes, Gwendyd ne vivait pas en clan. Depuis la mort de sa mère, ou plutôt depuis que son père Morvryn s'était enfui avec cette Gwenwyffar, elle n'avait plus de clan, hormis son grand-père Gwydion… et cet être étrange, à présent, ce Merlin qu'il disait être son frère.

Lentement, presque à contrecœur, elle prit la route du Sid, le bosquet des sept arbres. Elle y parvint au crépuscule, alors que le vent avait chassé l'averse de neige et qu'un beau soleil couchant réchauffait la forêt. Gwydion était là, comme toujours. Des lunes et des lunes avaient passé depuis qu'il y avait amené l'enfant aux cheveux blancs. Une éternité, même pour une elfe, sans que Merlin ait donné le moindre signe de vie. Au fil des ans, le lierre et la mousse l'avaient en partie recouvert, si bien qu'il ressemblait davantage à une souche d'arbre ou à une roche faisant partie de la fontaine qu'à un être vivant. Gwydion ne semblait pas en être surpris, ni inquiet. Ceux qui buvaient au chaudron restaient parfois ainsi des années, perdus dans une errance lointaine, hors de leur corps qui ne vieillissait pas. On disait que les pierres levées qui parsemaient la forêt étaient les corps oubliés de ceux qui ne s'étaient jamais réveillés. La petite elfe s'était toujours demandé si cela pouvait être vrai…

Dès qu'elle pénétra dans le bosquet, Gwendyd sentit quelque chose de différent. Gwydion, agenouillé à côté de Merlin, se tourna vers elle avec un sourire radieux, le visage baigné de larmes. Elle s'avança encore et sa gorge se noua.

Merlin avait ouvert les yeux.

Les bois étaient pleins de murmures menaçants. Les yeux écarquillés, brûlants de fatigue, Blaise distinguait tout juste au clair de lune le halo de la neige entre les masses noires des arbres et des fourrés. Qu'une écorce craque, qu'un buisson frémisse ou que son cheval s'ébroue, il était sur ses pieds, le cœur battant, brandissant une grosse branche en guise de massue. Il lui fallait ensuite de longues minutes pour se rassurer un tant soit peu, revenir s'adosser contre la souche qui lui servait d'abri et tenter de trouver, sinon le sommeil, au moins le repos. Jusqu'au craquement suivant.

Avant la mi-nuit, tout son courage s'en était allé. Blaise n'avait pas réussi à faire du feu tant le bois était humide et, sans lumière ni chaleur, transi et aveuglé, retenant son souffle à chaque instant pour guetter les mille bruits de la forêt, qu'il ne parvenait pas à identifier. Cette veillée glaciale avait eu vite raison de son accès d'enthousiasme. Comment avait-il pu s'aventurer aussi aveuglément dans les bois, sans même prendre le temps de s'équiper, ne serait-ce que de vivres ? Et comment avait-il pu croire qu'il retrouverait l'enfant dans cette immensité hostile, toute de ronces et d'orties, de fourrés impénétrables et de vallons perdus, infestée de loups, de sangliers et de ce peuple oublié de Dieu auquel Merlin croyait appartenir ? Depuis toutes ces années, ni lui ni Méen n'avaient jamais vu le moindre de ces diables. Mais il ne se passait pas une saison sans que le pays frémisse d'une nouvelle histoire de soldats ou de bûcherons criblés de flèches, pas un été sans que leurs récoltes soient détruites, comme si les elfes de la forêt n'acceptaient leur présence qu'à certaines limites. Des limites qu'il venait sans doute de dépasser, au péril de sa vie, par pure folie.

Demain, si Dieu avait pitié de lui et le laissait vivre, demain, il ferait demi-tour, reviendrait à Trefoss auprès du père Méen, là où était sa place, sans autre souhait que d'y finir sa vie, d'y racheter ses fautes et d'oublier Merlin. L'enfant pouvait être vivant ou mort, la forêt en garderait le secret, et c'était bien ainsi. Les paroles de Cylid avaient ranimé en lui un feu qu'il croyait éteint, réveillé un rêve impie, indigne d'un chrétien. Qui était-il, pauvre moine, pour remettre en cause la Parole de Dieu, pour oser croire en ses propres intuitions plutôt que de s'en remettre à Lui, même pour l'incompréhensible, *surtout* pour l'incompréhensible ? « Heureux ceux qui croient sans voir », avait dit le Christ à Thomas. Comme l'apôtre, il s'était aveuglé de raisonnements et d'orgueil. Malgré tout ce temps passé en prières et en pénitences, il avait suffi que le nom de Merlin soit prononcé pour qu'il s'élance à sa recherche. Et pourquoi ? Pour quel rêve absurde ? La route de l'enfant ne menait pas à la Lumière, mais au doute, au cynisme et à la destruction.

Brusquement, son cheval poussa un hennissement strident et se mit à ruer avec tant de force qu'il arracha ses rênes enroulées autour d'une branche. Aussitôt, l'animal s'enfuit au galop dans l'obscurité. Blaise n'avait eu le temps que de se relever et de chercher à tâtons son gourdin. L'ayant en main, il retint sa respiration et se sentit dans l'instant glacé jusqu'au sang. Découpées dans la neige, des formes sombres et basses s'avançaient lentement vers lui. Des loups, l'encerclant de toutes parts.

Le moine recula jusqu'à ce que son dos bute contre la souche, puis fouetta les ténèbres en hurlant, d'un coup de bâton qui ne rencontra que le vide et manqua de le déséquilibrer. Tout près, un loup poussa un grognement rauque. Il frappa de nouveau et toucha, cette fois, la bête qui s'écarta avec un jappement aigu. Blaise se sentait déjà essoufflé, les poumons brûlants et les bras lourds. Les autres restaient à distance, assez proches pourtant pour que le moine perçoive, sous la faible lueur de la lune, leurs échines abaissées et leurs babines retroussées sur des crocs luminescents. Contournant la souche, il s'éloigna pas à pas, sans qu'ils ne bougent et sans voir, derrière lui, le chef de meute qui l'attendait pour la mise à mort. La sueur perlait à son front et piquait ses yeux. Le sang lui cognait aux tempes. Ses bras tremblaient convulsivement. À moins de trois coudées en arrière, le grand loup se tassa sur lui-même, prêt à bondir.

C'est alors qu'un hurlement aigu déchira le silence de la nuit et les immobilisa pareillement, l'homme et la bête. Blaise se tourna d'un bond, vit le fauve et battit précipitamment en retraite. Au même instant, des formes humaines apparurent entre les arbres, passèrent entre les loups sans même les regarder et s'avancèrent vers lui. Blaise distingua l'une d'elles lorsqu'elle le dépassa pour aller s'accroupir auprès du mâle dominant. La forme était humaine, mais ce n'était pas un homme. Pas plus grande qu'un enfant, elle marchait sans un bruit, laissant dans son sillage une odeur d'herbe coupée. Ce n'était pas un enfant, non plus, ni une femme. Sa voix s'éleva dans l'obscurité, calme et claire.

— *Gewitan maegenheard wuth. Hlystan Gwendyd. Laetan nith leofian...*

Le loup poussa un grognement rageur, comme s'il répondait à ce langage étrange, puis il s'écarta et disparut au petit trot dans la nuit, suivi du reste de la meute.

— C'est imprudent de s'aventurer dans la forêt sans arme...

De saisissement, Blaise laissa tomber la branche qui lui servait de massue. Cette voix, ce ton moqueur...

Une ombre élancée, couronnée d'un halo de cheveux blancs, se détacha du groupe et s'approcha de lui.

— Merlin… C'est toi ?

— C'est bien moi, mon frère.

Merlin s'avança encore, assez près pour que le moine puisse deviner ses traits malgré l'obscurité. La gorge nouée, il s'efforça de ne rien laisser paraître, mais l'aspect de son compagnon l'avait bouleversé. Gwydion lui avait bien dit qu'il était resté longtemps sous le bosquet, il avait vu la mousse et le lierre qui l'avaient recouvert au fil des jours, mais les elfes n'ont pas le sens du temps. « Longtemps », ça pouvait être des semaines ou des mois. En voyant Blaise, il sut que c'étaient des années. Le moine avait maigri, sa peau s'était ridée, sa barbe grisonnait. Blaise était maintenant un homme âgé, presque un vieillard… Les deux compagnons s'étreignirent longuement, ce qui sembla rassurer les elfes, jusque-là sur le qui-vive. Merlin sentait Blaise trembler dans ses bras.

— *Genip se bregean, maga !* lança l'enfant en s'écartant de lui. *Byrnan fyr tham.*

— Qu'est-ce que tu as dit ?

— J'ai demandé qu'ils fassent du feu pour que tu puisses te réchauffer.

— Ainsi tu parles leur langage…

Quelques instants après, des étincelles jaillirent à deux pas de là, enflammant un tas de brindilles qui éclaira le visage de Blaise, ravagé par l'émotion.

— Je parle bien des langues, murmura Merlin en l'entraînant vers le foyer. Y compris celle des morts, tu te souviens ?

— Alors, Cylid est arrivé à…

— Oui, Cylid. Une vie effroyable, vraiment… Allez, viens te réchauffer.

L'entourant de son bras, il l'entraîna vers la flambée et le fit asseoir, puis lui tendit une sorte de galette plate dans laquelle le moine mordit à belles dents. Durant un long moment, ils furent ainsi sans un mot, côte à côte, le temps pour eux de retrouver leurs esprits. Et tandis qu'ils songeaient l'un et l'autre à tout ce qui les avait réunis et à tout ce qui les avait séparés, les elfes vinrent s'installer pour la nuit, se maintenant à distance du feu dont ils n'avaient nul besoin, ni pour percer la nuit ni pour se réchauffer, mais qui visiblement les fascinait. La petite elfe qui, un peu plus tôt, avait parlé au loup s'assit au côté de Merlin et posa sur le moine un regard bravache, presque ironique, si semblable à celui de son compagnon que Blaise se mit à rire en secouant la tête.

— C'est pas croyable…

— Quoi donc ?

— Tout ça ! Te voir ici, surgissant des ténèbres comme… comme un diable, au moment où j'allais me faire dévorer vif, ces elfes qui se montrent aussi simplement alors que personne n'en a jamais vus, et puis la façon dont cette petite a parlé au loup, sa ressemblance avec toi ! Ou c'est un rêve, ou bien je suis mort…

— Tu le serais sans doute si elle n'avait pas suivi les loups, dit Merlin avec un sourire pour l'elfe blottie près de lui. Elle se nomme Gwendyd. Nous avons eu le même père, elle et moi.

— Donc c'était vrai ? Tout ce que tu croyais était vrai ?

Blaise poussa un soupir amusé et se déplaça de l'autre côté du feu pour les voir tous les deux en face. Leur ressemblance ne sautait pas aux yeux, mais Gwendyd lui rappela le Merlin du temps de leur rencontre, l'enfant rejeté et agressif qu'il était autrefois. Il y avait bien longtemps.

— Si j'étais présomptueux, je dirais que Dieu se joue de moi, dit-il en se calant confortablement contre un rocher. On dirait qu'il suffit que je décide de croire en quelque chose pour qu'Il me démontre le contraire. Tu vois, ce matin, j'étais sûr de te retrouver. J'en avais la conviction. Et il y a moins d'une heure, j'étais tout aussi certain que ce serait impossible, que je devais renoncer à te revoir et que je ne devais plus me consacrer qu'à Dieu et au rachat de mes péchés. J'avais peur… Seigneur, j'avais vraiment peur. Je L'ai imploré de me garder en vie jusqu'au bout de la nuit, mais Il m'a envoyé les loups.

— Tu es toujours en vie, murmura Merlin.

— Oui… Mais est-ce à Lui que je le dois, ou à toi ? Crois-tu que ce soit Lui qui t'ait envoyé ?

— Je ne sais pas… Je crois que c'est cela qu'on appelle la foi, non ? En tout cas, si ton dieu a envoyé quelqu'un, ce n'est pas moi, mais Gwendyd.

— Eh bien, je suppose que je lui dois la vie… Dis-lui que je l'en remercie.

L'enfant opina et s'exécuta, avec un geste emphatique en direction du moine :

— *Halig nith bettacan ar, maga.*

Les autres se mirent à rire, mais la petite elfe le remercia d'un signe de tête, avant de glisser à l'oreille de Merlin quelques mots qui le firent sourire. En cet instant, Blaise le revit tel qu'il l'avait connu, tel qu'il était resté en sa mémoire.

— Regarde-toi... Tu n'as pas changé. Ça fait quoi, dix ans ?

Pour la première fois, Merlin parut ébranlé.

— Tant que ça ? émit-il d'un air bouleversé, qui échappa au moine.

— Sans doute plus, dit-il en réprimant un bâillement. Peut-être douze ou treize. J'ai perdu le compte...Qu'est-ce que tu as fait, pendant tout ce temps ? Où étais-tu ?

L'enfant aux cheveux blancs ne répondit pas, perdu dans des pensées lointaines et l'air à ce point égaré que Gwendyd s'en effraya et le secoua rudement. Merlin la rassura d'un signe de tête, puis fit une pauvre tentative de sourire en direction de son compagnon.

— Tu te souviens du chant des arbres ?

J'ai vécu sous d'innombrables formes
Avant de revêtir une forme pensante
J'ai été dans l'eau, dans l'écume.
J'ai été éponge dans le feu,
Un arbre dans le fourré.
Je fus un serpent tacheté sur la colline.
Je fus une vouivre dans un lac...

Merlin s'interrompit, hocha la tête et sourit.

— Je sais maintenant ce que Taliesin signifiait quand il a écrit cela[1]. J'ai vécu la même chose, ces métamorphoses. Mais je n'aurais jamais cru que cela avait été si long... Peut-être est-ce toi qui m'as sauvé, mon ami, en m'envoyant l'âme de Cylid.

1. Extraits du *Cat Goddeu*, « le combat des arbres », de Taliesin.

Blaise acquiesça mollement, mais ne comprenait visiblement pas un mot de ce que Merlin venait de dire. À la lueur vacillante des flammes, le visage du religieux à demi endormi paraissait creusé de rides, marqué par toutes ces années dont il ne savait rien. Qu'était-il devenu, depuis qu'il l'avait abandonné dans le Yeun Elez ? Qu'avait-il subi pour s'être usé à ce point ? Guendoloena devait avoir changé, elle aussi. Dans la mémoire de Cylid, elle était une reine, l'épouse d'un roi scot que le vieil homme haïssait. Comme tout cela était loin de Brocéliande…

— Je n'aurais jamais cru devoir partir d'ici un jour, murmura-t-il tristement. Crois-tu qu'ils soient vraiment en danger ?

— Ça ! marmotta Blaise avec une moue fataliste. Après tant d'années, peut-être sont-ils morts tous les deux, elle et ton fils. Ou peut-être le danger s'est-il écarté. Mais il n'y a qu'un moyen de le savoir…

Merlin leva les yeux au ciel et contempla le miroitement des étoiles. Le feu se mourait doucement, n'émettant plus qu'une lueur rougeoyante. Gwendyd s'était endormie contre son épaule, et Blaise sombrait lui aussi dans le sommeil. Alors Merlin ferma les yeux et pleura en silence.

XVI

Retour à Dun Breatann

TOUTE la journée, Ryderc avait attendu ce moment. Être enfin seul, au sommet de la plus haute colline abritant sa forteresse, pouvoir contempler le crépuscule sur l'estuaire de la Clyde, savourer le vent du large après la chaleur de la journée, ne plus avoir à parler, ne plus donner d'ordre, ne plus tenir son rang… Ici, appuyé au parapet de rondins du bastion supérieur, il pouvait se taire, laisser son esprit dériver, suivre le vol des mouettes au-dessus du fleuve et ne plus penser à rien. Ici, le vacarme de la ville basse envahie de troupes ne l'atteignait plus, ni l'épuisant bourdonnement des conseillers et des courtisans. Avec le temps, leurs flatteries et leurs requêtes incessantes lui étaient devenues insupportables. Il était riche, bien sûr, sans doute plus que n'importe quel roi breton hormis Mynydog, souverain des Manau Goddodin, mais cette richesse l'avait entouré en permanence d'une cour insatiable, bruissante de commérages et de complots, dans laquelle il aurait eu peine à trouver un être désintéressé. Il commandait l'armée la plus puissante, hormis peut-être celle d'Urien de Rheged, mais il n'avait emporté aucune bataille digne de ce nom, du moins contre les Saxons. Depuis que ses troupes avaient mis à sac la forteresse de Caernarfon [1], tué le seigneur Gurgi et forcé le roi Rhun à se soumettre, l'autorité de Ryderc s'étendait des montagnes du Nord jusqu'aux rivages du Dyfed. Nul autre que lui ne pouvait aligner autant de lances en bataille, autant de chevaux, autant de vaisseaux de guerre ni autant de piétaille ou d'archers. Sous sa protection, l'évêque Kentigern avait érigé des monastères à travers tout le royaume, à Cambuslang, à Glesgu, à Whithorn et jusqu'aux frontières pictes, à Luss et Knock. Des centaines de moines parcouraient le pays pour prêcher l'obéissance à Dieu et le devoir sacré de la guerre contre les païens, angles et saxons. Mais tout cela n'était qu'un édifice de verre, Ryderc le savait bien.

Le torque d'Arthur qui pesait à son cou ne suffisait plus à rassembler les princes bretons. La guerre durait depuis trop longtemps, sans résultat. Ni or ni gloire. Les villes et villages frontaliers avaient tant souffert qu'ils peinaient à survivre, les campagnes étaient désertes. Irrémédiablement, les terres du Nord s'étaient vidées. Les gens étaient partis en emportant leurs biens, et plus aucune troupe ne parvenait à vivre sur le terrain, ni à tirer assez de profit de ses pillages pour continuer à se battre. Il fallait désormais payer, d'une manière ou d'une autre, pour s'assurer de leur

1. En 584.

soutien. De l'or ou des terres. Un commandement, dans le meilleur des cas. Le roi se sentait épuisé à force de palabres, pour convaincre parfois un simple chef de bande menant moins de cent cavaliers… Ces moments d'isolement lui étaient devenus indispensables.

Le soleil commençait à décliner et le ciel à s'assombrir. La Clyde miroitait aux derniers feux du jour, comme un fleuve d'or, lisse et calme. C'était cela qu'il était venu rechercher en haut du fortin. Ce spectacle immuable et tranquille, cette force insolente du fleuve coulant vers le large. Que ses armées soient comme la Clyde, qu'elles se répandent à travers l'île de Bretagne en emportant tout sur leur passage… Au loin, il remarqua tout à coup une petite voile carrée, barque de pêcheur ou coracle, naviguant joliment, droit vers le barrage de navires de guerre établi sur toute la largeur du cours. Un peu tard pour rentrer de la pêche… Ces imprudents en seraient quittes pour une nuit à la belle étoile, sur les berges du fleuve, à moins que ses capitaines décident de s'amuser un peu avec eux… Ryderc vit l'embarcation aborder l'un de ses vaisseaux, sourit et ferma les yeux. Des sautes de vent amenaient à lui l'air du large et des odeurs de varech qui dissipaient heureusement les relents de graisse brûlée montant des bas quartiers. Un peu partout, depuis la ville basse jusqu'à des milles en aval du fleuve, la troupe allumait ses feux, et l'odeur des cuisines, mêlée à celle des étables et des poulaines, empuantissait l'atmosphère. Combien de temps encore faudrait-il attendre ? Maintenant que les conditions étaient enfin réunies, maintenant que toutes les armées bretonnes s'apprêtaient à fondre ensemble sur les Angles de Northumbrie, chaque jour perdu mettait un peu plus ses nerfs à l'épreuve.

Une seule chose comptait : l'arrivée d'un messager d'Aedan, indiquant que les Scots étaient prêts à attaquer, eux aussi. Alors enfin pourrait commencer la guerre. La vraie, non plus ces raids sans lendemain devant un ennemi fuyant. Une guerre sans merci jusqu'à Lindisfarne et Bamburgh, jusqu'à ce que le royaume de Northumbrie ne soit plus, jusqu'à ce que la tête d'Ethelric, fils d'Ida, soit plantée sur une lance à la poterne de sa forteresse, jusqu'à ce que la Bernicie soit libérée du joug des Angles, et le Deira, et la Mercie. Alors seulement ils pourraient s'attaquer aux Saxons de Ceawlin, ou composer avec eux. Mais que tout le Nord, au moins, redevienne breton, et que le nom d'Arthur s'efface devant ses propres victoires...

Ryderc appuya son front contre la palissade et saisit le torque d'or, sous l'agrafe de son manteau. Il avait fallu du temps pour faire taire les voix dissonantes, après l'échec de leur chevauchée dans le Sud. Trop loin de leur base, mal préparée, trop lente... Ils n'avaient rien pu empêcher des conquêtes de Ceawlin et avaient mis leurs propres terres en péril. La reconquête de l'île ne pouvait se faire que du Nord et qu'au prix d'une alliance solide avec Aedan, il n'avait cessé de le dire. Que ne l'avait-on écouté, à l'époque, au lieu de perdre tant d'années ?

À présent, enfin, toutes les conditions étaient réunies. Trois ans plus tôt, le Scot avait livré bataille aux Pictes de Fortriu et tué leur roi, Brude. Lui aussi était prêt à une nouvelle offensive contre ce qui restait de leur royaume, tandis que depuis le Lothian le roi Mynydog attaquerait les Pictes du Sud. Dans quelques semaines, les moissons engrangeraient de quoi nourrir les armées pour des mois de campagne. Ryderc pourrait alors lancer vers la Northumbrie ce grouillement de soldatesque braillarde qui envahissait sa ville, rejoindre les troupes d'Urien et de Morcant, remonter la Clyde dans la flotte de vaisseaux amassés sur ses berges, plus vite et plus loin qu'aucune cavalerie n'aurait pu le faire, et forcer les Angles à la bataille.

Quelques semaines encore…

Il se détacha de la palissade avec un soupir, lissa sa barbe et ses cheveux grisonnants, emmêlés par le vent. En bas, dans les quartiers royaux, servantes et esclaves devaient avoir dressé le banquet et cuit les viandes. Il faudrait boire et rire, faire couler la bière à flots et servir du vin en l'honneur de ses hôtes. À contrecœur, il s'apprêta à descendre, après un dernier regard vers le fleuve. Étrangement, la petite barque à voile carrée avait franchi le barrage et se rapprochait des berges. Peut-être n'étaient-ce pas des pêcheurs, finalement. Et si c'étaient ces émissaires du Dal Riada qu'il attendait avec tant d'impatience ?

Vivement, il dévala les marches menant au sommet de la butte, jusqu'au vallon abritant la grande salle et les bâtiments seigneuriaux. Amig était là, protégeant l'accès au fortin avec quelques gardes sûrs. Depuis la mort de Sawel et de Daffyd, c'était l'un des rares chefs de guerre en qui il avait pleine confiance.

— Prends quelques hommes et descends au port ! cria Ryderc dès qu'il le vit. Une barque vient d'arriver. Amène-moi tous ceux qui étaient dedans.

— J'y vais.

— Avec tous les honneurs, si ce sont des Scots !

Les berges semblaient inaccessibles tant elles étaient encombrées de vaisseaux de toutes tailles, depuis des *longa navis* à deux mâts de l'époque romaine jusqu'à de grandes barques à rames capables d'embarquer une dizaine de chevaux et deux fois plus d'hommes. Blaise avait affalé leur voile et, revenu à la barre, laissait leur coracle voguer sur son erre, poussé encore par le vent qui drossait leur large coque de cuir et de bois.

Merlin n'avait plus dit un mot depuis qu'ils avaient dépassé l'île d'Arran et abordé l'estuaire, le matin même, après avoir mis au point la conduite à tenir lorsqu'ils aborderaient les rivages du Strathclyde. Cela ne faisait pas grande différence. Les deux compagnons naviguaient depuis des semaines sans échanger plus que quelques propos banals, la plupart du temps lorsqu'ils accostaient pour se ravitailler. Tout ce qu'ils avaient à se raconter, l'un et l'autre, avait été dit lorsqu'ils cheminaient à travers la forêt pour rejoindre la côte. Dès l'instant où ils avaient quitté l'abri des arbres, laissant en arrière Gwendyd et leur escorte d'elfes, l'enfant s'était refermé dans un mutisme mélancolique, dont il ne sortait que pour de soudains accès de rage assez effrayants, mais dont il ne lui expliquait jamais rien.

Ce soir-là, en levant les yeux vers les masses jumelles des deux mamelons de la Petra Coithe, le « rocher de la Clyde », noires et gigantesques dans la pénombre du crépuscule, le moine aurait lui aussi été incapable du moindre mot. Les mains moites et la gorge sèche, il ramenait de temps à autre l'embarcation vers la rive d'un coup de rame, mais sans chercher à hâter leur accostage parmi cette foule d'hommes en armes encombrant le port et la ville basse.

— Là, fit Merlin, à l'avant du coracle, en désignant une trouée entre deux vaisseaux.

— Tu es sûr de ce que tu fais ?

L'enfant aux cheveux blancs se tourna lentement vers Blaise et hocha la tête en silence, d'un air grave qui le frappa. Comme si le temps l'avait soudain rattrapé, Merlin paraissait avoir vieilli depuis leur départ. Ses traits s'étaient durcis, affirmés. Blaise ne se souvenait plus lui avoir vu ce sourire moqueur qu'il affichait autrefois presque en permanence, cette insouciance qu'il paraissait mettre en toutes choses. L'enfant-mage était devenu sombre, au point que le moine en venait à se demander s'il ne cherchait pas à en finir, en se livrant ainsi aux mains de son ennemi. Il obéit, pourtant, et poussa l'embarcation vers un pilotis où ils pourraient s'amarrer.

Le temps de jeter à terre leurs maigres bagages et de prendre pied sur l'embarcadère, une escouade de gardes vêtus de longs gambisons de cuir matelassé et de capes rouge sang les entoura. Son chef, Amig, examina Merlin d'un air indécis et préféra s'adresser au moine.

— Vous êtes les envoyés du roi Aedan ? demanda-t-il.

— Non, fit Blaise, nous…

— Nous voulons voir le roi Ryderc, intervint Merlin. Dis-lui que le prince Emrys Myrddin, fils d'Aldan Ambrosia des Sept Cantons, doit lui parler.

— Tu lui diras toi-même, rétorqua Amig. J'ai ordre de vous conduire au roi, qui que vous soyez.

Merlin sentit le regard de son compagnon peser sur lui et jeta un coup d'œil dans sa direction. Le visage écarlate et luisant, Blaise roulait des yeux inquiets, cherchant visiblement une idée pour les tirer de là.

— C'est moi que ton roi veut voir, dit-il en se retournant vers Amig. Le moine ne l'intéresse pas.

— Eh bien, s'il ne l'intéresse pas, il le laissera sans doute repartir. Allons-y. Il nous attend…

L'enfant-mage acquiesça d'un signe de tête et se mit en route, droit vers le fortin et avec une assurance telle que les villageois et les hommes d'armes s'écartaient sur son passage, croyant voir un prince royal et son escorte – ce qu'il était – et non un prisonnier et ses gardes – ce qu'il était également.

La ville basse avait l'odeur et l'allure d'une porcherie. Malgré la touffeur des journées, les ruelles étaient boueuses. Un margouillis jonché d'ordures et de crottin, encombré d'une cohue de soldats aux relents de graisse, de sueur et d'urine, dans un brouhaha de chants, de disputes et de rires. Dun Breatann ne ressemblait guère à l'orgueilleuse cité de ses souvenirs, au temps de l'assemblée des rois. On aurait plutôt dit un camp à la veille d'une bataille, une ville mise à sac par ses propres troupes, sans une femme visible en dehors des putains, sans un enfant, sans un animal en dehors des chevaux de guerre. Il releva les yeux vers la première enceinte de pierres sèches, là où, autrefois, il avait aperçu Guendoloena avant qu'elle ne coure le rejoindre et qu'ils ne s'enfuient tous les deux. Il n'y vit que des gardes en manteau rouge, l'éclat de leurs lances et de leurs casques, que des torches et des bannières. Un instant il parut hésiter, mais Amig le poussa en avant, vers la poterne menant aux quartiers royaux par un étroit escalier de pierre puissamment défendu. Dès qu'ils l'eurent gravi, le décor redevint familier à l'enfant-mage. La falaise de basalte, noire et abrupte, de la plus haute des deux collines, la maison basse où s'était tenu le conseil, la pente douce, couverte d'herbe rase, du second mamelon… Le roi leur tournait le dos, écoutant une femme âgée dont le moindre des bijoux aurait nourri un village entier pendant un an. Amig leur fit signe de s'arrêter là, s'approcha de lui et glissa quelques mots à son oreille. Aussitôt, Ryderc se retourna et, sans plus s'occuper de son interlocutrice, s'avança vers Merlin en le dévisageant, un sourire stupéfait aux lèvres.

— Emrys Myrddin, murmura-t-il presque sous son nez. Je ne crois pas que je t'aurais reconnu, avec ces cheveux blancs… C'est ça. Tu es le barde qui avait chanté avant Taliesin, au banquet… Je me souviens de toi, maintenant. Tu t'étais enfui avec ma sœur, Guendoloena…

— C'est pour elle que je suis là.

— Vraiment ? Dans ce cas tu es en retard… Guendoloena est mariée, tu ne le savais pas ? Elle est mariée au roi des Scots, Aedan, dont elle a eu trois fils.

Merlin eut un mouvement de recul, sur le compte duquel Ryderc se méprit.

— Eh oui, tu ne le savais pas… Le dernier, Eocho Bude, est encore en nourrice, mais le plus grand doit avoir treize ou peut-être quatorze ans. Aedan l'a nommé Arthur, en notre honneur. Qu'est-ce que tu dis de cela ?

— C'est aussi pour lui que je suis là. Pour Arthur… Ta sœur m'a appelé à son secours. Elle craignait pour sa vie et pour celle de l'enfant. J'ai besoin de ton aide, roi Ryderc.

Ce dernier resta coi un moment, puis recula et regarda autour de lui. Les têtes se baissèrent aussitôt, mais bien trop de monde pouvait les entendre, sur ce parvis. Il réfléchit un instant. En bas, dans la salle commune, se terminaient les préparatifs du banquet. On ne manquerait pas de commenter le passage de cet être étrange aux cheveux blancs et de ce moine encadré par des hommes d'armes. D'un signe de tête, il désigna la seconde colline à Amig. Il y avait là quelques bâtisses abritant la garde et les logements de la cour. On pourrait y trouver un endroit assez calme pour parler.

Quelques instants plus tard, ils étaient enfermés dans une hutte de pierres sèches abritant la salle de garde, sans autre ouverture qu'une porte basse devant laquelle Amig s'était posté.

Ryderc défit l'agrafe d'or retenant sa cape et s'assit à une table. Les hommes y avaient laissé un pot de bière, quelques gobelets de terre cuite ou d'étain, un pain aussi large qu'un bouclier et les restes d'un jambon. Il se servit, huma la bière et reposa son gobelet.

— Qu'est-ce qu'elle a dit, exactement ? grommela-t-il en regardant tour à tour Merlin et le petit moine.

— Ta sœur craint pour sa vie, répéta Merlin.

— Mais pourquoi ? Qu'est-ce qui peut avoir changé pour que… À moins…

Le roi se leva brusquement, renversant dans le mouvement le tabouret sur lequel il était assis.

— … À moins que ce soit Aedan qui ait changé ! Maintenant que les Pictes sont vaincus, peut-être songe-t-il à se retourner contre nous. Alors là, oui, Guendoloena serait en danger !

Contournant la table, il s'approcha rapidement de Merlin.

— C'est ça ? C'est ça qu'elle t'a dit ?

L'enfant-mage resta un instant sans répondre. À la lueur des bougies de suif éclairant la salle, le collier d'or du riothime jetait un éclat mat, sous la barbe grise du roi. L'insigne du commandement. Le torque d'Arthur, pour lequel il aurait donné sa vie, quelques années plus tôt, et qui avait coûté celle de Guendoleu… Ryderc vit ce regard, porta instinctivement la main à son cou et recula, comme si Merlin allait le lui arracher. Il se reprit aussitôt, mais ce réflexe de crainte l'emplit de rage, contre lui-même et contre l'enfant.

— Sire, pardonnez-moi, mais ce n'est pas ça, intervint Blaise.

Le roi lorgna une dernière fois Merlin et fit un effort pour contenir son irritation.

— Qui es-tu, toi ?

— Sire, je suis le père Blaise. J'étais le confesseur de la reine Aldan. Avant de mourir, elle m'avait demandé de veiller sur le prince.

— Oui, bon, et alors ?

— Sire, l'évêque Kentigern m'avait également confié une mission…

Ryderc considéra le religieux d'un œil différent. Il croisa les bras, s'assit contre la table et but une rasade de la bière, tiède et aigre, qu'il reposa avec une grimace.

— Je devais le tenir informé des agissements de l'enfant, tâche dont je me suis acquitté autant que possible, tout au long de ces années, poursuivit Blaise.

Et si je puis me permettre, seigneur, c'est moi qui ai remis le torque à l'évêque Dawi, pour qu'il vous revienne.

— Vraiment ?

Le riothime caressa du bout des doigts le lourd collier d'or qui pesait à son cou, tout en observant Merlin avec un sourire amusé. Aussi pâle qu'un cadavre, l'enfant aux cheveux blancs gardait les yeux fixés droit devant lui, l'air défait.

— Que fais-tu encore avec lui, dans ce cas ? demanda-t-il en revenant vers Blaise.

— Sire, il me faisait confiance... J'ai réussi à le convaincre de venir ici, plutôt que de tenter de voir la reine à Dunadd. Dieu seul sait le mal qu'il aurait pu causer, s'ils s'étaient revus.

— Guère, dit Ryderc avec un rire méprisant. La reine n'est plus à Dunadd, mais à Dundurn [1], auprès du roi Aedan et de son fils Garnait, qui est aujourd'hui roi des Pictes du Fortrenn. Tu vois, il n'aurait pas réussi grand-chose, à Dunadd, sinon à se faire prendre...

— Sire, c'est peut-être ce qu'il cherchait.

— Que veux-tu dire ?

— Se faire prendre par Aedan et discréditer la reine...

À cet instant, Merlin se jeta soudainement sur son compagnon, qu'il saisit à la gorge en le couvrant d'insultes. Sans doute l'aurait-il étranglé si Ryderc et Amig n'avaient réagi. Une grêle de coups s'abattit sur l'enfant avant qu'il ne s'effondre à terre, à demi inconscient. Blaise chancelait, le visage violacé et

1. Capitale du Fortriu, ou Fortrenn, la plus grande des sept provinces pictes.

crispé de douleur. Il fallut qu'Amig l'aide à s'asseoir et lui verse à boire pour qu'il retrouve ses esprits.

— Tire ton épée, lança Ryderc à l'intention de ce dernier, en désignant d'un mouvement de menton l'enfant au sol. S'il bouge encore, tranche-lui la gorge, prince ou pas…

Puis il vint s'asseoir à côté du moine, lui resservit à boire et trinqua avec lui.

— Pardonnez-nous, mon père… Nous aurions dû nous méfier de lui.

Blaise le remercia d'un signe de tête, notant avec satisfaction le changement de ton.

— Vous pouvez parler ?

— Ça ira…

— Alors, poursuivez. Comment aurait-il discrédité ma sœur ?

— Je pense qu'il lui aurait suffi de se montrer, articula péniblement le moine. La ressemblance doit être notable.

— Quelle ressemblance ? Par le sang, de quoi parlez-vous ?

— Le prince Arthur, sire. Il n'est pas le fils d'Aedan…

Ryderc le guigna avec des yeux ronds.

— Tu veux dire que…

Blaise se contenta de hocher la tête, puis baissa les yeux. Durant un long moment, Ryderc resta coi, puis il se couvrit le visage des deux mains, abasourdi par ce qu'il venait d'entendre. Qu'Aedan apprenne une chose pareille, et toutes ces années d'efforts pour bâtir une alliance solide entre le Strathclyde et le royaume du Dal Riada seraient ruinées. Jamais le Scot ne pourrait supporter un tel affront.

— Seigneur Dieu, murmura-t-il en se tournant vers l'enfant, toujours à terre. Mais pourquoi aurait-il fait ça ? Aedan l'aurait mis en pièces !

— Sire, je pense que sa haine envers vous est plus forte que le prix qu'il attache à sa propre vie… Il vous croit responsable de la mort du roi Guendoleu, à Arderyd. Ça n'a pas de sens, bien sûr, mais je n'ai jamais pu l'en dissuader…

— Alors, c'est ça.

Ryderc se leva lourdement, lança un coup de botte vers les jambes de Merlin, et posa une main sur l'épaule du moine.

— Mon père, je ferai savoir à l'évêque tout ce que vous avez fait pour la gloire de Dieu… Je veillerai à ce qu'on vous donne une abbaye.

Blaise allait répondre, mais une voix faible et douloureuse l'interrompit.

— Tu as ce que tu voulais, maudit moine…

Merlin se redressa en gémissant, le visage marbré de coups.

— Tu n'es qu'un traître. Tu n'as pas d'honneur.

— Qu'est-ce que tu croyais ? lança Blaise, avec une rage soudaine. Depuis toutes ces années, j'ai tout enduré à cause de toi ! Pour y gagner quoi, hein ? La faim, le froid, la misère, le rejet de tous ! Regarde-toi, Emrys Myrddin. Tu es une erreur de Dieu ! Tu t'es servi de moi pendant toutes ces années, sans comprendre que moi, je ne servais que Lui ! Je te souhaite de mettre longtemps à mourir, fils du diable, que tu aies le temps de voir triompher les armées de Dieu !

Un rictus de haine pure déformait le visage de Merlin, qui eut un sursaut pour tenter de se relever. À l'instant même, la lame d'Amig fut sur sa gorge.

— Gardes ! cria Ryderc. Emmenez-le. Au cachot, sous bonne escorte, et que nul ne l'approche. Vous répondrez de lui sur votre vie.

La face encore empourprée de colère, Blaise soufflait comme une forge et tremblait de rage, ce qui fit sourire le roi.

— Venez avec moi, mon père... Nous allons manger et boire, autre chose que cette pisse d'âne infecte. Dès demain, je ferai écrire à Kentigern.

— Sire, je vous remercie, mais il ne faut pas tarder. Dame Guendoloena doit être prévenue. Si d'autres que lui parvenaient jusqu'au roi Aedan...

— Il... il y en a d'autres ? bredouilla le roi.

— Je ne sais pas. Depuis tout ce temps, il a pu parler... Vous avez beaucoup d'ennemis.

— Seigneur...

— Laissez-moi y aller, sire. Avec une escorte, je pourrai rejoindre la reine et peut-être lui transmettre un message de votre part.

Ryderc dévisagea le petit moine tout en réfléchissant. La guerre n'était qu'une question de jours, de semaines au pis. Qu'importait ce qui arriverait plus tard. La seule chose qui comptait, à présent, c'était que rien ne vienne rompre l'alliance des Scots et des Bretons.

— Tu sais écrire ?

— Oui, sire.

— Bien. Je te dicterai une lettre, à lui remettre en mains propres... Amig t'accompagnera. Il a toute ma confiance.

Avec un large sourire, il entraîna Blaise par l'épaule, puis son homme lige.

— Venez, tous les deux… Vous avez déjà bu du vin, mon père ?

— Rien que du vin de messe, je le crains.

— Alors, Amig risque de devoir vous porter, ce soir !

XVII

La prophétie de Columb Cille

L'IVRESSE avait cédé la place à la torpeur. Les Scots festoyaient depuis midi et la nuit était déjà bien avancée. Certains s'étaient affalés sur les tables et cuvaient leur bière, d'autres marmonnaient des propos d'ivrogne, par petits groupes, mais la plupart des convives s'étaient retirés tant qu'ils pouvaient encore marcher. À la table royale, un prince picte récemment converti ronflait dans sa chaise, le visage couvert de tatouages bleus et la bouche grande ouverte, à la droite d'un chef de guerre du Cenel nŒngusa venu de la lointaine île d'Islay, qui dodelinait de la tête en tâchant au moins de rester droit. Quelques mois ou quelques années plus tôt, les deux hommes se seraient éventrés l'un l'autre plutôt que de s'emplir la panse à la même table.

Aedan les observait du coin de l'œil, tandis que son fils Garnait rabâchait son plan de bataille… Quel plan ? Le nombre était en leur faveur, à présent que les ennemis d'hier étaient devenus une seule nation. Tout comme ces deux soudards imbibés d'hydromel, Scots et Pictes avaient cessé de s'entretuer. Chaque jour, les moines de l'île d'Iona, obéissant aux ordres du très saint Columb Cille, pénétraient un peu plus loin les immensités pictes, à travers les montagnes et les lochs, dans les landes sauvages des Highlands et jusqu'aux îles lointaines, pour répandre la parole de Dieu. Quatre ans après la bataille de Circenn, tous ceux qui n'avaient pas péri ce jour-là aux côtés du vieux Brude mac Maelchon avaient prêté serment d'allégeance au nouveau souverain, Garnait. Selon leurs coutumes, seule la descendance matrilinéaire pouvait prétendre à une filiation, qu'elle fût royale, seigneuriale ou roturière. Or, Garnait, fils d'Aedan, seigneur du Cenel nGabrain et roi du Dal Riada d'Albanie[1], avait pour mère Domelach, la propre sœur du défunt roi, et cela suffisait aux yeux des Pictes pour légitimer son pouvoir. Le vieux Brude, en forçant Aedan à épouser sa sœur, avait pensé pouvoir s'emparer du trône du Dal Riada en vertu de cette coutume, mais le Scot avait élevé ses fils dans la foi chrétienne, selon laquelle les femmes n'avaient aucun droit, et les manœuvres du Picte s'étaient retournées contre lui.

En quatre ans, la plupart des sept provinces du royaume picte, le Fortrenn, Fotlaig, Circenn, Ce et le Fidach s'étaient soumises, puisque selon leurs lois Garnait était un prince de sang. Seules les lointaines régions du Nord, le comté de Cait et les Orcades n'avaient pas encore prêté allégeance au nouveau roi, mais quel danger pouvaient représenter ces barbares à

1. Ancien nom de l'Écosse.

demi nus ? Leur tour viendrait, tôt ou tard… Pour l'heure, c'était au sud qu'il fallait une fois encore porter les armes. La province de Fib, à la frontière du Lothian du roi Mynydog, s'était révoltée. Deux monastères avaient été ravagés, à Dunblane et Aberfoyle, et leurs moines massacrés avec une sauvagerie écœurante. C'étaient là que vivaient les Miathi, un clan sauvage en marge de tout royaume, un conglomérat de tribus pictes et bretonnes chassées autrefois par les Romains au-delà du mur d'Antonin, point extrême de leur avancée dans l'île de Bretagne.

Non, il n'y aurait pas de plan. Fuyant le combat en batailles rangées, ces chiens ne livreraient que des combats d'embuscades. C'est donc comme des chiens ou des loups qu'il faudrait les traquer, brûler leurs villages, tuer femmes et enfants, les débusquer jusqu'au dernier. Écraser leur révolte par le nombre. Opposer à leur sauvagerie une répression si effroyable que les survivants en seraient frappés de terreur à jamais… Aedan leva les yeux de son gobelet, posa la main sur le bras de Garnait pour le faire taire et lui sourit d'un air las.

— C'est bien, grommela-t-il. Demain, nous donnerons l'ordre de marche… Je veux trois ou quatre colonnes de cavaliers, pour couvrir le plus de territoire possible, et je suivrai avec la troupe. Tu commanderas la colonne principale, avec tes Pictes. Quant à tes frères…

Le roi s'interrompit pour parcourir les tablées, à la recherche de ses fils. Les plus jeunes, Arthur et Conaing, s'étaient endormis, écrasés de fatigue, sonnés dès leurs premières gorgées d'hydromel. Tuthal n'était nulle part en vue. Peut-être avait-il trouvé bonne fortune auprès d'une damoiselle pas trop farouche. Les deux aînés, Eochaid Find et Domangart, se raidirent en revanche dès qu'ils virent le regard de leur père posé sur eux, mais la mine sombre d'Aedan figea rapidement leur sourire d'expectative.

— … Confie-leur un commandement, dit-il en se détournant. Fais comme tu jugeras bon.

Il se leva lourdement, aussitôt imité par tous ceux, dans l'assistance, qui le pouvaient encore, puis sortit sans se retourner, la gorge nouée et les yeux rougis. L'air glacé de la nuit lui fit du bien. Sans doute avait-il trop bu et trop mangé, comme toujours… La bière et l'hydromel faisaient battre ses tempes et l'avaient vidé de toute force, au point qu'il avait failli pleurer, comme une pucelle, devant ses fils et ses chefs de guerre. Tout ça à cause de cette maudite prédiction…

Trois ans déjà.

Trois ans depuis le couronnement de Garnait sur le trône de Fortrenn, dans sa capitale de Dundurn. Le saint homme de l'île d'Iona, Columb Cille, avait enduré le voyage malgré sa vieillesse extrême, pour consacrer son fils aîné tout comme il l'avait fait pour Aedan lui-même, bien des années plus tôt, à Dunadd. C'était le moins qu'ils puissent faire tant leur victoire avait quelque chose de miraculeux. Quelques milliers de Scots avaient vaincu le plus puissant royaume de toute l'île de Bretagne. Et comme si cela ne suffisait pas, Aedan avait eu l'honneur ou la chance de pouvoir tuer de sa main le vieux Brude et de venger ainsi la mort de son propre père… Comment ne pas y voir un signe de Dieu et le triomphe de Columb Cille ? Grâce à lui et à ses moines, les Pictes se convertissaient en foule et se soumettaient bien plus sûrement que si des armées entières avaient asservi leur territoire infini. Et ces foules de guerriers lui obéissaient, à présent, plus redoutables encore depuis qu'ils combattaient au nom de Dieu et sous le commandement des Scots, plutôt qu'en masse hurlante et fanatique.

Ce jour-là, Aedan avait raccompagné le vieil abbé dans sa chambre. Ils avaient conversé une bonne partie du jour, ranimé les souvenirs des temps anciens et fixé les tâches à venir, jusqu'à ce que le roi en vienne à évoquer sa succession.

— Maintenant que Garnait est devenu *Rex Pictorum*, lequel de mes fils aînés me succédera, saint père ? Arthur, Eochaid Find ou Domangart ?

Le vieil homme parut tout d'abord ne pas avoir entendu. Il était déjà presque aveugle, à l'époque, et au moins aussi sourd. Durant de longues minutes, il était demeuré silencieux, comme recroquevillé sur lui-même. Puis soudainement, alors qu'Aedan était sur le point de le quitter, croyant qu'il s'était endormi, Colomba s'était levé, lui qui ne se déplaçait qu'avec la plus grande difficulté, comme transfiguré par une vision qui semblait l'illuminer de l'intérieur.

— Tes fils mourront en livrant tes batailles, avait-il dit. Arthur et Eochaid Find tomberont sous les javelots des Miathi, et ce jour-là trois cents et trois mourront avec eux. Domangart sera tué sur la terre des Angles. Celui qui régnera vient de naître, et son nom est Eocho Bude. Ainsi le veut le Seigneur…

Trois ans.

Aedan avait presque oublié la prophétie de Columb Cille, jusqu'à ce que les Miathi entrent en rébellion et que Garnait l'appelle à l'aide. Arthur n'était qu'un enfant, à l'époque. Il avait aujourd'hui treize ans, bientôt quatorze. Il était plus frêle que ses frères, mais aussi plus grand et plus vif, d'une énergie peu commune. Il fallait voir la joie avec laquelle il avait pris son rang à son côté, vêtu en guerre et portant l'épée, lorsque l'armée avait quitté Dunadd. Il fallait le voir galoper avec l'avant-garde, passer avec fierté devant le chariot transportant sa mère et ses plus jeunes frères, Conaing et Eocho Bude… Comment les garder à l'écart des combats, lui et Eochaid Find, sans leur infliger une humiliation pire que la mort ? C'étaient des princes, et leur rôle était de combattre en tête des armées de leur père. De mourir, aussi, s'il le fallait. Mais ces morts annoncées lui faisaient horreur. Envoyer ainsi ses propres fils au sacrifice était au-dessus de ses forces, les garder à l'écart des combats aurait été un signe de faiblesse impensable… Que Garnait décide à sa place, et que Dieu ou le destin jouent leur rôle.

Le roi jeta un regard torve vers la constellation des feux de camp trouant l'obscurité tout autour de la forteresse, puis, lentement, courbé comme un vieillard, il se mit en marche vers les bâtiments que Garnait avait réservés à la maisonnée royale. Guendoloena devait dormir depuis longtemps, sans se douter que le sort de leurs fils était en train de se sceller… Il perçut derrière lui le froissement métallique d'une escorte d'hommes d'armes se mettant en mouvement sur ses pas, et les congédia d'un aboiement rageur. Qu'on ne le voie pas ainsi, gémissant comme une vieille femme, alors que tant d'hommes allaient mourir, si Columba avait vu vrai. Trois cents et trois… Seigneur, si tant de guerriers devaient périr pour mater une simple révolte, combien succomberaient contre les

Angles, dans une vraie bataille ? Et, Seigneur, fallait-il que ses fils soient de ceux-là ?

La tête droite et le buste dressé, tenant haut la bannière rouge du Strathclyde avec une morgue dédaigneuse, Amig avait néanmoins talonné son cheval pour passer du trot au petit galop, ce que Blaise ressentit comme un signe de trouble, une perte de contenance en tout cas devant l'amoncellement d'hommes en armes que révélaient les premières lueurs du jour. Ils avaient dormi quelques heures en l'abbaye d'Aberfoyle pour remonter en selle dès laudes [1], après les prières. Au-delà du gué de la Forth, un détachement de cavaliers scots leur avait barré la route, avant de les laisser poursuivre. Plus loin, ils avaient aperçu les feux d'autres campements, mais aux abords de Dundurn il ne s'agissait plus d'escouades dispersées. Tout au long du chemin creux qu'ils suivaient, il y en avait des centaines, des milliers, bardés de lances et de haches, avachis sur les talus, agglutinés autour de flambées dans la brume du petit matin ou dormant encore, enroulés dans leurs capes. Il y avait là des Pictes hirsutes, couverts de tatouages et portant des kilts de cuir fauve, des Scots emmitouflés dans leurs longs manteaux et leurs cottes de mailles, des archers et des piquiers, des cavaliers hérissés de fer et toute une piétaille de valets d'armes, de forgerons, de cuisiniers et de moines, sous une mer de tentes et d'abris disparates, surmontée de centaines d'étendards et de gonfanons. Une multitude prête à

1. Trois heures du matin.

marcher vers le sud comme un fleuve débordant de son cours, plus effrayante encore par son silence et l'indifférence qu'elle semblait manifester envers leur maigre escouade.

Lorsqu'ils atteignirent les premières enceintes de Dundurn, le soleil levant avait dissipé le brouillard et commençait à réchauffer le sommet des collines couvertes de givre. Loin au-dessus d'eux, volant sans effort dans les courants d'air chaud, un épervier tournoyait, les ailes déployées. Blaise le remarqua lorsqu'il mit pied à terre devant le poste de garde et le suivit des yeux un moment, tandis qu'Amig parlementait. Quand ils avaient quitté Dun Breatann, un épervier s'était envolé du sommet de la forteresse, avec un cri rauque qui avait attiré son attention. Et chaque fois qu'il avait levé le nez vers le ciel il était là, planant au-dessus de leur petit détachement. Ce ne pouvait être qu'une coïncidence…

— Mon père !

Blaise s'empressa de rejoindre Amig, seul autorisé à l'accompagner vers les quartiers royaux, à condition qu'il fût sans armes. Lorsqu'ils se présentèrent à la poterne du dernier rempart, un rouquin aussi haut qu'une tour exigea qu'on les fouille avant de les précéder, solidement encadrés par une troupe de piquiers, vers la salle d'audience, où il leur fallut attendre.

Durant des heures, des odeurs de cuisine vinrent chatouiller les narines du moine, que son ventre affamé tiraillait douloureusement. Comme il n'y avait là aucune autre chaise en dehors des deux trônes recouverts de fourrures installés sur une petite estrade, Amig et lui s'étaient assis par terre, contre le mur, et avaient fini par piquer du nez, vaincus par leur longue chevauchée. C'est ainsi que le héraut d'Aedan les trouva et qu'il les réveilla sans ménagement, quelques instants à peine avant que les souverains scots ne pénètrent dans la pièce.

— Fais vite, le moine ! lança Aedan en s'asseyant. Comme tu as pu le voir, j'ai une guerre à mener !

— Sire, je vous porte le salut de Ryderc, souverain du Strathclyde et du…

— Ça va, je connais Ryderc ! Qu'est-ce qu'il veut ?

Blaise perdit un instant contenance, mais il s'inclina de nouveau, cette fois devant la reine.

— Votre frère vous salue, ma dame, et m'a confié un message à votre intention.

— Et c'est tout ?

— Sire, pardonnez-moi, intervint Amig. Mon seigneur Ryderc vous fait savoir que ses armées sont prêtes au combat et demande si vous l'êtes.

— Eh bien, tu pourras l'informer de ce que tu as vu, fit Aedan avec un ricanement sourd. Dis-lui de se dépêcher s'il veut avoir encore des terres à conquérir… L'armée fera mouvement demain, au point du jour.

Le Scot se tourna vers la reine, et le temps d'un instant leurs regards se croisèrent. Blaise en fut profondément troublé. Ce n'était pas le regard d'une épouse soumise tremblant devant un mari plus âgé, ni celui d'une brute mal dégrossie envers sa concubine. Guendoloena était aussi pâle qu'il était rougeaud, la mine chiffonnée par une mauvaise nuit et les yeux marqués de cernes. Elle se tenait droite, dans sa robe de laine bleue rehaussée d'un large pectoral d'or et de pierreries sur lequel reposaient les lourdes nattes de ses cheveux tressés, mais semblait avoir toutes les peines du monde à se contenir. Était-ce l'imminence de ce départ qui l'affectait ainsi, ou y avait-il autre chose ?

— Messire Aedan, ma dame, ce n'est pas tout, dit-il après s'être raclé la gorge pour attirer leur attention. Le roi Ryderc a bien voulu me dicter une lettre qu'il vous appartiendra de lire tout à l'heure, mais aussi me charger d'une requête pour son frère en Jésus-Christ.

Amig le regarda d'un air surpris, que Blaise ignora.

— La guerre risque d'être longue, poursuivit-il en faisant face au Scot. Assez longue pour retenir votre majesté loin de la reine durant plusieurs mois, peut-être.

De nouveau ce regard entre eux, empreint de mélancolie.

— La reine pourrait trouver refuge à Dun Breatann, à l'écart des combats et auprès des siens. Ainsi le roi n'aura pas à se soucier de sa sécurité…

Aedan considéra le petit moine d'un air pantois, tout d'abord pris de court par sa proposition et oscillant visiblement entre soulagement et irritation. Il y avait là quelque chose d'insultant, la trace d'une défiance envers la solidité de son royaume ou la fidélité de ses hommes. Pour autant, les paroles de Blaise avaient fait écho à ses propres inquiétudes. La révolte des Miathi montrait à quel point le trône de Garnait était encore fragile sur ses bases. Après le départ de l'armée, Dundurn serait une proie facile pour un parti de Pictes rebelles, et la reine un otage de choix. La reine et les plus jeunes de ses fils… Si la prophétie de Columb Cille s'avérait, n'était-ce pas le moyen le plus sûr de préserver Eocho Bude, son héritier ?

Il se tourna vers Guendoloena, qui le dévisagea longuement avant d'acquiescer, d'un simple clignement de paupières, auquel il répondit par un hochement de tête muet, avant de fixer Amig.

— Tu as combien d'hommes avec toi ?

— Sire, dix cavaliers.

— Ce n'est pas assez. Si je dois te confier ma reine et mes fils, il t'en faut au moins cinquante, et des archers ! C'est bien... Je te ferai connaître ma décision.

Puis il se leva, saisit la main de sa femme pour l'aider à descendre de l'estrade et fit un geste à l'intention du hérault, qui s'empressa d'ouvrir la porte.

— Ma dame ! s'écria Blaise. Et la lettre ?

— Tout à l'heure. Attends-moi.

Sitôt que le hérault eut refermé derrière eux et qu'ils se retrouvèrent seuls dans l'antichambre de la salle d'audience, le roi enlaça Guendoloena.

— C'est ce que tu souhaites ? murmura-t-il en humant ses longs cheveux noirs.

— Tu sais bien ce que je souhaite.

— Je ne peux pas. Ce serait trop dangereux... Personne n'est vraiment en sécurité dans une guerre, même à distance des batailles.

La reine ne répondit pas, mais elle se serra un peu plus contre lui.

— Sois prête à partir demain, reprit Aedan. Les bagages pourront suivre plus tard.

Il lui embrassa les cheveux et fit mine de se détacher d'elle, mais Guendoloena le retint.

— Tu as parlé de nos fils, dit-elle en le regardant dans les yeux. Est-ce qu'Arthur vient avec moi ?

Aedan secoua la tête.

— Garnait a décidé de lui confier un commandement, avoua-t-il. C'est un honneur pour lui… Je ne peux rien faire.

Puis il s'arracha à son emprise et sortit. Guendoloena n'eut pas un mot ni un geste pour l'arrêter, mais elle se raidit encore un peu plus en le regardant s'éloigner et croisa les mains sur son aumônière pour maîtriser leur tremblement. Garnait n'avait jamais manifesté qu'une haine profonde envers elle et Arthur. Ce n'était certes pas un honneur qu'il faisait à son fils…

La gorge nouée et les yeux brillants de larmes, elle retourna dans la salle d'audience et apostropha le petit moine.

— Eh bien, cette lettre ?

Blaise tira de sa manche un pli cacheté et s'avança prestement jusqu'à elle.

— Ma reine, il y est question d'un ami que vous aviez autrefois appelé à votre secours, souffla-t-il quand il fut à son côté.

Et comme elle levait vers lui ses yeux rougis :

— J'étais le confesseur de la reine Aldan. J'ai suivi le prince Myrddin pendant toutes ces années et je l'aime comme un fils. Il est à Dun Breatann, ma dame. Et je sais qu'il n'a jamais cessé de penser à vous.

Puis il s'inclina avec déférence et sortit, suivi d'Amig.

Au-dehors, l'épervier tournoyait toujours au-dessus de Dundurn.

XVIII

Les trois morts

La porte du cachot s'était ouverte sur un carré de lumière aveuglant, dans lequel apparut la silhouette de Guendoloena. Elle s'était arrêtée sur le seuil, le temps que ses yeux s'habituent à l'obscurité, et durant quelques secondes Merlin l'observa en silence, sans se montrer.

Elle avait peur.

Immobile dans l'encadrement de la porte, la reine se tourna vers Blaise, qui lui glissa à l'oreille des mots que l'enfant-mage n'entendit pas, mais qui la convainquirent de descendre les quelques marches du cul-de-basse-fosse dans lequel Ryderc l'avait fait jeter. Merlin se leva et s'avança lentement vers elle, jusqu'à ce qu'elle perçoive sa présence, non sans un sursaut de surprise qui le blessa un peu plus.

Guendoloena avait vieilli. C'était une femme, désormais, et non plus la jeune fille insouciante qu'il avait autrefois tenue dans ses bras. Une femme et une reine, plus belle que dans ses souvenirs, mais d'une beauté froide, à jamais inaccessible. Une reine et une mère, qui l'avait oublié depuis longtemps et qui avait survécu à ses peurs, pour l'amour de ses enfants. Ses beaux yeux clairs se posèrent sur lui, parcoururent ses cheveux blancs, ses vêtements moirés, son visage d'enfant, pâle et mince. Et ce visage la bouleversa. C'était celui de son fils. Celui d'Arthur, resté à Dundurn…

Elle eut une ébauche de mouvement vers lui, hésita puis tourna la tête à demi vers la porte du cachot. Blaise était là, portant un flambeau que, sur un signe de la reine, il fixa dans une torchère. En sortant, le moine chercha le regard de Merlin. L'enfant le remercia d'un sourire qui lui mit les larmes aux yeux.

— Tu es venu, finalement, souffla-t-elle dès qu'il eut refermé. Après toutes ces années…

Elle avait fait un pas dans sa direction, mais la distance qui les séparait demeurait infranchissable. Malgré ses cheveux blancs, Merlin ne semblait guère plus âgé qu'Arthur et lui ressemblait comme un frère aîné plutôt que comme un père. Une similitude telle que tout l'amour qu'elle éprouvait pour son fils se reporta sur Merlin, et qu'à voir ses yeux emplis de désespoir elle eut le cœur brisé.

— Je sais que c'est trop tard, dit-il. Pardonne-moi…

Guendoloena secoua la tête et se rapprocha encore.

— C'est moi qui implore ton pardon, Emrys. Le frère Blaise m'a parlé de votre long voyage, de tout ce que vous avez traversé. Bien des choses m'ont paru incroyables, jusqu'à ce que je te voie… Je n'aurais pas dû t'envoyer Cylid.

— Tu étais en danger.

— Je ne le suis plus, Emrys. Je croyais être environnée d'ennemis, mais ce n'était pas vrai. Aedan… Aedan m'a offert bien plus que je ne l'espérais.

— Des fils.

— Oui, d'autres fils. Et son amour… Il a veillé sur Arthur comme si c'était son propre enfant, même s'il ne pouvait penser qu'il fût de lui. Sans doute même aurait-il pu le tuer, dès sa naissance. Mais il l'a aimé, Merlin, autant que nos autres fils.

Elle était assez près pour lever la main jusqu'au visage de Merlin et la poser sur sa joue, mouillée de larmes.

— C'est plus que je n'en ai jamais fait, murmura-t-il en fermant les yeux.

— Tu lui as donné la vie… C'est plus qu'il n'en aura jamais fait.

Merlin hocha la tête et lui sourit. Leurs visages étaient tout proches, comme aux jours lointains de leur amour. Elle avait gardé sa main sur sa joue.

L'enfant tendit le cou et lui baisa les lèvres.

— Adieu, ma reine. Je dois m'en aller.

Elle fronça les sourcils mais s'effaça, sans chercher à le retenir ni à le comprendre. Calmement, il s'avança jusqu'aux marches, les gravit et frappa à la porte de sa geôle. Blaise l'ouvrit aussitôt, le visage défait.

Ils s'embrassèrent sans un mot, serrés l'un contre l'autre, puis Merlin le repoussa doucement et parvint à lui sourire.

— J'ai encore besoin de toi, mon frère…

Le petit moine ne pouvait répondre, mais il acquiesça d'un signe de tête. Merlin plissa les yeux en contemplant le ciel, ébloui par la clarté du jour. Puis il prit une profonde inspiration et s'élança au-dehors.

Deux gardes en armes étaient assis aux abords des cachots. Le premier parvint à se lever avant que l'enfant-mage le percute de plein fouet et l'envoie rouler dans l'herbe. L'autre allait se saisir de lui quand Blaise s'accrocha à sa cape en hurlant :

— Arrêtez-le ! Il s'évade !

Le temps que le garde se défasse du petit moine, Merlin avait fui et remontait à toutes jambes les courtines, non pas vers les remparts et la mer, mais à contresens, en direction des quartiers royaux. Les cris d'alarme étaient loin derrière lui, et aucun de ceux qu'il croisa sur sa route n'eut le temps ou le courage de l'arrêter. Pas même les gardes postés à la porte de Ryderc, qui s'écartèrent de l'enfant comme du diable en personne. Il était à peine essoufflé lorsqu'il repoussa la porte dans son dos.

Ryderc était à sa table, penché sur une carte. Il se retourna d'un bloc lorsque l'huis se referma et eut un haut-le-corps en découvrant Merlin. Le roi ne portait pas d'armes. Son épée et sa dague reposaient sur un coffre, ainsi que son haubert et le torque d'Arthur.

— Tu es venu me tuer ? articula-t-il péniblement en lui faisant face.

— Même pas, non…

L'enfant s'avança sans hâte, les yeux fixés sur Ryderc, et saisit à deux mains le lourd collier d'or, qu'il pressa contre lui.

— Je ne suis venu que pour ça.

Sans quitter le roi des yeux, Merlin recula jusqu'à la porte.

— Comment espères-tu t'en tirer ? lança Ryderc. Avant la fin du jour, j'aurai ta tête au bout d'une lance !

— Avant la fin du jour je mourrai ; je mourrai de trois morts, empalé, noyé et pendu. Mais tu n'auras pas ma tête.

— Ça n'a pas de sens !

Merlin ouvrit la porte, le torque toujours serré contre son torse. Il longea des couloirs déserts, sortit des quartiers royaux et se dirigea vers la plus haute des deux collines, qu'il gravit sans hâte, jusqu'au fortin couronnant son sommet. Là, il se hissa sur la palissade de rondins dominant l'estuaire de la Clyde, à plus de dix perches au-dessus de la mer. Le vent s'était levé. Des mouettes décrivaient des cercles un peu plus bas, en poussant leur cri rauque. Un soleil voilé faisait miroiter le fleuve, piqueté de voiles blanches. Un beau temps pour la pêche. Tous les coracles devaient être sortis.

— Au nom de Dieu, descends de là !

L'enfant se tourna lentement et leur fit face. Ryderc avait ameuté ses hommes, qui se déployaient le long de la palissade en se rapprochant de part et d'autre de lui. Sans un mot, il écarta le bras, tenant le torque au-dessus de l'à-pic. D'un geste, le roi arrêta aussitôt la progression de ses gardes.

— Ne fais pas ça ! cria-t-il. Pose le torque et tu auras la vie sauve. J'en fais le serment devant tous !

— Pourquoi voudrais-je avoir la vie sauve ?

Merlin se mit à rire, puis il leva les yeux au ciel et se retourna vers le précipice.

— Ne fais pas ça ! hurla de nouveau Ryderc, tout en arrachant un épieu des mains de l'un de ses gardes.

Merlin ne l'entendait plus. La gorge serrée, il fit glisser le torque d'or entre ses mains, épais d'un pouce et gravé sur toute la longueur d'entrelacs délicats. À l'extrémité du collier, deux boules sculptées représentaient un sanglier et un ours. Le sanglier de Lug, Dieu suprême du panthéon celte, et l'ours qui avait valu son surnom à Arthur… Personne ne pourrait plus se réclamer de lui, désormais.

D'une brusque détente, l'enfant lança le collier d'or dans le vide. Il le regarda tournoyer puis s'abîmer dans le fleuve, à vingt brasses des berges. Alors il se retourna vers les soldats du roi.

— C'est fini, Ryderc ! cria-t-il d'une voix puissante. Tu n'es plus rien ! Fais ta guerre, tu la perdras ! Je te maudis, toi et ta descendance ! Je maudis tes guerres et ton Dieu ! *Hlystan Myrddin, beorn lyft leod ! Onginna leofian ! Onginna leofian !*

Blanc de rage, Ryderc projeta l'épieu, qui traversa l'enfant de part en part. Et sans un cri, Merlin bascula en arrière, dans le vide.

Durant un instant, les hommes présents dans le fortin restèrent frappés de stupeur, puis Ryderc s'élança avec un cri de rage en bas de la colline et dévala les courtines jusqu'aux premières enceintes. Le souffle court, il fendit la piétaille amassée dans les ruelles de la ville basse pour faire irruption sur le port, en contrebas du fortin. Il y avait là un attroupement au travers duquel il se fraya brutalement un passage.

En tombant, Merlin avait fracassé des piquets sur lesquels on avait mis à sécher des filets de pêche. L'un d'eux s'était enroulé autour de son cou et lui avait brisé la nuque, avant qu'il ne plonge sous l'eau, à quelques pouces seulement sous la surface. Ryderc tomba à genoux, haletant et le visage rougi par sa course folle. Les longs cheveux blancs de l'enfant-mage ondulaient dans le ressac comme des algues, mais son corps était sans vie.

Trois fois mort.

Empalé, pendu, noyé.

L'âme de Merlin dériva dans le fleuve, vers la mer. Il fut une anguille glissant entre les roches, un grand labbe plongeant du haut des falaises, un épervier, une fois encore, revenant vers Dundurn. Comme un oiseau, il remonta le fleuve et longea les hautes collines, où des hommes hurlaient en se ruant au combat.

La bataille d'Aedan était déjà engagée.

Épilogue

CE FURENT des années effroyables, tant pour les Scots que pour les Bretons. Les colonnes de cavalerie commandées par Arthur mac Aedan et Eochaid Find tombèrent dans une embuscade près d'un fleuve appelé Dubglas, et furent exterminées jusqu'au dernier par les Miathi, sans que Garnait intervienne. Trois cents et trois périrent, comme l'avait prédit le saint homme, ainsi que les deux princes.

Plus tard, Aedan perdit presque toute son armée à Degsastan en affrontant Ethelfrith, fils d'Ethelric, roi des Angles de Northumbrie. Le roi Mynydog, souverain des Manau Goddodin, fut vaincu à son tour, à la bataille de Cattraeth, et son barde Aneurin écrivit le poème *I Goddodin* pour célébrer la mémoire de tous ceux qui succombèrent ce jour-là, au premier rang desquels le jeune prince Owen.

D'ordinaire, Owen, tu étais monté sur ton cheval ; te voilà abattu devant la tranchée, toi le plus beau rameau. C'est sans mesure, c'est sans fin que je dois des chants à ce chef des chefs, sur qui s'étend et que presse, ainsi que ses officiers, un tertre vert[1].

Ryderc de Strathclyde, Urien de Rheged et les chefs Morcant et Gwallaug repoussèrent le roi Theodoric de Bernicie jusque dans l'île de Lindisfarne, mais il avait été dit que les armées bretonnes ne connaîtraient plus de victoire. Une nuit, le prince Morcant, seigneur du Strathclyde, fit assassiner Urien de Rheged, dont la gloire lui faisait ombrage. Et le barde d'Urien Liwarc'h Henn chanta sa mort tragique :

Je porte sur mon côté la tête d'Urien qui doucement commandait l'armée ; sur sa poitrine blanche, un corbeau noir !
Je porte dans ma tunique la tête d'Urien qui doucement commandait la cour ; sur sa poitrine blanche le corbeau se gorge[2].

Quelques années plus tard, en 596, le pape Grégoire envoya dans l'île de Bretagne saint Augustin, accompagné d'une armée de moines, pour évangéliser les Angles et les Saxons. Les deux premiers évêques saxons, Justus et Mellitus, furent consacrés en 604.

1. *I Goddodin*, LIV, traduction de Théodore Hersart de la Villemarqué.

2. *Chant de mort d'Urien*, traduction de Théodore Hersart de la Villemarqué.

Le roi Ryderc disparut en 612, peu après que sa forteresse de Dun Breatann eut été ravagée par son ancien allié, Aedan mac Gabran. On dit qu'il mourut dans son lit, ainsi que l'avait présagé Columb Cille.

Il y eut bien d'autres guerres dans l'île de Bretagne, mais c'est ainsi que s'achève l'histoire de Merlin, fils et père d'Arthur, ni vraiment fils ni vraiment père, dont on dit que l'âme vit toujours en Brocéliande, auprès de Gwendyd.

Sources :

La Légende arthurienne, Laffont, coll. « Bouquins ».
Félix Bellamy, *La Forêt de Brocéliande*, T. 1 et 2, L'Amateur averti – La Découvrance.
Marcel Brasseur, *Les Celtes – Les Saints oubliés*, Terre de Brume.
Marcel Brasseur, *Les Celtes – Les Rois oubliés*, Terre de Brume.
Marcel Brasseur, *Les Celtes – Les Guerriers oubliés*, Terre de Brume.
André Chedeville et Hubert Guillotel, *La Bretagne des saints et des rois*, Ouest France université.
Fernand Comte, *Dictionnaire de la civilisation chrétienne*, Larousse.
Viviane Crowley, *Celtic Wisdom*, Thorsons.
Léon Fleuriot, *Les Origines de la Bretagne*, Payot.
Agnès Gerhards, *La Société médiévale*, MA éditions.
Yann Goven, *Brocéliande, un pays né de la forêt*, Ouest France.

Miranda J. Green, *Exploring the World of the Druids*, Thames and Hudson.
Christian J. Guyonvarc'h, *Textes mythologiques irlandais*, Ogam-Celticum.
Christian J. Guyonvarc'h, *Magie, médecine et divination chez les Celtes*, Bibliothèque scientifique Payot.
John Haywood, *The Historical Atlas of the Celtic World*, Thames and Hudson.
Jacques Heers, *La Ville au Moyen Âge*, Fayard.
Théodore Hersart de la Villemarqué, *Les Bardes bretons*, La Découverte.
Duncan Jones, *The Picts*, Goblinshead.
Divi Kervella, *Emblèmes et symboles des Bretons et des Celtes*, Coop Breiz.
John King, *Kingdoms of the Celts*, Blandford.
Françoise Le Roux et Christian J. Guyonvarc'h, *Les Druides et le Druidisme*, Ouest France.
Françoise Le Roux et Christian J. Guyonvarc'h, *Les Légendes de Brocéliande et du roi Arthur*, Ouest France.
Françoise Le Roux et Christian J. Guyvonarc'h, *Les Fêtes celtiques*, Ouest France.
Claude Lecouteux, *Les Nains et les Elfes au Moyen Âge*, Imago.
Jean Markale, *Petite encyclopédie du Graal*, Pygmalion.
Jean Markale, *Le Roi Arthur et la Société celtique*, Pygmalion.
Jean Markale, *Les Saints fondateurs de Bretagne et des pays celtes*, Pygmalion.
Bernard Merdrignac, *Les Vies de saints bretons durant le haut Moyen Âge*, Ouest France université.

Marijane Osborn et Stella Longland, *Rune Games*, Routledge and Kegan Paul.
Nigel Pennick, *The Sacred World of the Celts*, Thorsons.
Marie-Louise Sjoestedt, *Dieux et héros des Celtes*, Terre de Brume.
Greg Stafford, *Pendragon*, Oriflam.
Horik Svensson, *The Runes*, Carlton.
Taliesin, *Le Combat des arbres*, L'Arbre d'or.
Robert-Jacques Thibaud, *La Symbolique des druides*, Dervy.
Dominique Viseux, *L'Initiation chevaleresque dans la légende arthurienne*, Dervy.

Internet :
Arthurian Resources.
The Historicity and Historicisation of Arthur, par Thomas Green.
The Heroic Age, Issue 1 to 4.
Arthur mac Aedan of Dalriada, par Michelle Ziegler.
Rhydderch Hael, par Tim Clarkson, de l'université de Manchester.
The Life of Saint Kentigern, par Jocelyn, moine de Furness.

Table

Merlin, l'Immortel

Celtika

Robert Holdstock

Bien avant sa rencontre avec Arthur, Merlin l'Immortel parcourt déjà le monde. Ami du héros grec Jason, il l'accompagne dans sa quête de la Toison d'Or. Des siècles plus tard, l'Enchanteur croise à nouveau la route du valeureux guerrier : mort depuis longtemps, celui-ci ne parvient pas à trouver le repos. Il est torturé par le souvenir de ses fils, volés par la sorcière Médée. Merlin décide de les retrouver : il aborde ainsi pour la première fois l'île qui deviendra l'Angleterre…

(Pocket n° 5834)

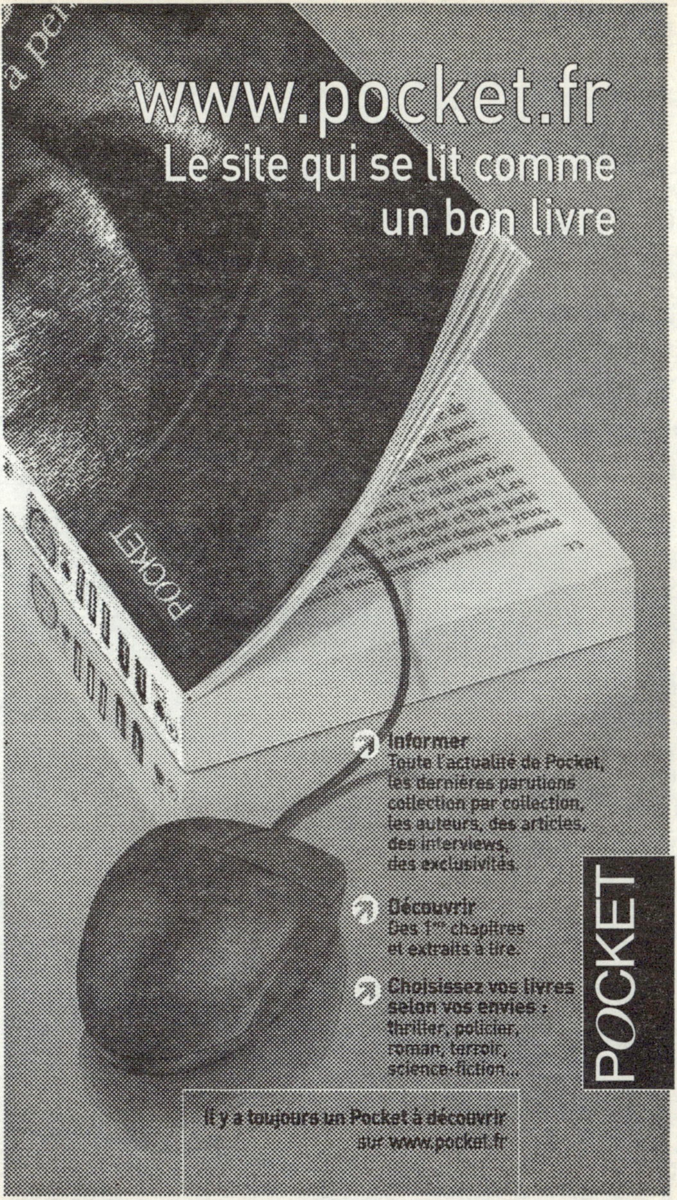
www.pocket.fr
Le site qui se lit comme
un bon livre
Informer
Toute l'actualité de Pocket,
les dernières parutions
collection par collection,
les auteurs, des articles,
des interviews,
des exclusivités.
Découvrir
Des 1ers chapitres
et extraits à lire.
Choisissez vos livres
selon vos envies :
thriller, policier,
roman, terroir,
science-fiction...
POCKET
Il y a toujours un Pocket à découvrir
sur www.pocket.fr

Achevé d'imprimer sur les presses de

BUSSIÈRE

GROUPE CPI

à Saint-Amand-Montrond (Cher)
en février 2006

POCKET - 12, avenue d'Italie - 75627 Paris Cedex 13
Tél. : 01-44-16-05-00

— N° d'imp. : 60343. —
Dépôt légal : mars 2006.

Imprimé en France

Pocket - 12, avenue d'Italie - 75627 Paris Cedex 13
Tél. : 01-44-16-05-00

— N° d'imp. : 60943 —
Dépôt légal : mars 2006.

Imprimé en France